THE NICK ADAMS STORIES

從男孩到男人：

尼克亞當斯故事集

厄尼斯特・海明威——著

Ernest Miller Hemingway

傅凱羚——譯

CONTENTS

：目錄

Three Shots
Indian Camp
The Doctor & the Doctor's Wife
Ten Indians
The Indians Moved Away

NOTHERN WOODS

I 北方森林

The Light of the World
The Battler
The Killers
The Last Good Country
Crossing the Mississippi

ON HIS OWN

II 自食其力

WAR

III 戰爭

Big Two-Hearted River
The End of Something
The Three-Day Blow
Summer People

SOLDIERS HOME

IV 士兵返鄉

COMPANY OF TWO V 兩人世界

NOTHERN

WOODS

北方　森林

三聲槍響

尼克在帳篷裡脫衣服。他看見火焰將父親與喬治叔叔的影子投在帳篷上。他覺得非常不自在又羞恥，盡快脫下衣服，將衣服整齊疊好。他感到羞恥，是因爲脫衣服讓他想起昨晚的事。他避想這件事已經一整天了。

他父親和叔叔吃過晚餐後，拿篝燈到湖的彼端捕魚去了。他們推船離岸之前，父親對他說，他們不在的時候，若出現任何緊急狀況，拿來福槍開三槍，他們就會立刻回來。尼克從湖邊穿過森林，返回營地。他在黑暗中聽得見船槳發出的聲音。父親在划船，叔叔坐在船尾用輪轉線釣魚。父親推船離岸時，他早已在座位上準備好釣竿。尼克聽著他們在湖上發出的聲響，直到再也聽不見船槳的聲音爲止。

尼克穿越森林時，開始感到害怕。他一直都有點怕夜晚的森林。他非常安靜地掀開帳篷簾幕，脫下衣服，在黑暗中躺在毛毯間。外面的火燒剩一層煤炭。尼克躺著不動，想辦法睡著。四處都沒有聲響。尼克覺得，如果可以聽到狐狸或貓頭鷹之類的動物發出聲音，那就好了，他就會放心。他還沒怕過任何明確之物。可是他逐漸變得非常害怕。然後他忽然害怕起死亡。僅僅幾星期前在老家的教堂，他們吟唱讚美詩：「有一天銀鏈會斷裂。[1]」他們唱這句讚美詩的時候，尼克明白自己有一天一定會死。這讓他覺得相當不舒服，這是他生平第一次明白自己總會一死。

那天晚上，在夜燈之下，他坐在屋外的門廊，想讀《魯賓遜漂流記》[2]，避想某天銀鏈一定會斷的事實。保姆發現他在那裡，威脅他去睡覺，否則就要向他父親告狀。他回去睡覺，但等保姆一回房間，他又出來在門廊的燈底下看書，直到早上。

他昨晚在帳篷內有了相同的恐懼。這種感覺總是出現在夜晚。一開始，與其說是恐懼，不如說是領悟。可是它永遠處於恐懼的邊緣，開了頭，就會非常迅速地變成恐懼。就在他開始非常害怕時，他立刻拿起來福槍，將槍口探到帳篷前方開了三槍。槍的反作用力很大。他聽見子彈飛掠樹林的聲音。他一開了槍，就安心下來。

他躺下等著父親回來，但他父親和叔叔在湖的彼端熄滅篝燈時，尼克已經睡著了。

「該死的小鬼，」喬治叔叔說，兩人正划船歸來。「你爲什麼跟他說可以叫我們回去？他可能就是在發神經啊。」

喬治叔叔熱衷於釣魚，是尼克父親的弟弟。

「哎，他還很小嘛。」他父親說。

「那就沒道理帶他跟我們一起進森林啊。」

「我知道他膽小得要命，」他父親說。「可是我們在那個年紀都一樣沒種。」

「我受不了他，」喬治說。「眞是個討厭的撒謊精。」

「哎，算了啦。反正你多的是釣魚的機會。」

他們進了帳篷，喬治叔叔用手電筒閃了閃尼克的眼睛。

「尼仔，怎麼了？」父親說。尼克在床上坐起來。

「有個東西聽起來介於狐狸和狼之間，在帳篷附近亂跑，」尼克說。「有一點像狐狸，但更像狼。」他也是在這一天向叔叔學到「介於……之間」這個說法。

「他可能是聽到鳴角鴞的聲音。」喬治叔叔說。

早上時，他父親發現兩棵大山毛櫸交錯生長，所以在風裡會彼此摩擦發出聲音。

「尼克，你覺得是這個聲音嗎？」他父親問。

「可能吧。」尼克說。他不想思考這件事。

「你永遠不該怕森林，尼克。裡面沒有東西能傷害你。」

「就連閃電也不行嗎？」尼克問。

「對，連閃電也不行。如果有雷雨，那就到空地去。或是待在山毛櫸底下。雷永遠不會劈到山毛櫸。」

「永遠不會嗎？」尼克問。

「沒聽過有這種事。」他父親說。

「天啊，好高興知道山毛櫸這件事。」尼克說。

他現在待在帳篷裡，再度脫下衣服。雖然他沒看牆上的兩個影子，但是他意識著它們的存在。然後他聽見有人將一艘船拉上沙灘的聲音，那兩個影子消失了。他聽見他父親跟別人說話的聲音。

然後他父親大喊：「穿衣服，尼克。」

他盡快穿上衣服。他父親進來，找遍所有行李筒袋。

「穿外套，尼克。」他父親說。

1 原文爲「Some day the silver cord will break」，詩名爲〈蒙恩得救〉（Saved by Grace），美國讚美詩作家芬尼．考洛斯比（Fanny Crosby）所作。銀鏈代表維繫生命之物，全句意寓人有死亡之時。

2 《魯賓遜漂流記》（Robinson Crusoe），英國作家丹尼爾．迪福（Daniel Defoe）所作之冒險小說。

印地安營地

另一艘手划船被拉上湖岸。兩名印地安人站著等候。

尼克和父親登上船尾，印地安人將船推離岸邊，其中一個上來划船。喬治叔叔坐在營地那艘船的船尾。年輕的那名印地安人將船推下水後，就上來為喬治叔叔划船。

兩艘船在黑暗中出發。尼克聽見另一艘船的槳架在霧裡傳來聲音，位置領先他們很多。印地安人動作短促地速划。尼克靠在父親的臂彎裡。水上很冷。載他們的印地安人划得非常努力，但在霧裡另一艘船始終遙遙領先。

「爸，我們要去哪？」尼克問。

「去印地安人的營地，有個印地安小姐病得非常重。」

「噢。」尼克說。

他們越過湖灣之後，看見有人已經將另一艘船拖上岸了。喬治叔叔在黑暗中抽雪茄。年輕的印地安人將船遠遠拖上灘岸。喬治叔叔遞了雪茄給兩個印地安人。

他們跟隨執燈的年輕印地安人，自湖岸穿越一片露珠浸潤的草地。接著他們進入森林，沿著一條小路通往深入山丘的伐木道路。伐木道路明亮多了，因為兩側的林地已經砍伐殆盡。年輕的印地安人停下來，吹熄提燈，眾人一起沿這條路前進。

他們繞過一個轉角，一隻狗衝出來吠叫。前方有幾間小屋的燈火，以剝樹皮維生的印地安人住在這裡。更多狗冒出來，衝向他們。兩個印地安人將他們帶回小屋去。最接近伐木道路的小屋，窗裡有一盞燈。一位老婦站在門口，提著一盞油燈。

屋裡有一位年輕印地安女人躺在木床上。她爲了生下孩子，已經努力兩天了。營地的所有老嫗都來幫她。男人們則避開到聽不見她聲音的遠處，在黑暗中坐在路上抽菸。尼克與那兩個印地安人，跟著他父親及喬治叔叔走進小屋的時候，她正尖叫起來。她躺在木床的下鋪，蓋著被褥的身形顯得巨大。她的頭轉向一側。上層的床上則是她的丈夫。三天前，他的腳被斧頭嚴重砍傷。他在抽菸斗。房間非常臭。

尼克的父親指示人放些水到爐上燒，水加熱的時候，他對尼克說話。

「這位小姐要生孩子了，尼克。」他說。

「我知道。」尼克說。

「你才不知道。」他父親說。「聽好，她要經歷的事叫『分娩』。那個寶寶想出生，她也想生下寶寶。她的所有肌肉都在努力生下寶寶。這就是她尖叫時發生的事。」

「原來如此。」尼克說。

這時，女人尖叫起來。

「噢，爸爸，你不能給她什麼東西，讓她不要尖叫了嗎？」尼克問。

「沒辦法，我沒有麻醉劑。」他父親說。「不過她尖叫不重要。我沒聽到，因爲不重要。」

上鋪的丈夫翻身面對牆壁。

廚房的女人向醫生示意水熱了。尼克的父親進廚房，將半壺水倒進淺盆，然後打開裹住的手帕，將裡面的幾樣東西放進水壺剩餘的水裡。

「這些東西要煮滾。」他說，然後開始用自己從營地帶來的肥皂，在盆子的熱水裡洗手。尼克看著他父親用肥皂搓洗雙手。他父親一邊非常謹慎又徹底地洗手，一邊說：

「好，尼克，事情是這樣：寶寶應該要頭先出來，但有時候不是。不是的時候，寶寶就會帶給大家很多麻煩。我說不定得爲這位小姐開刀。再過一下，我們就知道要不要開刀了。」

他覺得手洗得夠乾淨後，就進去開始工作。

「喬治，把被子拉開好嗎？」他說。「我不要碰到它比較好。」

然後他開始動手術，喬治叔叔與那三個印地安男人抓住那女人保持固定。她咬了喬治叔叔的手臂，喬治叔叔說：「該死的印地安婊子！」載喬治叔叔來的年輕印地安人朝他笑了出來。尼克爲父親捧著水盆。過程很漫長。

他父親抱起寶寶拍了拍，讓寶寶呼吸，然後就交給那位老婦。

「看，是男生喔，尼克。」他說。「當實習醫生感覺如何？」

尼克說：「還可以。」他看著別的地方，避開看他父親在做的事。

「來。這樣就行啦。」他父親說，將某個東西放進盆子裡。

尼克不看那個東西。

「好，」他父親說。「要來縫幾針了。你看不看都可以，尼克，你高興就好。我要把我剛才弄的切口縫起來。」

尼克沒看。他的好奇心早已消失殆盡。

他父親完成之後起身。喬治叔叔和那三個印地安人站起來。尼克將淺盆放回廚房。

喬治叔叔看著自己的手臂。年輕的印地安人想到剛才的事，笑了。

「我來擦點雙氧水上去，喬治。」醫生說。

他俯身探向那個印地安女子。她現在安靜了，閉著眼睛。她看起來非常蒼白。她不知道寶寶怎麼了，她什麼也不曉得。

「我早上會再來。」醫生站起來說。「聖伊涅斯過來的護士應該中午會到。她會把我們需要的所有東西帶來。」

他得意洋洋，談興大發，就像賽後進入更衣間的足球員。

「醫學雜誌要爲這件事記上一筆，喬治。」他說。「我用摺疊刀做剖腹產手術，還用九呎的漸縮引線[1]縫合傷口。」

喬治叔叔靠著牆站，看著自己的手臂。

「喔，你很強，好。」他說。

「我們應該去看看那位神氣的老爸。他們在這些小事裡，通常是最慘的受害者。」醫生說。「我得說他眞是沉得住氣啊。」

他掀開印地安人頭上的毯子。他的手放開時是濕的。他踩著下鋪的邊緣，一手拿著油燈，往裡面探去。那個印地安人臉朝牆壁躺著。他的喉嚨已被切開，傷口從耳朵延伸到另一邊耳朵。他的身體將床壓得凹陷之處，血流成灘。他的頭枕著左臂。剃刀刀刃朝上，敞開落在毯褥間。

「帶尼克到屋外去，喬治。」醫生說。

沒這個必要。當父親一手提著油燈，將印地安人的頭推回來時，站在廚房門邊的尼克將上鋪的景象看得一清二楚。

他們沿著伐木道路往湖邊走的時候，天才剛要亮。

「尼仔，我眞的很抱歉把你帶來。」他父親說，手術之後的意氣風發已不復見。「讓你經歷這件事實在糟糕透頂。」

「女生生小孩永遠都這麼辛苦嗎？」尼克問。

「沒有，這是非常、非常罕見的。」

「爸爸，他爲什麼要自殺？」

「我不知道，尼克。我猜他受不了某些事。」

「爸爸，有很多男人自殺嗎？」

「沒有很多，尼克。」

「那有很多女人自殺嗎？」

「幾乎沒有。」

「從來沒有嗎？」

「喔，有的。有時候會發生。」

「爸爸？」

「嗯？」

「喬治叔叔去哪裡了？」

「他會好好回來的。」

「爸爸，死掉很難嗎？」

「不會，我猜很輕鬆，尼克。完全看狀況。」

他們坐在船裡，尼克在船尾，他的父親划船。太陽從山丘上出現了。一隻鱸魚跳起來，在水裡造出一個圓圈。尼克將一隻手垂在水裡曳著。它在早晨刺骨的寒氣中感到溫暖。

清早在湖上，坐在父親划船的船尾，他相當確信自己永遠不會死。

1 引線（leaders），或稱腦線。釣竿魚線中，連結主線與魚鉤的線。根據不同的材質與粗細，有讓浮標更靈敏、防止魚咬、利於耗損更換等作用。

醫師與醫師娘

迪克．包爾頓從印地安營地來為尼克的父親伐木。他帶上了他的兒子艾迪，還有叫做比利．泰博蕭的另一個印地安人。他們走出樹林，穿過後門進來，艾迪提著長型橫鋸。橫鋸沈重地靠著他的肩膀，隨著他的步伐發出音樂般的聲音。比利．泰博蕭帶了兩把大滾木鉤。迪克一邊腋下夾著三把斧頭。

他轉身關門。其他人走在他前方，繼續往湖邊去，圓木埋在那裡的沙中。

「魔術號」汽船將那些大型筏堰從湖面拖向工廠時，遺失了這些圓木。它們漂到湖岸上，如果置之不理，魔術號的船員遲早會划船沿岸來找，看到圓木，就會拿出上有鉤環的鐵釘，釘在每一根圓木的末端，將它們拖回湖面，形成一個新的筏堰。可是伐木工人可能永遠不會來處理它們，因為幾根圓木不值得花錢找人來收集。如果沒人來處理，它們會浸飽水，然後爛在沙灘上。

尼克的父親總認為這件事一定會發生，所以雇印地安人從營地下來，以橫鋸鋸斷圓木，用斧頭劈開，做成標準大小的柴薪捆和木塊，供開放式火爐使用。迪克．包爾頓繞過農舍，來到湖邊。這裡有四大根山毛櫸木，幾乎完全埋在沙裡。艾迪用鋸子的其中一個把手，將它掛在一棵樹的枝幹分岔處。迪克將三把斧頭放在小碼頭上。迪克是印地安人與白人的混血兒，這個湖附近的很多農夫都認爲他其實是白人。他非常懶惰，但一開工，就是很棒的工人。他從口袋拿了一塊菸餅出來，咬了一口，用歐吉布瓦語[1]對艾迪和比利・泰博蕭講話。

他們將滾木鉤的末端插進其中一根圓木，搖晃它，讓它從沙裡鬆開。他們用身體的力量壓著滾木鉤的柄。圓木在沙中移動著。迪克・包爾頓轉向尼克的父親。

「嗯，醫生，」他說。「你偷了好一批木頭啊。」

「不要講這種話，迪克，」醫生說。「這是漂流木。」

艾迪和比利・泰博蕭滾動圓木，將它們從潮濕的沙子推往水裡。

「浸到水裡去。」迪克・包爾頓大喊。

「你們爲什麼要這樣做？」醫生問。

「洗乾淨。清掉沙子才好鋸。我想看木頭原本是誰的。」迪克說。

圓木完全浸到湖裡去。艾迪和比利・泰博蕭俯身壓著各自的滾木鉤，在太陽下流著汗。迪克跪在沙子上，注視蓋印者在圓木末端鑿下的印記。

「是懷特和麥克奈利的。」他說，一邊站起來，一邊拍拍褲子的膝蓋處。

醫生非常不自在。

「那你最好別鋸它們了，迪克。」他突兀地說。

「不要不高興啊，醫生。」迪克說。「不要不高興。我不在乎你偷誰的東西。那跟我沒關係。」

「如果你認為這些圓木是偷來的，就放著別動，拿你們的工具回營地去。」醫生說。他面紅耳赤。

「別激動嘛，醫生。」迪克說。他將菸草汁液吐到圓木上。汁液滑了下去，在水裡變稀。「你跟我一樣清楚它們是偷來的。對我來說完全沒差。」

「好。如果你覺得這些圓木是偷來的，拿你的東西滾吧。」

「好了，醫生——」

「拿你的東西，滾。」

「聽我說，醫生。」

「你再叫我一次醫生，我就把你打得滿地找牙。」

「噢，不，你不會的，醫生。」

迪克．包爾頓看著醫生。迪克是一個大漢。他知道自己的塊頭多大。他喜歡打架。他樂在其中。艾迪和比利．泰博蕭靠著滾木鉤，看著醫生。醫生咬著下唇邊的鬍子，看著迪克．包爾頓。然後他轉過身，往山丘上的農舍走去。他們可以從他的背影看出他多麼生氣。他們一起看著他走上山丘，進入農舍。

迪克用歐吉布瓦語說了一些話。艾迪笑了出來，但比利．泰博蕭表情非常嚴肅。他聽不懂英語，可是發生口角的時候，他一直很不安。他是個胖子，鬍子只留了一點，像中國人那樣。他拿起兩把滾木鉤。迪克拿起斧頭，艾迪從樹上解下鋸子。他們動身走上去，經過農舍，從後門出去，進入樹林。迪克沒關門。比利·泰博蕭走回去關好門。他們進樹林去了。

農舍裡的醫生，坐在自己房間的床上，看見辦公桌旁地板上成堆的醫學雜誌。它們仍然裝在封套裡，還沒拆開。這激怒了他。

「親愛的，你不回去工作嗎？」醫師娘問道。她躺在窗簾拉上的另一個房間。

「不去！」

「怎麼了嗎？」

「我和迪克·包爾頓吵起來了。」

「噢，」他妻子說。「希望你沒發脾氣啊，亨利。」

「我沒有。」醫生說。

「記得，『治服己心，強於取城。[2]』」他妻子說。她信奉基督科學教派。她的《聖經》、《科學與健康》及《季刊》擺在漆黑房間的床頭邊桌上。

他丈夫沒回答。他現在坐在床上，清理一把獵槍。他將彈匣填滿沉甸甸的黃色子彈，然後又將它們退出來。子彈四散在床上。

「亨利，」他妻子喊道。然後她停頓片刻。「亨利！」

「怎麼了？」醫生說。

「你沒說什麼讓包爾頓生氣的話吧？」

「沒有。」醫生說。

「親愛的，你們吵什麼事？」

「沒什麼。」

「跟我說，亨利。請不要對我隱瞞事情。你們吵什麼事？」

「喔，迪克欠我一大堆錢，因爲我治好他老婆的肺炎。我猜他想吵一架，這樣就不用拿工作來抵。」

他妻子沈默了。醫生用一塊抹布仔細地擦拭槍。他將子彈抵著彈匣的彈簧塞回去。他將獵槍擺在膝蓋上坐著。他非常喜歡它。然後他聽見妻子的聲音從那間漆黑的房間傳來。

「親愛的，我不覺得……我非常不覺得任何人眞的會做這種事。」

「是嗎？」醫生說。

「對。我不太相信會有人故意做這種事。」

醫生站起來，將獵槍放在梳妝台後的角落。

「親愛的，你要出去嗎？」他妻子說。

「我要去走走。」醫生說。

「親愛的，如果你看到尼克，跟他說他媽媽想見他好嗎？」他妻子說。

醫生走到屋外門廊上。紗門在他背後砰地關上。門猛力關上時，他聽見妻子倒抽了一口氣。

「對不起。」他在她簾子拉上的窗戶外說。

「沒關係，親愛的。」她說。

他在炎熱的天氣中走出大門，沿著小路，進入鐵杉樹林。即使在這樣的熱天裡，樹林裡依然寒涼。他發現尼克背靠著一棵樹，正坐著看書。

「你媽想要你去見她。」醫生說。

「我想跟你在一起。」尼克說。

他父親低頭看著他。

「好吧。那過來。」他父親說。「把書給我，我放到我的口袋裡。」

「我知道哪裡有黑松鼠，爸爸。」尼克說。

「好，」他父親說。「我們就去那裡。」

1 歐吉布瓦語（Ojibway），北美原住民的語言之一。

2 《聖經》之語。

十個印地安人

某年的七月四日過後，尼克與喬．加納一家人，深夜從鎮上乘著運貨大馬車回家，路上經過九個喝醉的印地安人。他記得一共有九個，因爲在昏暗中駕車向前的喬．加納，勒住了馬，跳到路上，將一個印地安人拖離車輪留下的轍痕。那個印地安人在睡覺，臉朝下埋在沙土裡。喬將他拖進樹叢裡，然後回到馬車車廂。

「從鎮的邊界到這裡，」喬說。「總共九個了。」

「這些印地安人啊。」加納太太說。

尼克與加納家的兩個兒子一起坐在後座。他從後座望出去，想看喬把那個印地安人拖到路邊哪裡去。

「是比利．泰博蕭嗎？」卡爾問。

「不是。」

「從褲子看起來超像比利。」

「所有印地安人都穿同一種褲子。」

「我完全沒看到他。」法蘭克說。「爸爸到路上去，然後我什麼都沒看見，他就回來了。我還以爲他去殺蛇。」

「我猜今晚會有很多印地安人殺蛇喔。」喬・加納說。

「這些印地安人啊。」加納太太說。

他們駕車向前。路從主要幹道轉出，上了山丘。這樣拉車讓馬很吃力，男孩們都下來走路。路上多沙。尼克從校舍旁的山丘頂回頭望去。他看見佩托斯基的燈光，以及越過小特拉弗斯灣，彼端的哈伯斯普陵的燈光。他們再次回到馬車上。

「他們應該在路上鋪一些碎石。」喬・加納說。馬車沿著路進入樹林。喬與加納太太緊緊挨在一起，坐在前座。尼克坐在兩個男孩間。道路通到一塊開墾地。

「這裡就是爸爸輾到臭鼬的地方。」

「那個地方在更前面。」

「哪裡都沒差，」喬頭也沒回地說。「在哪裡輾臭鼬都一樣。」

「我昨天晚上看到兩隻臭鼬。」尼克說。

「在哪？」

「湖邊。他們沿著岸邊找死魚。」

「說不定是浣熊。」卡爾說。

「那是臭鼬。我認得臭鼬。」

「你應該認得，」卡爾說。「你有印地安女朋友。」

「不准這樣講話，卡爾。」加納太太說。

「喔，聞起來差不多啊。」

喬．加納笑出來。

「不准笑，喬。」加納太太說。「我不准卡爾這樣講話。」

「尼仔，你有印地安女朋友嗎？」喬問。

「沒有。」

「他眞的有，爸爸，」法蘭克說。「普露登絲．米契爾是他的女朋友。」

「她不是。」

「他每天都去看她。」

「我沒有。」尼克在黑暗中坐在兩個男孩間說。他們拿普露登絲．米契爾的事開他玩笑，他心裡既空虛又高興。「她不是我的女朋友。」他說。

「聽他亂講，」卡爾說。「我每天都看到他們在一起。」

「卡爾交不到女朋友，」他母親說。「連印地安女生都交不到。」

卡爾不說話。

「卡爾不太會把女生。」法蘭克說。

「你閉嘴。」

「你沒事的，卡爾。」喬．加納說。「女生對男人永遠沒什麼好處。看看你老爸。」

「對，你當然會這樣講。」隨著馬車搖晃，加納太太湊近喬。「喂，你年輕時可是有一堆女朋友。」

「我打賭老爸絕對沒交過印地安女友。」

「不准亂想。」喬說。「你最好看住小普露，尼克。」

妻子對他耳語，喬笑了出來。

「你笑什麼？」法蘭克問。

「不准說，加納。」他妻子警告。喬又笑了。

「尼仔可以留著普露登絲，」喬．加納說。「我有很好的妞了。」

「這才像話。」加納太太說。

馬在沙土上吃力地拉著車。喬在黑暗中揮鞭。

「快啊，向前拉。你們明天得拉得更費力呢。」

他們疾馳下山，馬車顛簸。所有人都在農舍下車。加納太太打開門鎖，進去提了一盞燈出來。卡爾和尼克在馬車後方卸貨。法蘭克坐在前座，將馬車駕進倉庫，安頓好馬匹。尼克走上臺階，打開廚房的門。加納太太在火爐旁生火。她往木材上倒煤油倒到一半，轉過身來。

「再見，加納太太。」尼克說。「謝謝你們載我來。」

「噢，沒什麼啊，尼仔。」

「我過得很開心。」

「我們喜歡跟你在一起。你不留下來吃點晚餐嗎？」

「我回去比較好。爸爸可能在等我。」

「噢，那就去吧。叫卡爾過來屋子這裡好嗎？」

「好。」

「晚安，尼仔。」

「晚安，加納太太。」

尼克到屋外的庭院，然後到倉庫這裡。喬和法蘭克在擠牛奶。

「晚安，」尼克說。「我過得很開心。」

「晚安，尼克。」喬．加納喊道。「你不留下來吃東西嗎？」

「不行，我沒辦法。你可以跟卡爾說他媽媽找他嗎？」

「好。晚安，尼仔。」

尼克赤腳沿著小徑走，經過倉庫下方的草地。小徑平滑，赤腳沾了冰涼的露珠。他爬過草地盡頭的籬笆，向下越過山溝，濕原的泥巴弄濕了他的腳，然後他往上爬，穿過乾燥的山毛櫸樹林，直到看見小屋的燈火。他翻過籬笆，繞到前方的門廊。他透過窗戶，看見父親坐在桌旁，就著大燈的光讀書。尼克打開門進屋。

「噢，尼克，」他父親說。「今天過得好嗎？」

「過得很棒，爸爸。很棒的國慶日。」

「餓嗎？」

「當然。」

「你把你的鞋子怎麼了？」

「忘在加納家的馬車上了。」

「來廚房吧。」

尼克的父親拿著燈先進去，停下來打開冰箱門。尼克進了廚房。他父親將一塊冷雞肉放在盤子上，還拿了一罐牛奶，放在尼克面前的桌上。他放下燈。

「也有一些派。」他說。「夠你吃嗎？」

「很夠了。」

他父親坐到一張椅子上，就在覆蓋油布的桌子旁。他在廚房牆上製造出一個巨大的影子。

「誰贏了球賽？」

「佩托斯基隊。五比三。」

他父親坐著看他吃，拿起牛奶罐斟滿杯子。尼克喝了，用餐巾擦擦嘴。他父親伸手到架上拿派。他切了一大塊給尼克。那是酸越橘派。

「那你做了什麼事？爸爸。」

「我早上去釣魚。」

「釣到什麼？」

「只有鱸魚。」

他父親坐著看尼克吃派。

「那你今天下午做了什麼？」尼克問。

「我去印地安營地附近走走。」

「有看到誰嗎？」

「印地安人都去鎮上喝酒了。」

「完全沒看到人嗎？」

「我有看到你的朋友小普露。」

「她在哪？」

「她和法蘭克．華許柏恩在樹林裡。我不小心碰見他們。他們那時可享受了。」

他父親沒看他。

「他們在做什麼？」

「我沒留下來觀察。」

「跟我說他們在做什麼。」

「我不曉得，」他父親說。「我只聽到他們翻滾的聲音。」

「你怎麼知道是他們？」

「我看到了。」

「你不是說你沒看到他們？」

「噢，有，我有看到。」

「她跟誰在一起？」尼克問。

「法蘭克．華許柏恩。」

「他們——他們——」

「他們怎樣？」

「他們開心嗎？」

「我猜是吧。」

他父親從桌旁起身，打開廚房的紗門出去。他回來時，尼克正盯著自己的盤子。他在哭。

「再吃一點嗎？」他父親拿刀切派。

「不要。」尼克說。

「你最好再吃一塊。」

「我不要，我不想再吃了。」

他父親清理桌面。

「他們那時候在樹林的哪裡？」尼克問。

「營地後面。」尼克盯著自己的盤子。他父親說：「你最好去睡覺了，尼克。」

「好。」

尼克進了房間，脫下衣服睡覺。他聽見父親在客廳活動的聲音。尼克躺在床上，臉埋在枕頭裡。

「我的心碎了。」他想。「如果有這種感覺，我的心一定是碎了。」

過了一會，他聽見父親吹熄燈火，進了自己的房間。他聽見外面樹林間起風的聲音，感覺到風寒涼地穿越紗網。他將臉埋在枕頭裡，躺了很久，過了一會，忘了想普露登絲之後，他終於睡著了。夜裡醒來時，他聽見小屋外的鐵杉樹林裡的風聲，還有湖水浪潮衝擊岸邊的聲音，接著又睡著了。早上吹著一股大風，潮水在湖岸激出高大的浪，他醒來很久之後，才想起自己的心碎了。

印地安人遷離

連繫佩托斯基的路，從培根爺爺的農莊筆直上山。他的農莊位於路的盡頭，不過這條路永遠看起來都像起始於他的農莊，通往佩托斯基，沿著樹林的邊緣攀上漫長的山坡，既陡峭又多沙土，最後隱沒進樹林裡，就在長坡突然結束於闊葉林地之處。

道路進入樹林後變得冷涼，腳下的沙土因爲濕潤而紮實。它上下了幾個山丘，穿過的林間有漿果叢和山毛櫸小樹夾道，必須定期砍伐，讓它們不至於完全埋沒道路。夏天時，印地安人會沿路採漿果，將它們帶到小屋來賣，裝在桶子裡的野生紅樹莓，彼此壓壞了，上面覆著山毛櫸樹葉，保持它們的清冷；然後是成桶的黑莓，結實又閃著新鮮的光采。印地安人帶著它們，穿過樹林，來到湖邊的小屋。你永遠不會聽到他們過來的聲音，但他們就是會突然出現，站在廚房門邊，提著裝滿莓子的洋鐵桶。有時躺在吊床上看書的尼克，會聞到印地安人穿過大門，經過柴堆，繞過房子所傳來的氣味。印地安人的氣味全都一樣。所有印地安人都有這種甜甜的味道。培根爺爺曾將岬角旁的棚屋出租給印地安人，他們離開之後，尼克進了棚屋，整個屋內都是這個氣味，那是他第一次聞到這個氣味。從此以後，培根爺爺再也無法將那間棚屋租給白人，也沒有印地安人來租了，因爲當時住在那間屋子的印地安人，在國慶日去佩托斯基喝了爛醉，躺在馬凱特神父鐵路的軌道上睡覺，結果遭午夜的列車輾過。他是一個非常高的印地安人，曾用白楊木做過一支獨木舟的槳給尼克。他獨自住在那間棚屋，夜裡喝那止痛的玩意，獨自穿行樹林。很多印地安人都這樣。

印地安人沒有成功的。以前有——過去的印地安人，某些有田，會耕田，變得又老又肥，兒孫滿堂。那些印地安人就像賽門·格林，靠荷頓溪維生，有一片廣大的田。不過賽門·格林已經死了，他的孩子賣了田，分了錢，去了別的地方。

尼克記得賽門·格林在荷頓灣那家鐵匠舖的門口，坐在椅子上，在陽光下流著汗，他的馬在舖裡裝蹄鐵。尼克鏟著倉庫簷下濕冷的土，想抓蟲，手指在土中翻找，聽著錘子擊打鐵材的短促鏗鏘聲。他將土篩到自己的蟲罐裡，又塡了剛才挖的地，用鏟子將地面拍平。外面的陽光裡，賽門·格林正坐在椅子上。

「哈囉，尼克。」尼克出來時，賽門·格林說。

「哈囉，格林先生。」

「要去釣魚啊？」

「對。」

「今天眞熱，」賽門微笑。「跟你爸說，今年秋天會有很多鳥。」

尼克繼續走過鐵舖後方的地，去屋子拿他的甘蔗竿和魚簍。他去溪邊的時候，賽門·格林乘著他的輕便單座馬車經過。尼克正要進入樹叢，賽門沒有看到他。這是他最後一次見到賽門．格林。他在那年冬天死了，次年夏天，他的田賣了。他除了田以外，什麼也沒留下。一切都被拿回去投資田了。他的一個兒子想繼續耕田，但其他兒子否決，田就賣了。收入還不到大家預期的一半。

格林的兒子艾迪，也就是想繼續耕田的那一個，他在春溪後方買了一塊地。另外兩個兒子在佩爾斯頓買了一間賭場。他們輸了錢，拍賣了財產抵債。印地安人就是這樣。

ON

HIS OWN

自食　　　　其力

世界之光

酒保看見我們從門口進來時，抬起頭來，然後伸手拿玻璃罩蓋住兩碗免費午餐。

「給我一杯啤酒。」我說。他倒了酒，用抹刀刮去頂部泡沫，然後握住酒杯。我放了五分錢在吧台上，他將啤酒朝我滑過來。

「你呢？」他對湯姆說。

「啤酒。」

他倒了啤酒，刮去泡沫，看到錢以後，就將啤酒推向湯姆。

「怎樣？」湯姆問。

酒保沒回答他。他只是將目光越過我們的頭頂，說：「你呢？」他問剛進來的男人。

「裸麥[1]。」那人說。酒保拿出酒瓶、杯子和一杯水。

湯姆伸出手，拿開一個免費午餐碗的玻璃罩。那是一碗醃豬腳，有一個木頭的玩意用來當剪刀，末端有兩個木叉用來叉起豬肉。

「不行。」酒保說，將玻璃罩蓋回碗上。湯姆手裡拿著那把木叉剪。「放回去。」酒保說。

「你對那玩意的位置很熟呀。」湯姆說。

酒保的一隻手伸向吧台下，看著我們兩人。我放了五十分錢在吧台上，他直起身來。

「你要什麼？」他說。

「啤酒。」我說，他掀開了那兩個碗的罩子，然後才去倒啤酒。

「你這爛豬腳臭死了。」湯姆說，將嘴裡的東西吐到地板上。酒保什麼也沒說。喝裸麥的人付了錢，頭也不回地出去了。

「你是臭到自己，」酒保說。「你們這些垃圾都臭死了。」

「他說我們是垃圾。」阿湯對我說。

「好了，」我說。「我們走吧。」

「你們這些垃圾他媽的快滾。」酒保說。

「是我說我們要走了，」我說。「不是聽你的。」

「我們會回來。」阿湯說。

「你們不會。」酒保對他說。

「讓他知道他多扯。」湯姆轉向我。

「走啦。」我說。

外面已經完全天黑了。

「這是什麼鬼地方？」阿湯說。

「不知道，」我說。「我們去車站那裡吧。」

我們從那個鎮的一端進來，現在要從另一端出去。這裡聞起來像是獸皮、鞣料樹皮和大堆大堆的鋸屑。我們進來時，天就越來越黑，現在又黑又冷，馬路邊緣的水灘都在結冰。車站那裡，有五個妓女在等火車，還有六個白人和四個印地安人。既擁擠，又因爲火爐而炎熱，滿是汙濁的煙霧。我們進去的時候，沒人在講話，票窗已經關了。

「關門行不行？」有人說。

我看誰在說話。是其中一個白人。他穿著伐木褲[2]，伐木工人的橡膠套鞋，還有毛料格紋上衣，就跟其他人一樣，可是沒戴帽子，臉是白的，手又白又瘦。

「你不關門啊？」

「當然關。」我說，關上門。

「謝謝。」他說。另一個人偷笑。

「弄過廚師嗎？」他對我說。

「沒有。」

「你弄這個看看，」他看那個廚師。「他可喜歡了。」

那個廚師不看他，緊閉著嘴。

「他在手上塗檸檬汁，」那人說。「他無論如何就是不讓手碰洗碗水。你看它們多白。」

其中一個妓女大笑出來。她是我這輩子看過最大塊頭的妓女，也是最大塊頭的女人。她穿著那種顏色會變化的絲質洋裝。另外有兩個妓女的個子幾乎跟她一樣高大，但大塊頭的那一個一定有三百五十磅。你看著她會感到不可思議。這三個都穿著那種變色絲綢洋裝。她們肩併肩坐在長凳上。她們體積龐大。其他兩個就是外表平凡的妓女，將頭髮染成了金色。

「看看他的手。」那人說，向廚師的方向點了點頭。那個妓女又笑了，渾身亂顫。

廚師轉過來快速對她說：「你這噁心的大肉球。」

她只是繼續笑得發抖。

「噢，我的天啊，」她說。她有好聽的聲音。「噢，我親愛的老天爺啊。」

另外兩個妓女身材高大，動作非常安靜鎮定，好像沒有多少知覺，但她們的身材幾乎就與最大塊頭的那一個相差無幾。她們倆都遠超兩百五十磅重。剩餘的兩人舉止莊重。

至於男人，除了廚師和那個說話的人，還有兩個伐木工人，一個在聽，感興趣但是靦腆，另外一個則似乎準備好要說話，此外有兩個瑞典人。兩個印地安人坐在長椅的末端，一個靠著牆站。

準備好要說話的那個人，非常低聲地對我開口：「一定像在搞乾草堆。」

我笑了，也對阿湯說。

「我發誓我從來沒見過這種場面，」他說。「你看她們三個。」然後廚師開口了。

「你們這些小子幾歲？」

「我九六，他六九。」阿湯說。

「呵！呵！呵！」大塊頭妓女笑得抖起來。她有非常美的聲音。其他妓女沒笑。

「喔，你就不能有禮貌嗎？」廚師說。「我問，只是出於友善。」

「我們是十七歲和十九歲。」我說。

「你是怎樣？」阿湯轉向我。

「這沒關係。」

「你們可以叫我艾莉絲。」大塊頭的妓女說，然後又開始抖了。

「這是你的名字嗎？」阿湯問。

「對，」她說。「艾莉絲。不是嗎？」她轉向坐在廚師旁的那個男人。

「艾莉絲。沒錯。」

「這是你自己取的那種名字。」廚師說。

「這是我的眞名。」艾莉絲說。

「其他女生的名字是什麼？」湯姆問。

「海柔和埃瑟。」艾莉絲說。海柔和埃瑟微笑。她們不是非常機靈。

「你的名字是什麼？」我對其中一個金髮女說。

「法蘭西絲。」她說。

「全名是什麼？」

「法蘭西絲．威爾森。跟你有什麼關係？」

「你的呢？」我問另一個。

「喔，少放肆了。」她說。

「他只是想要讓我們大家都做朋友而已。」之前說話的男人開口了。「你不想做朋友嗎？」

「不想，」染頭髮的那個說。「跟你不想。」

「她眞是脾氣火爆，」那人說。「十足的小火山。」

金髮的那個看看另外一個，然後搖頭。

「天殺的老古板。」她說。

艾莉絲又開始笑，渾身顫抖。

「沒什麼好笑的，」廚師說。「你們都笑了，但是沒什麼好笑的。你們這兩個小夥子，上哪去？」

「你自己要去哪？」湯姆問他。

「我想去卡迪拉克，」廚師說。「你去過那裡嗎？我姐妹住那裡。」

「他自己就是一個姐妹。」穿伐木褲的那個人說。

「你不能不要再說這種話嗎?」廚師說。「我們不能有禮貌地聊天嗎?」

「史蒂夫·凱秋就是從卡迪拉克過來,那是艾德·沃爾加斯特[3]的老家。」害羞的那人說。

「史蒂夫·凱秋,」其中一個金髮女高聲說,好像這個名字在她心裡扣了扳機。「他老爸開槍殺了他。對,我發誓,是他自己的老爸。再也沒有像史蒂夫·凱秋的男人了。」

「他不是叫史丹利·凱秋嗎?」廚師問。

「噢,閉嘴啦。」金髮女說。「你哪知道史蒂夫的事?史丹利。他才不是史丹利。史蒂夫·凱秋是世上出現過最體面也最帥的男人了。我沒看過有男人像史蒂夫·凱秋一樣乾淨、一樣白、一樣帥了。從來沒有這種男人。他動起來就像老虎,他是世上出現過最體面、最大手筆的人了。」

「你認識他?」一個男人問。

「我認不認識他?我認不認識他?我愛過他嗎?你問我這個問題?我跟他熟到比你對世上的任何人更熟,我愛他的程度就像你愛上帝。史蒂夫·凱秋,他是世上出現過最棒、最體面、最白、最帥的人,他老爸卻當他廢物一樣地射死了。」

「你跟他去了沿岸?」

「沒有。我在那之前就認識他了。他是我唯一愛過的男人。」

她用非常高亢又誇張的語調說這一切,每個人都對染金髮的她非常尊敬起來,可是艾莉絲又開始抖。我感覺得到，因爲我坐在她旁邊。

「你應該嫁給他。」廚師說。

「我不會傷害他的職業生涯。」染金髮女說。「我不願意當他的障礙。他需要的不是老婆。噢，天啊，他眞是一個了不起的男人。」

「這樣看是不錯，」廚師說。「但傑克·強森[4]不是擊倒他了？」

「那是耍詐，」染髮女說。「那個大黑仔偷襲他。他才剛擊倒傑克·強森，那個大塊頭黑雜種啊。那個黑鬼是僥倖打敗他。」[5]

票窗升起來了，三個印地安人走過去。

「史蒂夫擊倒他，」染髮女說。「就轉過來對我笑。」

「你不是說你當時不在沿岸？」有人說。

「我特地爲了那一場比賽過去。史蒂夫轉過來對我笑，然後天殺的黑王八蛋就跳起來偷襲他。像黑雜種那樣的傢伙，史蒂夫打得贏上百個。」

「他是很厲害的拳擊手。」伐木工說。

「我對天發誓，他就是，」染髮女說。「我對天發誓，現在沒有這種拳擊手了。他就像上帝一樣，他就是。那麼白又乾淨，帥又迷人，又快，就像老虎或閃電。」

「我在那場比賽的電影看過他。」湯姆說。我們都非常感動。艾莉絲渾身發抖，我看過去，發現她在哭。印地安人們到外面的月台去了。

「他永遠比任何丈夫都棒，」染髮女說。「我們在上帝的見證下結婚，我現在屬於他，永遠都會，全部的我都是他的。我不在乎我的身體。他們可以占有我的身體。我的靈魂屬於史蒂夫．凱秋。上帝為證，他眞是一個男人。」

所有人都感覺很差。又難過又難堪。然後艾莉絲開口了，她仍然在抖。「你是噁心的騙子，」她用那低沈的聲音說。「你這輩子從來沒睡過史蒂夫．凱秋，你自己知道。」

「你怎麼可以這樣講？」染髮女高傲地說。

「我說是因為這是實話，」艾莉絲說。「我是這裡唯一認識史蒂夫．凱秋的人，我來自曼瑟洛納，我在那裡認識他，這是眞的，你也知道這是眞的，如果不是眞的，上帝可以打死我。」

「祂也可以打我。」染髮女說。

「這是眞的、眞的、眞的，你心知肚明。不是剛才編出來的，我很清楚他對我說過什麼話。」

「他說什麼？」染髮女滿不在乎地說。

艾莉絲哭得太厲害，幾乎說不出話來，因為抖得太厲害。

「他說：『你眞是一個可愛的妞，艾莉絲。』他就是這樣說。」

「這是謊話。」染髮女說。

「這是眞話，」艾莉絲說。「他眞的這樣說。」

「這是謊話。」染髮女高傲地說。

「不，這是眞的、眞的、眞的，我能對耶穌和聖母發誓。」

「史蒂夫不可能這樣講。這不是他說話的方式。」染髮女開心地說。

「這是眞的，」艾莉絲用她好聽的聲音說。「而且你信不信，對我來說也沒差。」她不再哭了，她很冷靜。

「史蒂夫不可能說過那句話。」染髮女聲稱。

「他說過，」艾莉絲說，露出微笑。「我記得他說這句話的時候，而且我當時完全就像他說的，眞是一個可愛的妞，現在也比你好，你這乾巴巴的舊熱水壺。」

「你不能侮辱我，」染髮女說。「你這大膿包。我有我的回憶。」

「不，」艾莉絲用那甜美可愛的聲音說。「你除了切除輸卵管，還有開始用C和M之外[6]，沒有任何眞的回憶。其他事，你只是從報紙讀來的。我很乾淨，你很清楚，而且男人喜歡我，就算我塊頭很大，你心知肚明，我從來不說謊，你也知道。」

「不要干涉我的回憶，」染髮女說。「這是我又眞又棒的回憶。」

艾莉絲看她，然後看我們，她的臉上沒了受傷的表情，她微笑了，她有幾乎是我看過最漂亮的臉蛋。她有一張漂亮的臉，美好光滑的皮膚，可愛的聲音，人也親切地沒話說，相當友善。可是，天啊，她眞的塊頭很大。她有三個女人那麼龐大。湯姆看到我望著她，說：

「來吧。我們走。」

「再見。」艾莉絲說。她的聲音絕對好聽。

「再見。」我說。

「你們這些小伙子要往哪裡去？」廚師問。

「跟你不同方向。」湯姆告訴他。

1 指裸麥威士忌（rye whiskey）。

2 伐木褲（stagged trousers），北美民間用語，指褲管截短一段，或沒有褲腳反褶處的褲子，讓穿著者在林間活動或脫逃時，不容易被樹叢勾到褲管。

3 艾德．沃爾加斯特（Ad Wolgast），世界輕量級拳擊冠軍，外號「密西根大山貓」。

4 傑克．強森（Jack Johnson），美國第一位非裔重量級拳王。

5 原文中，染髮女分別用了 big dine（大黑仔）、big black bastard（大塊頭黑雜種）、nigger（黑鬼）形容傑克．強森。

6 可能係指古柯鹼（cocaine）與嗎啡（morphine）。

鬥士

尼克站起來。他沒事。他抬頭看向鐵軌，望著守車[1]的燈光在拐彎後消失在眼前。鐵軌兩側都有水，再外則是落葉松溼原。

他摸摸膝蓋。褲子扯裂了，皮膚擦破了。他的雙手刮傷，指甲底下塞著沙子與煤屑。他走到鐵軌邊緣，下了小斜坡，到水邊去洗手。他在冰水中小心地洗它們，清出指甲縫裡的沙土。他蹲下來洗膝蓋。

眞是卑鄙又噁心的煞車員。他總有一天會擺平他的。他會領教他的眞本事。那樣做才對。

「過來，孩子，」他說。「我有東西要給你。」

他中了這個計。眞是卑鄙的幼稚行爲。他永遠不會再中他們這種圈套了。

「過來，孩子，我有東西要給你。」然後砰，他在鐵軌旁四肢著地。

尼克揉揉一邊的眼睛。有個大腫塊逐漸浮出。他的一邊眼睛會變黑，沒關係。它已經在痛了。噁心的王八蛋煞車員。

他用手指碰碰眼睛上的腫塊。噢，嗯，不過是一個被打黑的眼睛。他只付出這個代價就脫身。很划算。他希望自己看得到。不過從水面上望不見。天黑了，他深處一個鳥不生蛋的地方。他將雙手在褲子上擦了擦，起身，然後爬路基回到鐵軌那裡。

他開始順著鐵軌走。鐵軌的碎石鋪得很好，走起來很輕鬆，枕木間填有沙子和礫石，腳下很紮實。平順的路基就像穿過溼原的一行堤道。尼克向前走。他一定得找個地方待。

貨運列車在沃爾頓接駁站外幾碼處減速時，尼克跳上了列車。載著尼克的這列車，在天開始黑的時候，經過卡爾卡斯卡。他現在一定接近曼瑟洛納了。三、四哩的溼原。他上了鐵軌，持續走在枕木之間的碎石上，溼原在逐漸昇起的霧氣裡顯得朦朧。他的眼睛疼痛，他也餓了。他繼續快走，在鐵軌上前進了好幾哩。鐵軌兩旁的溼原始終沒變。

前方是一座橋。尼克過了橋，靴子踩著鐵料發出空洞的聲音。底下的水面將枕木縫隙映成黑色。尼克踢一根鬆掉的釘子，釘子掉進水裡。橋的另一端是幾座山丘。鐵軌兩側都又高又黑。鐵軌的另一端，尼克看見了火。

他順著鐵軌，小心地走向火堆。它在鐵軌的一側，鐵路路堤的下方。他只看到火堆發出來的光。鐵軌越過了一條通路，火堆燃燒的地方，郊野展開，隱沒進森林裡。尼克小心地下至路堤，抄近路進入森林，經過樹林，到火堆的位置去。那是山毛櫸森林，他走在樹林間時，鞋底就踩著落下的山毛櫸刺果。火現在很明亮，就位在樹林的邊緣。有一個男人坐在火邊。尼克在一棵樹的後方觀望狀況。那人看起來是獨自一人。他手撐著頭坐在那裡，看著火堆。尼克走出來，走進火光中。

那人坐在那裡看火。尼克在離他相當近的地方停下來，但他沒動。

「哈囉！」尼克說。

那人抬起頭來。

「你的眼睛怎麼會瘀青？」他說。

「一個煞車員打我。」

「你從直達貨車下來？」

「對。」

「我有看見那個雜種，」那人說。「他大約一個半小時前經過這裡。他走在車頂上，一邊拍打手臂，一邊唱歌。」

「那個雜種！」

「打你一定讓他感覺很好。」那人認眞說。

「我會揍回來。」

「哪時他經過，拿石頭打他吧。」那人建議。

「我會揍到他。」

「你這人很硬是吧？」

「不是。」尼克回答。

「你們這些孩子都很硬。」

「非硬不可。」尼克說。

「我就說吧。」

那人看著尼克微笑。火光裡，尼克看見他的臉龐畸形怪狀。他的鼻子塌下去，雙眼是兩道細縫，嘴唇形狀古怪。尼克對這一切一時沒反應過來，只注意到那人的臉龐奇形怪狀且傷殘。它就像彩色的補土。在火光裡看起來死氣沈沈。

「不喜歡我的臉嗎？」那人問。

尼克不好意思。

「沒那回事。」他說。

「你看這裡！」那人脫下帽子。

他只有一個耳朵。它又粗又緊地連在他的頭部一側。應該有另一個耳朵的地方，是一塊殘肉。

「看過這個狀況嗎？」

「沒有。」尼克說。這個狀況讓他有一點不舒服。

「我受得了，」那人說。「孩子，你不覺得我受得了是吧？」

「當然可以！」

「他們都出手打我，」小個子說。「可是傷不了我。」

他看著尼克。「坐下，」他說。「想吃東西嗎？」

「沒關係，」尼克說。「我要繼續走去鎮上。」

「喂！」那人說。「叫我艾德。」

「沒問題！」

「聽著，」小個子說。「我不太對勁。」

「怎麼了？」

「我是瘋子。」

他戴上帽子。尼克想笑。

「你很正常。」他說。

「沒有，我不正常。我是瘋子。聽著，你變瘋過嗎？」

「沒有，」尼克說。「你怎麼變瘋的？」

「我不知道，」艾德說。「人不會知道自己什麼時候變瘋子。你知道我對不對？」

「不知道。」

「我是艾德．法蘭西斯。」

「你發誓？」

「你不相信嗎？」

「相信。」

尼克知道那一定是實話。

「你知道我怎麼打贏他們嗎？」

「不知道。」尼克說。

「我的心臟很慢。它一分鐘只跳四十下。你感覺看看。」

尼克猶豫。

「來啊，」那人握住他的手。「抓住我的手腕。把你的手放在這裡。」

小個子的手腕很粗，肌肉鼓脹在骨頭上。尼克感覺到手指下緩慢的脈搏。

「有錶嗎？」

「沒有。」

「我也沒有，」艾德說。「沒有錶眞不方便。」

尼克放下他的手腕。

「聽著，」艾德．法蘭西斯說。「你再握一次。你數它，我數到六十。」

尼克感覺手指下緩慢又沉的脈動，開始數。他聽見小個子緩慢地數數：一，二，三，四，五……等等——很大聲。

「六十。」艾德數完。「一分鐘到了。你數到多少次？」

「四十。」尼克說。

「沒錯，」艾德開心地說。「她從來不加快。」

一個人從鐵路路堤上跳下來，越過空地往火堆來。

「哈囉，巴格斯[2]！」艾德說

「哈囉！」巴格斯回應。那是黑人的聲音。尼克從對方走路的方式，知道他是黑人。

他背對他們站著，彎腰湊近火堆。然後他直起身來。

「這是我的兄弟巴格斯。」艾德說。「他也是瘋子。」

「很高興認識你。」巴格斯說。「你說你從哪來的？」

「芝加哥。」尼克說。

「那地方不錯，」黑人說。「我不知道你的名字。」

「亞當斯。尼克・亞當斯。」

「他說他從來沒瘋過，巴格斯。」艾德說。

「他以後要面對的東西很多。」黑人說。他在火堆旁打開一個包裹。

「巴格斯，我們什麼時候要吃東西？」職業拳擊手問。

「馬上。」

「尼克，你餓不餓？」

「餓死了。」

「巴格斯，聽到沒？」

「大部分的事，我都聽到了。」

「我問的不是這個。」

「有。我聽到那位先生的話了。」

他往一柄平底鍋裡放了幾片火腿。鍋子越來越熱，油脂四濺，巴格斯屈著黑鬼的長腿，蹲在火堆旁，翻動火腿，將蛋打破，放進平底鍋裡，左右搖擺鍋子，讓蛋滑到熱呼呼的肥油上。

「亞當斯先生，可以請你從那個袋子裡切一些麵包出來嗎？」巴格斯在火堆轉過來。

「沒問題。」

尼克將手伸進袋子，拿出一條麵包。他切了六片。艾德看著他，俯身過來。

「讓我拿刀，尼克。」他說。

「不行，你不能拿。」黑人說。「握好你的刀，亞當斯先生。」

職業拳擊手坐回去。

「亞當斯先生，你可以拿麵包給我嗎？」巴格斯問。尼克拿麵包過去。

「你想要你的麵包沾點火腿肥油嗎？」黑人問。

「當然！」

「再等一會吧。拿來做晚餐的結尾比較好。來。」

黑人拿起一片火腿，將它放在一片麵包上，然後將一個蛋滑到火腿上。

「請把三明治夾起來，好嗎？然後拿給法蘭西斯先生。」

艾德拿了三明治開始吃。

「小心蛋滑掉，」黑人警告。「這份是給你的，亞當斯先生。剩下是我的。」

尼克咬了三明治。黑人坐在他的對面，就在艾德旁邊。煎熱的火腿和蛋好吃極了。

「亞當斯先生餓壞了。」黑人說。小個子沒說話，尼克從他的名字知道，他從前是拳擊冠軍。自從黑人提到刀以後，他就沒說過話了。

「我給你一片完全浸過火腿熱油的麵包好嗎？」巴格斯說。

「多謝你。」

白種小個子看著尼克。

「艾道夫・法蘭西斯先生，你要來一點嗎？」巴格斯從平底鍋拿出食物給他。

艾德沒有回答。他看著尼克。

「法蘭西斯先生？」黑鬼用溫和的聲音說。

艾德沒有回答。他看著尼克。

「我在對你說話，法蘭西斯先生。」黑鬼輕柔地說。

艾德繼續看著尼克。他將帽子遮住了眼睛。尼克覺得很緊張。

「你他媽的怎麼會這樣？」帽子底下的聲音犀利地問尼克。

「你他媽的以爲自己是誰？你這瞧不起人的雜種。沒人要你來這裡，你來了，吃了別人的食物，他要跟你借把刀，你就瞧不起人起來。」

他瞪著尼克，臉龐是白的，眼睛在帽子底下，讓人幾乎看不見。

「你眞搞笑。誰他媽的要你過來這裡攪和？」

「沒人。」

「媽的對極了，沒人要你來。也沒人要你留下來。你來了這裡，瞧不起我的臉，抽我的菸，喝我的酒，然後講些瞧不起人的話。你他媽的以爲自己在招惹誰？」

尼克什麼也沒說。艾德站起來。

「我告訴你，你這膽小的芝加哥雜種。你要讓你的屁股被踢爛了。你懂不懂？」

尼克退後。小個子緩慢移向他，拖著腳步向前，先踩出左腳，然後右腳拖向左腳。

「打我，」他晃著頭。「打我看看。」

「我不想打你。」

「你這樣逃不了的。你會被痛打一頓，懂嗎？快點，先對我出拳。」

「別這樣。」尼克說。

「好吧，你這雜種。」

小個子俯視尼克的腳。他俯視的時候，從他離開火堆就一直跟在他身後的黑人，下定決心，敲了小個子的後腦杓底部。他向前倒下，巴格斯將包著布的短棍[3]扔到草地上。小個子躺在那裡，臉埋在草地上。黑人抱起他，他的頭垂著，黑人將他搬到火堆旁。他的臉色難看，張著眼睛。巴格斯輕輕放下他。

「請你拿桶裡的水給我，亞當斯先生，」他說。「我恐怕打他打得有一點重了。」

黑人用一隻手潑了水在那人的臉上，溫和地拉拉他的耳朵。那雙眼睛閉上了。

巴格斯站起來。

「他沒事，」他說。「沒什麼好擔心。真抱歉，亞當斯先生。」

「沒關係。」尼克俯視那個小個子。他看見草地上的短棍，撿了起來。它的手把有韌性，拿起來顯得很好使。沈重的末端捆著磨損的黑色皮革與一條手帕。

「這是鯨骨手把，」黑人微笑。「大家沒再做這種了。我不知道你自衛的能力多好，反正我不想要你傷害他，或是讓他掛彩掛得更嚴重。」

黑人又微笑。

「可是你打傷他了。」

「我知道怎麼出手。他完全不會記得。他變成那樣的時候，我得這樣做來改變他的狀況。」

尼克仍然俯視躺在地上的小個子，火光裡，他閉著眼睛。巴格斯在火堆上添了些柴薪。

「你完全不要擔心他，亞當斯先生。他這樣子，我看過很多次了。」

「是什麼東西讓他瘋掉？」尼克問。

「噢，很多東西。」黑人在火堆旁回答。「亞當斯先生，你想喝一杯這個咖啡嗎？」

他將杯子遞給尼克，撫平他放在昏迷者頭部下方的外套。

「舉例來說，他被打過太多次，」黑人啜飲咖啡。「可是那只是讓他變得有點頭腦簡單。然後他姐妹是他的經理，報紙老是寫他們兄弟姊妹的事，寫她多愛她的兄弟，他多愛他的姊妹，之後他們在紐約結婚，就產生很多不愉快了。」

「我記得那件事。」

「一定嘛。他們當然絕對不是什麼兄弟姊妹，可是有很多人無論如何都不喜歡這樣，他們開始意見分歧，她有一天就直接離開，再也沒回來了。」

他喝了咖啡，用一隻手的粉紅掌心擦擦嘴唇。

「他就瘋了。亞當斯先生，你想再來點咖啡嗎？」

「謝謝。」

「我看過她幾次，」黑人繼續說。「這個女人美得離譜。跟他像到可以當雙胞胎。他的臉如果不是全被打爛，長得也不差。」

他不說話了。故事似乎結束了。

「你在哪裡認識他？」尼克問。

「我在牢裡認識他的，」黑人說。「她離開以後，他老是在打人，就被送去關了。我是因爲砍了一個人，所以去坐牢。」

他微笑，聲音變溫和：「我立刻就喜歡他這個人了，出獄以後，我就照看他。他喜歡覺得我是瘋子，我不在乎。我喜歡跟他相處，喜歡看看郊外，我也不用犯竊盜罪才能做這件事。我喜歡活得像紳士。」

「你們都在做什麼？」尼克問。

「喔，沒做什麼。就是到處去而已。他有錢。」

「他一定賺了很多錢。」

「當然。不過他花光了所有錢。不然就是被搶走了。她會寄錢給他。」

他撥撥火堆。

「她是好得不得了的女人，」他說。「她跟他像到是雙胞胎一樣。」

黑人看著小個子，後者呼吸沈重地躺著。他的金髮垂在額頭上。他毀損的臉在沉靜中顯得孩子氣。

「我現在隨時可以叫醒他，亞當斯先生。如果你不介意，我希望你差不多要動身了。

我不喜歡自己不好客，但是他醒來時又看到你，可能會心煩。我討厭打他，可是他一發作，我就只能那樣辦。我差不多得讓他遠離人群。亞當斯先生，你不介意吧？不，不要謝我，亞當斯先生。我對你警告過他這人了，但他似乎喜歡你，我以爲不會有事的。你順著鐵軌走，過兩哩就會到鎮上。那裡叫曼瑟洛納。再見。眞希望我們可以請你留下過夜，但現在完全不可能了。你想帶一點火腿和麵包一起走嗎？不要嗎？你最好帶一個三明治。」所有話都是以黑鬼低沉、溫和、有禮貌的聲音說出口。

「很好。嗯，再見了，亞當斯先生。再見，祝你好運！」

尼克離開火堆，越過空地，走向鐵軌。離開火堆附近以後，他側耳聆聽。黑人低沉輕柔的聲音在說話。尼克聽不清字句。然後他聽見小個子說：「我的頭好痛，巴格斯。」

「會好起來的，法蘭西斯先生。」黑人安撫他。「再喝一杯熱咖啡看看。」

尼克爬上路堤，開始順著鐵軌走。他發現自己手裡拿了一個火腿三明治，將它放進口袋裡。鐵軌一路向上，彎進山丘間之前，他在坡上回頭看，依然看得見空地上的火光。

1 守車（caboose），鐵路貨車的最後一節車廂。

2 巴格斯（Bugs），bugs 英文中亦有「瘋的」之意。

3 此處的短棍（blackjack），專爲打鬥所製，手把有彈性，尖端可能裝有鉛，棍身裹著布或皮。

殺手

亨利餐館的門開了，兩個男人進來。他們坐到櫃台前。

「你們要點什麼？」喬治問他們。

「不知道，」一個人說。「艾爾，你想吃什麼？」

「不知道。」艾爾說。「我不知道我想吃什麼。」

外面的天色漸漸黑了。窗外的街燈亮起來。櫃台旁的兩人讀著菜單。櫃台的另一端，尼克．亞當斯看著他們。他們進來的時候，他正在跟喬治講話。

「我要烤小里肌豬肉，加蘋果醬和馬鈴薯泥。」第一個人說。

「那個還沒準備好。」

「那你他媽的爲什麼把它放在菜單上？」

「那是晚餐，」喬治解釋。「到六點就可以吃到了。」

喬治看看櫃台後的牆上掛鐘。

「現在五點。」

「鐘走到五點二十分了。」第二個人說。

「它快二十分鐘。」

「噢，媽的爛鐘。」第一個人說。「有什麼可以吃？」

「我可以給你任何一種三明治，」喬治說。「你可以吃火腿加蛋、培根加蛋，肝搭培根，或是牛排。」

「給我炸雞肉丸，配豌豆、奶油醬和馬鈴薯泥。」

「那是晚餐。」

「我們想吃的都是晚餐是吧？你就是要這樣搞。」

「我可以給你火腿加蛋、培根加蛋、肝……」

「我吃火腿加蛋。」叫艾爾的人說。他戴圓頂窄邊禮帽，穿黑色大衣，胸口扣了釦子。他的臉又小又白，雙唇緊閉。他穿戴了絲巾和手套。

「給我培根加蛋。」另一個人說。他的身材與艾爾差不多。長得不同，但穿得像雙胞胎。兩人都穿著太緊的大衣。他們身體前傾地坐著，手肘靠著櫃台。

「有東西可以喝嗎？」艾爾問。

「銀啤[1]，畢佛[2]，薑汁汽水。」喬治說。

「我是問你沒有東西能喝？」

「就是我說的那些。」

「這個地方眞熱，」另一個人說。「這地方叫什麼？」

「桑米。」

「聽過嗎？」艾爾問朋友。

「沒有。」朋友說。

「這裡晚上都在做什麼？」艾爾問。

「大家會吃晚餐，」他的朋友說。「大家都會到這裡來，大吃一頓。」

「沒錯。」喬治說。

「所以你覺得他說得對？」艾爾問喬治。

「對。」

「你是很聰明的小鬼是吧？」

「對。」喬治說。

「喔，你才不是。」另一個矮子說。「艾爾，他是嗎？」

「他很蠢。」艾爾說。他轉向尼克。「你叫什麼名字？」

「亞當斯。」

「又一個聰明的小鬼，」艾爾說。「麥克斯，他是不是聰明的小鬼？」

「這地方滿是聰明的小鬼啊。」麥克斯說。

喬治將兩個大盤子放在櫃台上，一盤裝火腿和蛋，另一盤裝培根和蛋。他放了炸馬鈴薯到兩個盤子作配菜，然後關上往廚房的窗口。「你的是哪一份？」他問艾爾。

「你不記得？」

「火腿加蛋。」

「眞是聰明的小鬼。」麥克斯說。他俯身向前，拿了火腿加蛋。兩人戴著手套進食。喬治看著他們吃。

「你看什麼？」麥克斯望著喬治。

「沒什麼。」

「當然有。你剛才在看我。」

「也許這小鬼是出於好玩啊，麥克斯。」艾爾說。

喬治笑出來。

「你不用笑啊，」麥克斯對他說。「你完全不用笑，聽懂沒？」

「沒問題。」喬治說。

「所以他認爲沒問題，」麥克斯轉向艾爾。「他認爲這沒問題。眞有趣。」

「噢，他是一個思想家。」艾爾說。他們繼續吃東西。

「櫃台這位聰明的小鬼叫什麼名字？」艾爾問麥克斯。

「嘿，聰明的小鬼，」麥克斯對尼克說。「你從櫃台那邊繞過來，陪你男朋友。」

「什麼意思？」尼克問。

「沒有任何意思。」

「你最好繞進去，聰明的小鬼。」艾爾說。尼克繞到櫃台後。

「什麼意思？」喬治問。

「沒你他媽的事。」艾爾說。「廚房裡有誰？」

「黑鬼。」

「黑鬼？你在說什麼？」

「煮飯的黑鬼。」

「叫他進來。」

「什麼意思？」

「叫他進來。」

「你以爲這裡是哪裡？」

「我們很他媽的清楚自己在哪裡，」叫麥克斯的那人說。「我們看起來很蠢嗎？」

「你說話很蠢。」艾爾對他說。「你他媽的爲什麼要跟這小鬼吵？聽好，」他對喬治說。

「叫那個黑鬼出來這裡。」

「你們要對他怎樣？」

「不怎樣。用用你的腦袋，聰明的小鬼。我們會對黑鬼怎樣？」喬治打開開往廚房的狹小窗口。「山姆，」他叫道。「過來這裡一下。」

往廚房的門打開了，黑鬼出來。「怎麼了？」櫃台那兩人看了他一眼。

「好，黑鬼。你站在那裡別動。」艾爾說。

黑鬼山姆穿著圍裙站在那裡，看著坐在櫃檯的那兩人。「是，先生。」他說。艾爾下了高腳凳。

「我要跟黑鬼和聰明的小鬼回廚房去。」他說。「回廚房去，黑鬼。你跟他走，聰明小鬼。」矮子跟著尼克和廚師山姆走回廚房。門在他們背後關上了。叫麥克斯的那人坐在櫃台旁，對面就是喬治。他沒看喬治，但盯著沿著櫃台後方的成排鏡子。亨利餐館是從酒吧改建而成的簡餐館。

「好，聰明小鬼，」麥克斯看著鏡子說。「你怎麼不講點話？」

「這是怎麼回事？」

「嘿，艾爾，」麥克斯喊道。「聰明小鬼想知道這是怎麼回事。」

「你爲什麼不告訴他？」艾爾的聲音從廚房傳來。

「你覺得這是怎麼回事？」

「我不知道。」

「你覺得呢？」

麥克斯講話的時候，始終看著鏡子。

「說不準。」

「嘿，艾爾，聰明小鬼說他說不準是怎麼回事。」

「我聽得見你們說話，好。」艾爾在廚房說。他用一個蕃茄醬瓶子撐開廚房的傳菜口。

「聽好，聰明小鬼，」他在廚房對喬治說。「沿吧台往前站一點。你往左邊一點，麥克斯。」他就像在安排團體照的攝影師。

「跟我講話，聰明小鬼，」麥克斯說。「你覺得會發生什麼事？」

喬治什麼也沒說。

「我告訴你，」麥克斯說。「我們要殺一個瑞典人。你認識一個叫奧勒．安德森的瑞典人嗎？」

「認識。」

「他每天晚上都過來對不對？」

「有時候會來。」

「他都六點來對不對？」

「如果有來的話。」

「我們很清楚這些，聰明小鬼，」麥克斯說。「講講別的事吧。去過電影院嗎？」

「偶爾。」

「你應該更常去電影院。電影對你這種小鬼很不錯。」

「你們爲什麼要殺奧勒·安德森？他對你們做了什麼？」

「他從來沒機會對我們做任何事。他從來沒見過我們。」

「而且他只會看到我們一次。」艾爾在廚房說。

「那你們爲什麼要殺他？」喬治問。

「我們是爲一個朋友殺他。只是幫一個朋友的忙，聰明小鬼。」

「閉嘴，」艾爾在廚房說。「你他媽的講太多了。」

「喔，我得一直逗樂這個聰明小鬼啊。聰明小鬼，對不對？」

「你他媽的說太多了。」艾爾說。「黑鬼和我的聰明小鬼自己就很開心了。我把他們綁得像一對戀愛中的小修道女。」

「那你應該待過修道院了。」

「誰知道呢？」

「你待過遵守猶太飲食的修道院。你一定待過。」

喬治抬頭看鐘。

「如果有人來，你就跟他們說廚師出去了，如果他們不死心，你就跟他們說你自己會去後面煮。聰明小鬼，聽懂了沒？」

「好，」喬治說。「之後你會對我們怎樣？」

「看狀況，」麥克斯說。「你永遠沒辦法當下就知道這種事。」

喬治抬頭看鐘。上面顯示六點十五分了。通往街上的門打開。市區電車的司機走進來。

「哈囉，喬治，」他說。「我可以吃晚餐嗎？」

「山姆出去了，」喬治說。「大約半小時後回來。」

「那我上街比較好。」司機說。喬治看鐘。六點二十分了。

「表現不錯，聰明的小鬼。」麥克斯說。「你是眞正的小紳士。」

「他是知道我會轟掉他的腦袋。」艾爾在廚房說。

「不是，」麥克斯說。「才不是那樣。聰明小鬼不錯。他這小鬼不錯。我欣賞他。」

六點五十五分時，喬治說：「他不會來了。」

有另外兩人來過餐館。喬治進去過廚房一次，做了「外帶」火腿蛋三明治，給想帶走餐點的那個人。他在廚房裡看到艾爾，他的禮帽向後歪，他坐在窗口旁邊的凳子上，一把鋸短過的散彈槍槍口靠在牆壁突出的架子上。尼克和廚師在角落背對背，一條毛巾綁住他們兩人的嘴。喬治做了三明治，用油紙包好它，放進一個袋子，把它拿進去，對方付了錢就離開了。

「聰明的小鬼什麼都能做，」麥克斯說。「他能煮飯和處理每件事情。你教得出好老婆喔，聰明小鬼。」

「是嗎？」喬治說。「你朋友奧勒．安德森不會來了。」

「我們給他十分鐘。」麥克斯說。

麥克斯望著鏡子和鐘。鐘的指針顯示七點了，然後是七點五分。

「走吧，艾爾。」麥克斯說。「我們最好離開。他不會來了。」

「給他五分鐘比較好。」艾爾在廚房說。

這五分鐘裡，一個男人進來，喬治說明廚師生病了。

「那你他媽的爲什麼不找別的廚師？」那人問。「你不是開簡餐館嗎？」他出去了。

「來吧，艾爾。」麥克斯說。

「這兩個聰明的小鬼和黑鬼怎麼辦？」

「他們沒關係。」

「是嗎？」

「對。我們收工了。」

「我不高興，」艾爾說。「太隨便。你話太多。」

「噢，搞什麼鬼，」麥克斯說。「我們得一直找樂子才對吧？」

「反正你話太多。」艾爾說。他從廚房出來。槍管鋸短的獵槍，在他那件太緊的大衣內，稍微往腰部下方鼓起。他用戴手套的手撫平外套。

「再會了，聰明小鬼，」他對喬治說。「你運氣很好。」

「沒錯，」麥克斯說。「你應該去賭馬，聰明小鬼。」

他們倆離開了。喬治透過窗戶看著他們經過弧光燈下，然後過街。他們穿著緊身的外套和圓頂窄邊禮帽，看起來就像雜耍表演隊。喬治穿過通往廚房的迴旋們，為尼克和廚師鬆綁。

「我再也不想發生這種事了，」廚師山姆說。「我再也不想發生這種事了。」

尼克站起來。他的嘴巴以前從來沒塞過毛巾。

「嘿，」他說。「搞什麼鬼？」他想用神氣活現來甩開這一切。

「他們要殺奧勒．安德森，」喬治說。「他們原本打算在他來吃飯的時候開槍殺他。」

「奧勒．安德森？」

「對。」

廚師用兩手大拇指摸摸兩邊嘴角。

「他們都走了？」他問。

「對，」喬治說。「他們現在走了。」

「我不喜歡，」廚師說。「我一點都不喜歡這件事。」

「聽著，」喬治對尼克說。「你最好去找奧勒·安德森。」

「好。」

「你們最好完全不要惹這件事，」廚師山姆說。「你們最好別碰這件事。」

「你不想去就不要去。」喬治說。

「你們在這件事裡攪和，不會有好事的。」廚師說。「你們別碰這件事。」

「我去見他，」尼克對喬治說。「他住在哪裡？」

廚師轉身離開。

「小鬼們老是自有主張。」他說。

「他住在赫許的公寓。」喬治對尼克說。

「我去那裡。」

外面弧光燈的光，從一棵樹的赤裸枝幹間落下。尼克走在車道旁的街上，在下一盞弧光燈那裡轉進一條巷道。尼克走了兩步，按了門鈴。一個女人來應門。

「奧勒·安德森在嗎？」

「你想見他？」

「對，如果他在的話。」

尼克跟著那女人登上樓梯，往後走到走廊盡頭。她敲了敲門。

「誰？」

「有人要見你，安德森先生。」那女人說。

「我是尼克・亞當斯。」

「進來。」

尼克打開門，走進房間。奧勒・安德森穿著衣服躺在床上。他是一個重量級的職業拳擊手，身材對床而言太長了。他的頭底下墊著兩個枕頭。他沒看尼克。

「怎麼了？」他問。

「我剛才在亨利餐館，」尼克說。「有兩個傢伙進來，綁住我和廚師，說他們要殺你。」

他說的話聽起來很蠢。奧勒・安德森什麼也沒說。

「他們把我們帶到廚房，」尼克繼續說。「他們原本要在你來吃飯時開槍殺你。」

奧勒・安德森看著牆，什麼也沒說。

「喬治覺得我最好來跟你說這件事。」

「我沒辦法怎麼樣。」奧勒・安德森說。

「我跟你說他們的樣子。」

「我不想知道他們的樣子，」奧勒．安德森說。他看著牆。「謝謝你來跟我說這件事。」

「沒什麼。」

尼克看著這個大塊頭躺在床上。

「你不想要我去找警察嗎？」

「不想，」奧勒．安德森說。「那樣沒有任何用。」

「我沒有什麼能做的嗎？」

「沒有。沒有什麼事好做。」

「說不定這只是嚇嚇人而已。」

「不是。這不只是嚇嚇人而已。」

奧勒．安德森翻身面向牆壁。

「唯一的問題，」他對著牆壁說。「就是我沒法下定決心出去。我在這裡已經一整天了。」

「你不能離開鎮上嗎？」

「不能，」奧勒．安德森說。「我受夠逃亡了。」

他望著牆壁。

「現在沒有任何辦法。」

「不能找個方法解決它嗎？」

「不行。我做了錯事。」他用同樣扁平的聲音說。「沒有任何辦法。過一會，我會下定決心出去。」

「我最好回去找喬治。」尼克說。

「再會。」奧勒・安德森說。他沒看向尼克。「謝謝你來。」

尼克出去。他關門的時候，看見奧勒・安德森穿著衣服，躺在床上，望著牆壁。

「他整天都在自己的房間裡，」那位女房東在樓下說。「我猜他不舒服。我跟他說：『安德森先生，這麼舒服的秋天，你應該出去散個步。』可是他不想去。」

「他不想出去。」

「他不舒服，我很遺憾。」那人說。「他這人好得不得了。他以前在打拳，你知道吧。」

「我知道。」

「如果他那張臉不是那個樣子，你絕對想不到的呀。」那人說。他們就站在通往街道的門內聊。「他那麼溫和。」

「嗯，晚安了，赫許太太。」尼克說。

「我不是赫許太太，」那人說。「這地方是她的。我只是爲她管理。我是貝爾太太。」

「嗯，那晚安了，貝爾太太。」尼克說。

「晚安。」那人說。

尼克走在黑暗的街道上，到了弧光燈下的巷口，然後順著車道走到亨利的小餐廳。喬治在裡面，就在櫃台後。

「你有看到奧勒嗎？」

「有，」尼克說。「他在他的房間裡，不想出來。」

廚師聽到尼克的聲音，打開通往廚房的門。

「我連聽都不想聽。」他說，然後關上門。

「你跟他說了那件事嗎？」喬治問。

「當然。我跟他說了，但他知道是怎麼回事。」

「他要怎麼處理？」

「不處理。」

「他們會殺了他。」

「我想他們應該會吧。」

「他在芝加哥一定被捲進什麼事裡了。」

「我猜是。」尼克說。

「眞是一件大事。」

「一件可怕的事。」尼克說。

他們什麼話也沒再說了。喬治伸手拿毛巾，擦拭櫃台。

「不知道他做了什麼?」尼克說。

「出賣某個人。他們是爲了這個原因要殺他。」

「我要離開這個鎮。」尼克說。

「對，」喬治說。「這個主意不錯。」

「我受不了想到他在那個房間等，心裡知道自己就要死了。太他媽的可怕了。」

「喔，」喬治說。「你最好不要想。」

1 銀啤（Silver beer），無酒精但類似啤酒的飲料。

2 畢佛（Bevo），一種無酒精但類似啤酒的麥芽釀造飲料。美國禁酒時期（1920-1933），釀造、運輸和販售酒精飲料，均屬違法，畢佛在這段時期曾大爲暢銷。由下文可知，故事顯然發生在這段時期。

最後一方淨土

「尼仔，」他妹妹對他說。「聽我說，尼仔。」

「我不想聽。」

他看著噴泉的底部，那裡有幾處的沙子隨著潺潺湧出的水而小小迸發。噴泉旁邊，一根末端分岔的樹枝插在碎石裡，上面放了一個洋鐵杯，尼克．亞當斯看著它，看著水上湧，然後不斷流到路邊的碎石泉座。

他看得到路的兩側來向，他抬頭看山丘，然後低頭看碼頭和湖，湖灣對面樹林茂密的岬角，在白色浪花翻湧之外，是開闊的湖面。他背靠一棵大西洋杉，身後是濃密的西洋杉溼原。他妹妹坐在他旁邊的苔蘚上，一邊的手臂環著他的肩膀。

「他們在等你回家吃晚餐，」他妹妹說。「有兩個人。他們坐馬車來，問你在哪裡。」

「有人告訴他們嗎？」

「除了我以外，沒人知道你在哪裡。尼仔，你釣到很多魚嗎？」

「我釣到二十六條。」

「是大魚嗎？」

「就是他們想拿來做晚餐的大小。」

「噢，尼仔，我希望你不要賣掉他們。」

「她會給我一磅一塊錢。」尼克．亞當斯說。

他妹妹的皮膚被太陽曬成棕色，她有深棕色的眼睛，深棕色的頭髮則因爲曝曬，而雜有黃色的線條。她和尼克喜歡彼此，他們不喜歡其他人。他們總是認爲他們之外的每個家人都是其他人。

「他們什麼都知道，尼仔。」他妹妹絕望地說。「他們說要拿你警告大家，送你去少年感化院。」

「他們只有一件事的證據，」尼克跟她說。「但我猜我得離開一陣子。」

「我可以去嗎？」

「不行。對不起，小不點。我們有多少錢？」

「十四元六十五分。我帶來了。」

「他們還說了其他話嗎？」

「沒有。只說他們要留到你回家。」

「我們的媽媽會餵他們餵到累。」

「她已經給他們午餐了。」

「他們在做什麼？」

「就坐在紗窗門廊上。他們跟媽媽要你的來福槍，但我看到他們到籬笆那裡時，就把它藏到柴房了。」

「你有料到他們會來嗎？」

「對。你呢？」

「大概吧。叫他們去死。」

「也幫我叫他們去死。」他妹妹說。「我現在還沒大到可以去嗎？我藏了槍。我帶了錢來。」

「我會擔心你，」尼克．亞當斯跟她說。「我甚至不知道我要去哪裡。」

「你當然知道。」

「如果我們都走，他們會找得更努力。一個男生和一個女生很顯眼。」

「我可以打扮成男生離開，」她說。「反正我老是想當男生。如果我剪掉頭髮，他們就完全認不出我來。」

「對，」尼克．亞當斯說。「這是眞的。」

「讓我們來想個好辦法，」她說。「拜託，尼克，拜託。我可以幫很多忙，沒有我，你會很寂寞。不是嗎？」

「我現在想到要離開你，就已經覺得寂寞了。」

「你看吧？而且我們說不定得離開幾年。誰知道呢？帶我走，尼仔。拜託帶我走。」她親他，雙手手臂抱住他。尼克．亞當斯看著她，努力有條理地思考。很難。可是別無選擇。

「我不應該帶你走。可是這樣說來，我根本完全不該做那些事。」他說。「我就帶你走。不過也許只有幾天。」

「沒關係，」她告訴他。「你不要我的時候，我就直接回家。如果我煩人、討人厭或是變成負擔，我一樣回家去。」

「我們仔細考慮看看。」尼克．亞當斯對她說。他看了看馬路兩端，然後望向天空，那裡懸著午後又大又高的雲朵，他望著越過岬角外的湖上白浪。

「我要穿過樹林，到岬角另一邊的小旅館去，把鱒魚賣給她。」他告訴他妹妹。「她訂來做今天的晚餐。現在比起雞肉晚餐，他們更想吃鱒魚晚餐。我不知道原因。這些鱒魚的狀況很好。我挖掉了內臟，包在起司布裡，會又冰又新鮮。我來跟她說我跟狩獵官出了點問題，他們在找我，我得到外地待一陣子。我會要她給我一支小平底鍋，一些鹽巴和胡椒，一些培根，一些起酥油，一些玉米粉。要她給我一個袋子裝所有東西，弄來一些乾杏、一些李子乾、茶，一大堆火柴和一把手斧。但我只弄得到一條毛毯。她會幫我，因為買鱒魚就跟賣鱒魚一樣壞。」

「我可以弄到毯子。」他妹妹說。「我拿它捲住來福槍，帶上你的鹿皮鞋和我的鹿皮鞋，換完全不一樣的衣服和上衣，然後藏起來，這樣他們就會以為我還穿著同樣的衣服，我會帶肥皂、一把梳子、一把剪刀和其他縫衣服的東西，還有《羅娜・督恩》[1]和《海角一樂園》[2]。」

「把你找得到的點二二都帶來。」尼克・亞當斯說。然後又急急說：「到後面來。別被看見。」他看到一輛四輪馬車從路上來。

西洋杉林後方，他們臉朝下平躺在有彈性的苔蘚上，聽著馬蹄踏在沙裡輕柔的聲音，還有車輪製造的小雜音。馬車裡沒人在講話，可是他們經過的時候，尼克・亞當斯聞到他們的氣味，還聞到馬匹的汗味。他想到他們可能會停下來，到噴泉來給馬或自己喝水，他冒起汗來，直到他們完全離開，往碼頭去。

「小不點，就是他們嗎？」他說。

「對。」她說。

「爬回去。」尼克・亞當斯說。他拉住裝魚的袋子，爬回溼原。溼原長滿苔蘚，沒有什麼泥巴。然後他站起來，將袋子藏在一棵西洋杉的樹幹後，示意女孩再往前進。他們進了西洋杉溼原，像鹿一樣輕輕地移動。

「我知道那個人，」尼克・亞當斯說。「他是個糟糕的王八蛋。」

「他說他盯你四年了。」

「我知道。」

「另一個人，看上去會嚼煙草、穿藍色西裝的大塊頭，是從南部[3]來的。」

「很好，」尼克說。「我們現在看過他們了，我最好離開。你能安全回家去嗎？」

「當然。我走捷徑到山頂，不走馬路。尼仔，我今晚跟你在哪裡見？」

「我不覺得你應該來，小不點。」

「我得去。你不知道狀況。我可以留字條給媽媽，說我跟你離開，你會照顧我。」

「好吧，」尼克・亞當斯說。「我會在閃電劈過的那棵大鐵杉那裡。倒下的那棵。從湖灣直直過去吧。你知道它嗎？就在往馬路的捷徑上。」

「那裡離家裡近得要命哩。」

「我不想要你帶那些東西走太遠。」

「我照你說的做。不過不要冒險，尼仔。」

「我想去拿來福槍，然後去林地的邊緣，趁那兩個雜種在碼頭時，殺了他們，在他們身上綁一個老工廠的鐵塊，把他們沉進湖底。」

「然後你要怎麼辦？」他妹妹問。「他們是別人派來的啊。」

「沒人派那第一個王八蛋來。」

「可是你殺麋鹿，你賣鱒魚，他們從你船裡拿走的東西，是你殺掉的。」

「殺掉那個沒關係。」

他不想說出那是什麼，因爲那就是他們有的證據。

「我知道。可是你不會殺人，所以我要跟你走。」

「我們不要講這個了。可是我想殺掉那兩個王八蛋。」

「我知道，」她說。「換是我也會。可是我們不會去殺人，尼仔。你可以答應我嗎？」

「不行。我現在不知道拿鱒魚去給她安不安全。」

「我來拿給她。」

「不行。他們太重了。我帶他們穿過溼原，去旅館後面的樹林。你直接去旅館，看她在不在，狀況是不是沒問題。如果是的話，你到那棵大山毛櫸旁邊找我。」

「穿過溼原是很長的路，尼仔。」

「從少年感化院出來也是一條很長的路。」

「我不能跟你一起過溼原嗎？之後我就進去找她，你留在外面，我再出來找你，把魚拿進去。」

「好吧，」尼克說。「可是我希望你不是走這條路。」

「尼仔，爲什麼？」

「因爲你也許會在路上看到他們，那樣就可以跟我說他們去哪了。我跟你在旅館後面的再生林見，就在大山毛櫸那裡。」

尼克在再生林地等了一個多小時，他妹妹還沒來。她出現的時候，人很興奮，他知道她累了。

「他們在我們家，」她說。「他們坐在紗窗門廊上喝威士忌和薑汁汽水，解開馬，關進馬棚裡了。他們說要等到你回來為止。是媽媽跟他們說你去溪邊釣魚。我不覺得她是故意的。反正我希望不是。」

「派克得太太呢？」

「我看到她在旅館的廚房裡，她問我有沒有看到你，我說沒有。她說她在等你帶些今晚要吃的魚過去。她很擔心。你不如就帶魚過去吧。」

「很好，」他說。「他們又好又新鮮。我用蕨類將他們重新包過了。」

「我可以跟你一起去嗎？」

「當然。」尼克說。

旅館是一間長長的木造建築，門廊就面向湖水。那裡有寬闊木階通往凸式碼頭，碼頭遠遠伸進湖面，沿著階梯有天然的西洋杉扶欄，門廊周圍有天然的西洋杉圍欄。門廊有天然西洋杉做成的幾把椅子，上面坐著幾個穿白衣的中年人。草坪上安了三根管子，噴泉水從中汩汩流出，另外還有通往它們的小徑。因爲那是礦泉，嚐起來就像腐爛的蛋，尼克和他妹妹常喝這些水來作爲一種磨練。他們現在往旅館的後方前進，廚房就在那裡，旅館旁有一條小溪通往湖水，他們跨越溪上的木板橋，迅速從廚房的後門鑽進去。

「將他們洗乾淨，然後放進冷藏庫裡，尼仔，」派克得太太說。「我晚點再秤重。」

「派克得太太，」尼克說。「我可以跟您談一下嗎？」

「大聲點，」她說。「看不到我在忙嗎？」

「我希望可以現在拿錢。」

派克得太太是一個俊俏的女人，圍著格紋圍裙。她的氣色很美，非常忙，她的廚房傭人也在這裡。

「你不是要賣鱒魚吧。你不知道這件事違法嗎？」

「我知道，」尼克說。「我把魚當作禮物送給你。我指的是我花時間劈了柴又綑起來的事。」

「我去拿，」她說。「我得去別館。」

尼克和他妹妹跟她到外面去。在通往廚房冰庫的木板步道上，她停下來，雙手插進圍裙口袋，拿出一個皮夾。

「你離開這裡，」她迅速且和藹地說。「而且要快走。你需要多少錢？」

「十六元。」尼克說。

「拿二十元吧，」她告訴他。「別讓這個小孩捲進麻煩。讓她回家，盯著他們，直到你安全爲止。」

「你什麼時候聽說他們的事？」

她對他搖搖頭。

「買就跟賣一樣糟，或是更糟。」她說。「你離開，風頭過了再回來。尼仔，無論任何人說什麼，你都是好孩子。要是狀況變糟，你就來找派克得。需要什麼，就晚上過來。我睡得很淺。你敲敲窗戶就行。」

「派克得太太，你今天晚上不會拿他們做菜對不對？你不會拿他們做晚餐吧？」

「不會，」她說。「但我不會浪費他們。派克得可以吃掉半打，我還認識別人是辦得到的。小心點，尼仔，讓大家遺忘這件事吧。不要讓人看見你。」

「小不點想跟我一起走。」

「你不准帶她去，」派克得太太說。「你今晚過來，我打包一些東西給你。」

「你可以讓我帶一個平底鍋走嗎？」

「我會準備你需要的東西。派克得知道你需要什麼東西。我不會再給你錢，免得你惹上麻煩。」

「我想見派克得先生要幾樣東西。」

「他會把你需要的任何東西給你。可是你不要靠近商店，尼克。」

「我叫小不點送張便條給他。」

「你任何時候需要任何東西都行，」派克得太太說。「不要擔心。派克得會張羅。」

「再見，哈力阿姨。」

「再見。」她說，並且親吻他。她親他的時候，氣味很美妙。那是廚房內在做烘焙時會有的味道。派克得太太聞起來就像她的廚房，她的廚房永遠很好聞。

「不要擔心，不要做任何壞事。」

「我會沒事的。」

「那當然。」她說。「而且派克得會想出辦法的。」

他們現在在家裡後方山丘上的大鐵杉林裡。現在是傍晚了，太陽在湖水對岸的眾山丘後落下。

「每樣東西，我都找到了，」他妹妹說。「會是很大的行李喔，尼仔。」

「我知道。他們在做什麼？」

「他們吃了一頓大餐，現在坐在門廊喝酒。他們在跟對方說自己多聰明的故事。」

「他們目前都不是很聰明。」

「他們打算用飢餓把你逼出來，」他妹妹說。「讓你在樹林過幾晚，你就會回來了。你肚子餓的時候，聽到一隻潛鳥叫幾聲，你就會回來了。」

「我們的媽媽給他們什麼當晚餐？」

「很爛。」他妹妹說。

「很好。」

「我找到清單上的每樣東西。媽媽頭很痛，去睡覺了。她寫了信給我們的爸爸。」

「你有看到信嗎？」

「沒有。信和明天要去店裡買的東西清單擺在她的房間。她早上發現每樣東西都不見以後，可得列一張新的清單了。」

「他們喝了多少？」

「我猜他們喝了大概一瓶。」

「眞希望我們可以放迷藥進去。」

「如果你跟我把方法告訴我，我可以把它們放進去呀。是加進瓶子裡嗎？」

「不是。要放杯子。但我們沒有藥啊。」

「藥櫥裡面會有嗎？」

「沒有。」

「我可以放止痛藥到酒瓶裡。他們會再喝一瓶。或是甘汞[4]。我知道我們有這個。」

「不行，」尼克說。「他們睡著以後，你想辦法拿另一瓶酒的半瓶左右給我。放在任何舊的藥瓶裡。」

「我最好走了，去盯他們，」他妹妹說。「哎，眞希望我們有迷藥。我連聽都沒聽過它。」

「它不是眞的一滴滴[5]。」尼克告訴她。「那是水合氯醛。妓女想偷伐木工人的時候，會把它放在飲料裡給他們。」

「聽起來很糟糕，」他妹妹說。「但我們可能應該準備一點以防萬一。」

「讓我親親你。」她哥哥說。「爲了以防萬一，我們下去看他們喝酒吧。我想聽他們坐在我們家說些什麼。」

「你可以答應不要生氣，或做任何壞事嗎？」

「沒問題。」

「也不要對付馬。那不是馬的錯。」

「也不會對付馬。」

「眞希望我們有迷藥。」他妹妹忠誠地說。

「可是我們沒有。」尼克告訴她。「我猜波恩市的這一帶都沒有。」

他們坐在柴房，看著那兩人坐在紗窗門廊的桌邊。月亮沒升起，天色漆黑，可是他們身後湖水製造的光線，映出了他們的輪廓。他們現在沒在說話，可是兩人都俯身靠著桌子。

接著尼克聽到冰塊撞著桶子的聲音。

「薑汁汽水沒了。」其中一人說。

「我就說不會剩，」另一個說。「但你說我們有很多。」

「去弄點水。廚房有桶子和長柄勺。」

「我喝夠多了。我要睡了。」

「不熬夜等那個小子嗎？」

「不了。我要去睡一下。你熬夜吧。」

「你覺得他今天晚上會來嗎？」

「不知道。我要去睡一下。你想睡的時候叫我。」

「我可以整晚不睡。」地方巡守員說。「我有很多個晚上，爲了提燈盜獵的傢伙，整晚沒睡，從來沒閉上眼睛。」

「我也是，」南部人說。「但現在我要睡一下。」

尼克和他妹妹看著他進門去。他們的媽媽對那兩人說，他們可以睡在客廳旁的臥室。他們看見他擦了一根火柴。然後窗戶再度暗下來。他們看著另一個巡守員坐在桌邊，直到他將頭枕在手臂上。接著他們聽見他打呼。

「我們等他一下，確定他睡熟了。然後我們就去拿東西。」尼克說。

「你到籬笆外面去，」他妹妹說。「我到處走沒關係。可是他可能會醒來看見你。」

「好，」尼克同意。「我把所有東西拿出去。大部分都在這裡了。」

「你可以不點燈就找到每樣東西？」

「沒問題。來福槍在哪裡？」

「平放在後面高處的椽木上。別滑倒或讓木頭倒下來了，尼克。」

「你不要擔心。」

她出來，到籬笆較遠的角落，尼克在大鐵杉樹後方整理行李，這棵樹去年夏天遭閃電擊中，在秋天的暴風雨中倒下了。月亮現在剛從遠處的山丘後方升起，月光透過樹間，足以讓尼克看清自己在打包的東西。他妹妹放下自己提的袋子，說：「他們睡得跟豬一樣，尼仔。」

「很好。」

「南部來的那個人，打呼打得跟外面那個人一樣。我想我拿到每樣東西了。」

「小不點，你太棒了。」

「我寫了一張字條給媽媽，跟她說我要跟你一起走，讓你別捲進麻煩，叫她別告訴任何人，還有你會好好照顧我。我把它放在她的門底下，門是鎖的。」

「噢，該死。」尼克說。然後他說：「對不起，小不點。」

「這不是你的錯，我也沒法把你的狀況弄得更糟了。」

「你好討厭。」

「我們現在不能開開心心的嗎？」

「沒問題。」

「我帶了那瓶威士忌，」她抱著希望地說。「我留了一些在瓶子裡。他們沒法確定對方沒喝過。反正他們有另外一瓶。」

「你拿了你要用的毯子嗎？」

「當然。」

「我們最好動身了。」

「我們如果去我想的那個地方，那就會沒事的。讓我行李變大的唯一東西就是我的毯子。我來拿來福槍。」

「好。你有哪種鞋子？」

「我有我工作用的莫卡辛[6]。」

「你帶了什麼來看？」

「《羅娜．督恩》、《綁架》[7]和《咆哮山莊》[8]。」

「除了《綁架》以外，對你來說都太老成了。」

「《羅娜．督恩》不會。」

「我們大聲唸出來，」尼克說。「這樣就可以讀久一點。可是，小不點，你現在讓狀況變得有點難，我們最好離開了。這些王八蛋不可能跟他們表現得一樣蠢。說不定那只是因爲他們喝了酒。」

尼克現在捲起行李，拉緊帶子，靠坐著穿上自己的莫卡辛鞋。他用一邊手臂摟著妹妹。

「你確定你想去？」

「我得去，尼仔。現在不要脆弱又猶豫不決。我已經留字條了。」

「好，」尼克說。「我們走。你可以拿來福槍拿到你累了爲止。」

「我完全準備好離開了，」他妹妹說。「讓我幫你扣住行李的帶子。」

「你知道你完全沒睡覺，而且我們得旅行嗎？」

「我知道。其實我才符合桌旁打呼那傢伙吹牛的內容。」

「說不定他也曾有那個本事，」尼克說。「不過你必須維持腳的狀況良好。那雙莫卡辛磨壞了嗎？」

「沒有。我的腳整個夏天都沒穿鞋，所以很強壯。」

「我的也很好，」尼克說。「來吧。我們走。」

他們動身走在柔軟的鐵杉針葉上，樹木高大，樹幹之間沒有灌木叢。他們走上山丘，月亮從樹林間露出來，照亮尼克與他非常大的行李，還有他妹妹揹著點二二的來福槍。他們到達山丘頂端的時候，向後看，看見月光下的湖水。景物相當清楚，所以他們看得到黑暗的岬角，以及更遠的海岸上那些高高的山丘。

「我們不如來向它道別吧。」尼克·亞當斯說。

「再見了，湖。」小不點說。「我也愛你。」

他們下了山丘，越過長長的原野，經過果園，然後越過圍欄，進入一片滿是作物殘株的田地。經過殘株地，他們看向右方，見到屠宰場和山谷裡的大穀倉，在高地上俯瞰湖面的農家老木屋。月光照耀通向湖水的長長白楊道。

「小不點，你的腳會痛嗎？」尼克問。

「不會。」他妹妹說。

「我是因爲那些狗，所以走這條路，」尼克說。「他們一知道是我們來，就會立刻閉嘴。可是說不定會有人聽到他們吠。」

「我知道，」她說。「然後狗一閉嘴，他們就知道是我們了。」

他們看得見前方有幾座山丘隆起的黑色輪廓，就出現在路的另一頭。他們來到一塊修整過的穀地盡頭，越過通往泉上小屋[9]的低窪小溪。然後他們爬過另一塊隆起的殘株地，那裡有另一道圍欄，一條多沙的路，路的那一頭盡是茂密的再生林地。

「你等到我爬過去，我再幫你，」尼克說。「我想檢查一下這條路。」

他在圍欄上方，看見鄉野起伏，他們家旁邊的黑暗林地，以及月光下明亮的湖。然後他看著那條路。

「他們不可能從我們來的路追來，沙子這麼深，我不覺得他們會注意到足跡，」他對妹妹說。「如果不會太扎人，我們可以一直走在路的兩邊。」

「尼仔，老實說我不覺得他們聰明到能追任何人。你看他們是怎麼光等你回來，然後幾乎吃飯前就喝醉，還有之後的事。」

「他們之前下到船塢去，」尼克說。「我之前就是在那裡。如果你沒告訴我，他們就會逮住我了。」

「他們不用那麼聰明，就可以想到你會在那條大溪邊，因爲我們的媽媽告訴他們你可能是去釣魚了。我離開以後，他們一定發現所有的船都在，所以就會想到你是在溪邊釣魚。每個人都知道你常常在磨穀廠和果汁廠底下釣魚。他們只是反應很慢而已。」

「好，」尼克說。「可是他們那時近得要命了。」

他妹妹將來福槍的槍托向著他，將槍穿過柵欄遞向他，然後她從欄杆間爬過來。她到他旁邊去，兩人站在路上，他用一隻手摸了摸她的頭。

「小不點，累壞了嗎？」

「不會。我很好。我太高興，才不會累。」

「要是你還沒累壞，你可以走沙子較多的這一端路，馬在沙上踩了洞，又鬆軟又乾燥，不容易留下足跡，我走硬的那端。」

「我也可以走那一邊。」

「不行。我可不要你擦傷腳。」

他們登向分開兩個湖的土地高處，但是地勢不時小小下降。路的兩側都有濃密的大量再生林，通往林地的路緣長出黑莓和樹莓叢。他們看得到前方每座山丘的頂部形成林地中的峽谷。月亮現在下沉很多了。

「小不點，你狀況還好嗎？」尼克問他妹妹。

「我好極了。尼仔，離家出走的感覺永遠都這麼好嗎？」

「不是。通常很寂寞。」

「你多寂寞過？」

「寂寞得心情惡劣又陰鬱。很可怕。」

「你覺得跟我在一起會寂寞嗎？」

「不會。」

「你不在乎自己是跟我在一起，不是找楚蒂嗎？」

「你爲什麼老是提楚蒂？」

「我沒有。說不定你之前在想她，以爲是我在講。」

「你這聰明鬼，」尼克說。「我想到她，是因爲你跟我說她在哪裡，我知道她在哪裡之後，就在想她會在做什麼之類的。」

「我猜我不該來的。」

「我就跟你說你不該來。」

「噢，去死吧，」他妹妹說。「我們要像其他人一樣吵架嗎？那我現在就回去。你也不是少了我就不行。」

「閉嘴。」尼克說。

「拜託不要這樣講，尼仔。我會照你希望的回去或留下。不管你什麼時候要我走，我就走。可是我不要吵架。家人吵架我們看得還不夠多嗎？」

「對。」尼克說。

「我知道是我逼你帶我來。可是我上下打點爲了不讓你捲進麻煩。我也的確沒讓他們抓到你。」

他們到達這片地的高處，從這裡可以再度看到湖水，雖然現在從這裡看去，湖水看起來變窄了，幾乎就像一條大河。

「我們要從這裡直接穿過野地，」尼克說。「然後走那條老伐木道路。如果你想回去，就從這裡回去。」

他脫下背包，將它放回林地，他妹妹將來福槍靠著它。

「坐吧，小不點，休息一下，」他說。「我們都累了。」

尼克將頭枕在背包上躺著，他妹妹躺在他旁邊，頭枕著他的肩膀。

「我不回去，尼仔，除非你叫我回去，」她說。「我只是不想要吵架。答應我，我們不要吵架吧？」

「答應你。」

「我不會提楚蒂。」

「去他的楚蒂。」

「我想要幫你忙，當個好夥伴。」

「你是啊。假如我心浮氣躁又倍感寂寞，你不會見怪吧？」

「不會。我們會好好照顧對方，玩得開心。我們可以快快樂樂地過。」

「好。我們現在就開始這樣。」

「我一直都這樣喔。」

「我們要過很難走的一段，之後是非常難走的一段，然後我們就到了。我們不如等到天亮再出發。你睡吧，小不點。你夠暖嗎？」

「噢，夠啊，尼仔。我穿著毛衣。」

她蜷縮在他旁邊睡著了。過了很短的時間，尼克也睡了。他睡了兩個小時，直到晨光讓他醒來。

尼克在再生林裡兜了圈子，兩人才走上那條老伐木道路。

「我們不能留下從主要道路到這條路的腳印。」他告訴他妹妹。

舊路的植物蔓生，他得停下來好幾次，免得撞上枝幹。

「這裡好像隧道。」他妹妹說。

「過一會就會開闊了。」

「我以前來過這裡嗎？」

「沒有。這裡比我帶你打獵過的地方還要遠很多。」

「它的出口是不是就是那個祕密地點？」

「不是，小不點。我們得穿過一些又長又難走的雜亂林地。沒人會去我們要去的地方。」

他們繼續沿著路走，然後走上植物更繁亂的另一條路。接著他們出了這條路，來到一片空地。空地上有柳蘭和灌木，以及伐木營地的陳舊小屋。它們非常老舊，有些屋頂都陷落進去。可是路旁有一座噴泉，他們都在這裡喝水。太陽還沒升起，他們走了一夜之後，在這清晨都感到又餓又空虛。

「過了這一片就是鐵杉森林，」尼克說。「大家砍那些樹只爲了樹皮，從來不用那些圓木。」

「可是那條路怎麼了？」

「他們一定是先從遠處盡頭開始砍樹，然後拽過去，將樹皮堆積在路旁好拖出去。接著他們終於砍到路旁的所有樹，將樹皮堆積在這裡，之後拉出去。」

「那個祕密地點在這一片雜亂林地外？」

「對。我們經過這片雜亂林地，然後再走一段路，之後會有另一片雜亂林地，接著我們就到原生林了。」

「他們把這些樹都砍了，爲什麼會放過那一塊？」

「我不曉得，那裡的主人不肯賣地吧，我猜。他們在邊緣偷了不少，然後支付立木價格[10]。可是主要的部分仍然在那裡，沒有任何可以通行的道路能進去那裡。」

「可是大家爲什麼不能從小溪過去？那條溪一定有源頭呀？」

他們要先休息，才展開穿越雜亂林地的惡劣旅程，尼克想解釋。

「是這樣，小不點。那條溪越過我們剛才走的主要道路，經過一個農夫的土地。那個農夫把那塊地圍起來作牧場，趕走想去釣魚的人。所以大家就停在農夫土地上的那座橋。至於小溪那一帶：大家若從屋子的另一側穿過農夫的牧場，就一定會經過他養了一頭牛的地方。那頭牛脾氣很差，眞的會把每個人都趕走。他[11]是我見過脾氣最壞的牛，老是待在那裡，殺氣騰騰等著人來。他那個地方就是農夫土地的盡頭，再過去是一塊是西洋杉溼原，你得知道那裡有滲穴，你才過得去。然後就算你知道了，還是很難走。那邊底下就是祕密地點了。我們要翻過幾座山丘進去，算是走偏僻的路。然後祕密地點的下面，是眞正的溼原。你過不去的惡劣溼原。我們現在最好開始走糟糕的部分了。」

糟糕的部分，以及更糟糕的部分，現在他們都走完了。尼克爬過許多比他還高的圓木，其餘的也到他的腰。他會接過來福槍，將它擺在圓木頂端，再將他妹妹拉上來，然後她從另一端滑下去，或是他先下去，拿了槍，再幫女孩下來。他們走過去，繞過幾叢灌木，雜亂林地裡相當熱，豬草和柳蘭的花粉灑落女孩的頭髮，讓她打噴嚏。

「該死的林地。」她對尼克說。他們在一根大圓木上休息，他們坐的地方，剝樹皮的人在砍樹時環割了一圈樹皮。這一圈是灰色的，就在逐漸腐爛的灰色圓木上，周圍則是其他長長的灰色樹幹，灰色的灌木和枝椏，長著鮮明又無用的雜草。

「這是最後一塊了。」尼克說。

「我討厭它們，」他妹妹說。「該死的雜草就像是沒人照顧的林園墓地長的花。」

「你明白爲什麼我不想摸黑走這段路了吧。」

「我們是辦不到。」

「對。而且沒人會穿過這裡來追我們。我們現在要進入好走的部分了。」

他們從烈日照射的雜亂林地出來，進入龐然大樹的林蔭裡。林地蔓延到山脊頂部，翻過去，然後又是森林了。他們現在走在棕色的林土層上，腳步又輕盈又感涼快。這裡沒有草叢，樹幹拔起到六十呎高之後，才開始長有枝椏。林蔭裡很涼，尼克聽得見他們上方高處有微風漸起的聲音。他們前進時，沒有陽光篩落，尼克知道在快到中午以前，不會有陽光穿透高處頂部的枝幹。他妹妹將一隻手放在他手裡，緊靠著他走。

「我不怕，尼仔。但這裡給我非常奇怪的感覺。」

「我也是，」尼克說。「老是這樣。」

「我從來沒進過這樣的樹林。」

「這就是這附近剩下所有的原生林了。」

「我們要在裡面走很久嗎？」

「滿久的。」

「如果我一個人來，一定會怕。」

「這裡讓我覺得很怪。不過我不怕。」

「是我先說的。」

「我知道。說不定我們這樣說，是因爲我們怕。」

「不是。我不怕是因爲我跟你在一起。可是我知道自己單獨來會怕。你跟任何人來過這裡嗎？」

「沒有。只有自己。」

「然後你不怕？」

「不怕。不過我老是覺得很怪。就像我在教堂會有的感覺一樣。」

「尼仔，我們要住的地方，不會跟這裡一樣陰沉吧？」

「不會。你不要擔心。那裡很讓人開心。你享受這裡就對了，小不點。這裡對你很好。森林在古時候就是這個樣子。這裡差不多是剩下的最後一片淨土了。從沒有人來過這裡。」

「我愛古時候。可是我不想要一切都這麼陰沉。」

「不完全是陰沉的。不過鐵杉林是這樣。」

「這一段路很美妙。我以爲我們家後面就很美妙了。但這裡更棒。尼仔，你相信神嗎？如果你不想回答，可以不用回答。」

「我不知道。」

「好。你不用說。可是你不介意我在晚上禱告吧？」

「不介意。如果你忘記，我會提醒你。」

「謝謝你。因爲這種樹林讓我變得超級虔誠的。」

「所以大家才把大教堂蓋成這個樣子。」

「你沒見過大教堂吧？」

「沒有。可是我在書上讀過，可以想像。我們這一帶最棒的大教堂就是這裡了。」

「你覺得我們哪時候可以去歐洲看大教堂嗎？」

「當然可以。不過我得先擺脫這個麻煩，學會賺點錢的方法。」

「你覺得你有機會靠寫作賺錢嗎？」

「如果我變得夠好。」

「如果你寫更讓人開心的東西，也許就可以吧？這不是我的意見。媽媽說你寫的每篇東西都很陰鬱。」

「對《聖尼古拉》雜誌來說是太陰鬱了，」尼克說。「他們沒說。不過他們不喜歡。」

「可是《聖尼古拉》是我們最喜歡的雜誌。」

「我知道，」尼克說。「可是我對它來說就已經太陰鬱了。我甚至還不算是大人呢。」

「什麼時候才算是大人？當他結了婚嗎？」

「不是。在你成為大人前，他們送你去少年感化院。等你是大人了，他們就送你去聯邦監獄。」

「那我很高興你還不是大人。」

「他們不會送我到任何地方去，」尼克說。「就算我寫得陰鬱，我們也別聊陰鬱了吧。」

「我沒說是陰鬱。」

「我知道。不過其他的人都說是。」

「我們要開心起來，尼仔，」他妹妹說。「這些樹林讓我們太陰沉了。」

「我們很快就會離開樹林，」尼克跟她說。「然後你就會看到我們要住的地方。小不點，你餓不餓？」

「有一點。」

「我想一定是，」尼克說。「我們來吃幾個蘋果。」

他們看見前方有陽光穿透樹枝間的時候，兩人正走在山丘長長的下坡。現在來到林地的邊緣，這裡長了冬青樹和一些蔓虎刺，林土層開始隨著植物生長而有了生機。他們在樹枝間看到一片開闊的草地，斜向沿河生長的白樺樹。草地與成排樺樹下方，是一片深綠色的西洋杉溼原，溼原的遠處是許多深青色的山丘。溼原和眾山丘之間是一個湖灣。可是從這裡看不到，他們只從距離來判斷那裡有湖灣。

「噴泉就在這裡，」尼克對他妹妹說。「我以前紮營過的石頭就在這裡。」

「這個地方好美、好美，尼仔，」他妹妹說。「我們也看得到湖嗎？」

「有個地方看得到。不過在這裡紮營比較好。我去弄一些木材來，我們來做早餐。」

「這些打火石很舊了。」

「這地方也很老，」尼克說。「這些打火石就跟印地安人一樣。」

「沒有小路或認路用的樹上刻痕，你怎麼有辦法直接穿過樹林到那裡去？」

「你沒看到那三座山脊上的方向標嗎？」

「沒有。」

「我找時間讓你看看。」

「它們是你的嗎？」

「不是。那是以前留下來的。」

「你之前爲什麼不指給我看？」

「我不知道，」尼克說。「我猜我打算炫耀吧。」

「尼仔，他們永遠不會發現我們在這裡。」

「希望不會。」尼克說。

差不多在尼克和他妹妹進入第一片雜亂林地時，他們位在湖水上方林蔭裡的家，屋後開闊的斜坡地上，太陽逐漸升起，曬醒紗窗門廊上睡著的巡守員，陽光直映著他的臉。

夜裡的時候，那個巡守員醒來喝口水，從廚房回來以後，就躺在地上，墊了從一張椅子上拿來的坐墊當枕頭。他現在醒來，發現自己身在何處，站了起來。他睡時往右側身，因爲左邊腋窩下的手槍皮套裡，有一把點三八的史密斯與威森左輪手槍。他現在醒來，摸索著槍，目光避開刺痛雙眼的太陽，走進廚房，從廚房桌旁的桶裡舀一點水出來。年輕女雇工在火爐裡生火，巡守員對她說：「來點早餐如何？」

「沒有早餐。」她說。她睡在這棟房子後方的小屋，半小時前進來廚房。她看見巡守員躺在紗窗門廊的地板上，幾乎全空的威士忌瓶放在桌上，這景象嚇壞了她，又令她感到噁心。接著她就生起氣來。

「你是什麼意思？沒有早餐？」巡守員仍然拿著長柄勺。

「就這樣。」

「爲什麼？」

「沒有吃的東西。」

「咖啡呢？」

「沒咖啡。」

「茶？」

「沒有茶。沒有培根。沒有玉米粉。沒有鹽。沒有胡椒。沒有咖啡。沒有博登氏煉乳。沒有眞美滿阿姨的蕎麥粉。什麼都沒有。」

「你在說什麼啊？昨天晚上有很多東西能吃啊。」

「現在沒了。一定是花栗鼠搬走了。」

南部來的巡守員聽到他們說話，就從床上起來，走進廚房。

「早上好嗎？」女雇工問他。

巡守員不理女雇工，說：「伊凡斯，怎麼了？」

「那個王八蛋昨天晚上進來這裡，拿了一袋食物走。」

「不准在我的廚房裡罵人。」女雇工說。

「我們出去。」南部來的巡守員說。他們倆到外面的紗窗門廊上，關上廚房的門。

「伊凡斯，這是怎樣？」南部來的巡守員指著那瓶陳年綠河威士忌問，瓶裡剩下不到四分之一。「你醉到什麼地步？」

「我喝得跟你一樣多。我就在桌子旁邊熬夜——」

「做什麼？」

「等著看天殺的亞當斯小子會不會出現。」

「還有喝酒。」

「沒有喝酒。之後我起來，到廚房裡去，喝了一口水，那時差不多四點半，我就躺在門前這裡，放鬆一下。」

「你爲什麼不躺在廚房門前？」

「如果他來的話，我在這裡可以看得比較清楚。」

「所以發生了什麼事？」

「他一定是進了廚房，可能是從窗戶進來的，然後裝了東西。」

「胡說八道。」

「你那時在做什麼？」地方巡守員問。

「跟你一樣在睡覺。」

「好。我們別吵這件事。吵完全沒用。」

「叫女雇工出來這裡。」

女雇工出來了，南部人對她說：「你跟亞當斯太太說我們想跟她談談。」

女雇工什麼話也沒說，進了房子的主屋，關上門。

「你最好撿起裝滿和喝完的酒瓶，」南部人說。「這裡也沒多少好喝了。你想來一口嗎？」

「不了，謝謝。我今天得工作。」

「我喝一口，」南部人說。「酒分得不公平。」

「你走了以後，我一口也沒喝。」地方巡守員頑固地說。

「你爲什麼還繼續講這些胡說八道啊？」

「這不是胡說八道。」

南部人放下瓶子。「好，」他對女雇工說，她打開門，出來後又關上門。「她怎麼說？」

「她頭痛得很嚴重，沒辦法見你們。她說你們有搜索狀。她說如果你們想搜這個地方，那就搜吧。」

「她怎麼說那個孩子？」

「她沒看到那個孩子，也完全不知道他的狀況。」

「其他孩子呢？」

「去沙勒沃伊拜訪人了。」

「他們去拜訪誰？」

「我不知道。她也不知道。他們去舞會，然後星期天跟朋友在那裡過夜。」

「昨天在這裡的那個小孩是誰？」

「我昨天沒看到這裡有小孩。」

「有。」

「可能是孩子的朋友要來找他們。說不定是遊客的小孩。男生還是女生？」

「大約十一、二歲的女生。棕色頭髮，棕色眼睛。有雀斑。曬得很黑。穿工作褲和男生的上衣。沒穿鞋。」

「聽起來很常見啊，」女雇工說。「你說十一、二歲嗎？」

「噢，該死，」南部人說。「你就是沒法從這些鄉巴佬身上問出什麼來。」

「如果我是鄉巴佬，他呢？」女雇工看著地方巡守員。「伊凡斯先生呢？他的小孩和我上同一間學校。」

「那個女生是誰？」伊凡斯問她。「快點，蘇西。反正我查得出來。」

「我不知道，」女雇工蘇西說。「現在好像什麼人都會來這裡。我覺得我就像在一個大城市裡啊。」

「蘇西，你不想惹上什麼麻煩吧？」伊凡斯說。

「不想，先生。」

「我是認眞的。」

「你也不想惹上什麼麻煩吧？」蘇西問他。

他們把馬栓到車上後，在穀倉那裡，南部人說：「我們辦事辦得不太好啊？」

「他現在失蹤了，」伊凡斯說。「他有食物，也一定拿了他的來福槍。可是他仍然在這一帶。我可以逮住他。你會追足跡嗎？」

「不行。不太能。你可以？」

「雪裡才行。」另一個巡守員笑出來。

「可是我們不用追足跡。我們是必須思考他會在哪裡。」

「他裝那些東西不是爲了去南部。不然他只要帶一點東西，往鐵路去就行了。」

「我分辨不出來柴房少了什麼東西。可是他從廚房裝了一大堆東西走。他要去某個地方。我得去查他所有的習慣、他的朋友，還有他常去的地方。你去沙勒沃伊、佩托斯基、聖伊涅斯和希波根攔截他。如果你是他，你會去哪裡？」

「我會去密西根州上半島。」

「我也是。他也去過那裡。去渡口逮他最容易。可是這裡到希波根有超大一片地，他也熟悉那片地。」

「我們最好下去見一下派克得。我們原本今天就要去那裡查。」

「有什麼會阻擋他不去東喬丹和大特拉弗斯那一帶？」

「沒有東西會擋他。可是那裡不是他的活動領域。他會去他熟悉的地方。」

他們打開柵欄的門時，蘇西出來。

「我可以跟你們一起搭車去店裡嗎？我得去買一些雜貨。」

「你爲什麼覺得我們要去商店？」

「你們昨天在說要去見派克得先生。」

「你要怎麼把雜貨拿回來？」

「我猜我可以在路上或湖泊那邊找人載我一程。今天是星期六。」

「好吧。上來。」地方巡守員說。

「謝謝你，伊凡斯先生。」蘇西說。

伊凡斯在雜貨店兼郵局那裡，將馬繫在馬槽旁，他和南部人站在那裡講些話，然後才進去。

「我不能跟那個該死的蘇西講任何事。」

「沒錯。」

「派克得這人不錯。這地方沒人比他更讓人喜歡了。你永遠不會拿鱒魚那件事判他有罪。沒人會嚇他，我們也最好不要讓他起反感。」

「你覺得他會合作嗎？」

「如果你很粗魯就不會。」

「我們去見他。」

蘇西在店裡，逕自經過玻璃展示櫃、打開的大桶、箱子、放罐頭物品的架子，沒看任何東西或任何人，直到走進有著上鎖信箱的郵局，來到存局待取郵件部門和郵票窗口這裡。窗戶是關上的，她直接走到商店後面。派克得先生正在用鐵撬開一個包裝箱。他看向她，微笑。

「約翰先生，」女雇工說，講得非常快。「有兩個巡守員要進來了，他們在追尼仔。他昨天晚上離開了，他的小妹妹跟他一起走。不要把這件事說出去。他母親知道這件事，沒關係。反正她什麼都不會說。」

「他帶了你們所有的雜貨走？」

「大部份。」

「你選你要的東西，寫一張清單，我跟你一起檢查。」

「他們現在要進來了。」

「你從後面出去，然後再從前面進來。我去跟他們聊。」

蘇西繞過構造修長的房子，再次走上前面的台階。這一次她進來的時候，注意了每一樣東西。她認識帶籃子來的印地安人，她認識那兩個印地安男孩，他們正盯著左邊第一個展示櫃裡的釣魚用具。她認識第二個櫃裡的所有成藥，還有常會來買它們的人。她有一年夏天在這家店當店員，知道厚紙箱上用鉛筆寫的代碼字母和號碼的意思，這些箱裡裝著鞋子、冬天的套鞋、毛襪、連指手套、帽子和毛衣。她知道印地安人帶進來的籃子值多少，在季節的這個時候，已經趕不上賣個好價錢。

「泰博蕭太太，你爲什麼這麼晚才帶它們來？」她問。

「七月四號玩得太開心。」那個印地安女人笑出來。

「比利好嗎？」蘇西問。

「我不知道，蘇西。我有四週沒看到他了。」

「你爲什麼不帶它們去旅館那裡，想辦法賣給遊客？」蘇西問。

「說不定喔，」泰博蕭太太說。「我去過一次。」

「你應該天天帶它們去。」

「很長一段路哪。」泰博蕭太太說。

蘇西對認識的人說話，寫著家中需要的物品清單時，那兩個巡守員在店的後面，與約翰．派克得先生在一起。

約翰先生有灰藍色的眼珠，黑色頭髮，黑色小鬍子，看起來老像是意外晃進雜貨店裡。他年輕的時候，一度離開密西根北部長達十八年，與其說看起來像雜貨店老闆，不如說像治安官或老實的賭徒。他年輕時開過幾間好酒吧，經營得不錯。可是鄉間的木材被砍伐殆盡之後，他留下來，買了農地。最後當郡裡選擇了本地要進行禁酒[12]，他就買了這家店。他當時已經有那間旅館。可是他說他不喜歡沒有酒吧的旅館，所以他幾乎從來不會靠近它。派克得太太經營那間旅館。她比約翰先生更有野心，約翰先生說他不想浪費時間在某些人身上，那些人有足夠的錢去自己想去的任何鄉下地方度假，卻上沒有酒吧的旅館，將時間花在坐著門廊上的搖椅。他說那些遊客處在「人生的更年期」，對派克得太太嘲笑他們，可是她愛他，從不介意他逗她。

「我不介意你說他們在『人生的更年期』，」有天晚上，她在床上對他說。「我是經歷過了，但我仍然是你對付得了的唯一女人，不是嗎？」

她喜歡遊客，因爲有些遊客會帶來文化，約翰先生說她對文化的愛，就像伐木工愛「無雙」，那種超棒的口嚼菸餅。他非常尊重她對文化的愛，因爲她說她對文化的愛，就像他愛美味的陳年威士忌，她說：「派克得，你不用關心文化。我不會拿文化來煩你。可是它讓我覺得棒極了。」

約翰先生說，只要他永遠不必去暑期大學或自我成長課程，她就可以享受文化，直到天崩地裂爲止。他去過幾次野營佈道大會與一場信仰復興佈道會，但他從來沒去過暑期大學。他說野營佈道大會或是信仰復興佈道會就夠糟了，但至少活動結束後，眞的被喚醒的人會性交，雖然他從沒聽過有誰在野營佈道大會或信仰復興佈道會之後付過帳。他告訴尼克．亞當斯，派克得太太去過大型信仰復興佈道會之後，會因爲像偉大的傳教者吉普賽．史密斯[13]那樣的人，而擔心起派克得永恆靈魂的拯救問題，但最後發現原來是因爲派克得長得像吉普賽．史密斯，最終一切都會沒事的。可是暑期大學就古怪了。文化也許是比宗教好，約翰先生想。不過它是要冷靜以對的事。他們卻仍然爲之瘋狂。不過他看得出這不僅是一時的狂熱而已。

「它的確抓住了他們的心，」他對尼克．亞當斯說。「它一定有點像是只存在於腦袋中的狂熱教徒[14]。你哪時研究看看，跟我說你的想法。你會當作家，你應該早點進入這件事。

不要讓它們領先你太多。」

約翰先生喜歡尼克・亞當斯，因爲他說他有原罪。尼克不懂這個意思，不過他很自豪。

「你會有後悔的事，孩子，」約翰先生告訴尼克。「這是最棒的事情之一。你永遠可以決定要不要後悔。不過重點是擁有它們。」

「我不想做任何壞事。」尼克說。

「我不想要你做壞事，」約翰先生說。「不過你活著，你會去做事情。你別撒謊，別偷東西。每個人都得撒謊。但你要分辨出你永遠不會撒謊的對象。」

「我會選你。」

「沒錯。無論如何，你永遠不要對我說謊，我也不會對你說謊。」

「我會努力。」尼克說。

「不是這樣，」約翰先生說。「這得做到絕對。」

「好，」尼克說。「我永遠不會對你說謊。」

「你的女朋友怎麼了？」

「有人說她在蘇[15]那裡工作。」

「她是美麗的女生，我一直很喜歡她。」約翰先生說。

「我也是。」尼克說。

「努力對這件事看開點。」

「我沒法控制，」尼克說。「這件事完全不是她的錯。她只是天生就那樣。如果我再次遇到她，我猜我會再次跟她交往。」

「也許不會。」

「也許吧。我會試著不要。」

約翰先生走出去，到有兩人在等他的後方工作台時，心裡就是想著尼克。他站在那裡打量他們，一個也不喜歡。他一直不喜歡那個本地人伊凡斯，對他沒有尊敬可言，但他感到那個南部人有危險性。他還沒分析出來，但他看見那人的眼神非常不動聲色，嘴巴的緊度超過了單純嚼煙草者的需求。他的錶鏈上也有一個眞的加拿大馬鹿牙齒。那是一顆非常精美的長牙，來自大約五歲的公鹿，是一顆美麗的長牙，約翰先生再次看了它，還有那人肩上槍套在外套底下製造出的過份隆起。

「你是用你夾在手臂底下的那管砲殺了那頭公馬鹿嗎？」約翰先生問那個南部人。

南部人不領情地看著約翰先生。

「不，」他說。「我是用溫徹斯特點四七—七〇，在懷俄明的大道區殺了那隻公馬鹿。」

「你是拿大槍的男人，嗯？」約翰先生說。他看了工作台下。「也有著大腳。你去獵捕孩子們，需要這麼大管的砲嗎？」

「什麼意思？孩子們？」南部人說。他領先一步。

「我是說你在找的那個孩子。」

「你說『孩子們』。」南部人說。

約翰先生靠近。有這必要。「伊凡斯拿什麼去追一個揍扁他兒子兩次的孩子？你一定帶了重裝備，伊凡斯。那孩子還是可以揍扁你。」

「你何不帶他出來，我們就可以試試。」伊凡斯說。

「你說『孩子們』，傑克森先生，」南部人說。「你爲什麼會這樣說？」

「看看你，你這吸老二的傢伙，」約翰先生說。「外八的雜種。」

「如果你想這樣講話，怎麼不從那個工作台後出來？」南部人說。

「你在跟美國郵政局長說話，」約翰先生說。「除了大便臉的伊凡斯，你現在說話沒有目擊證人。我猜你知道大家叫他『大便臉』的原因。你可以判斷出來。你是探員嘛。」

他現在開心了。他發動了攻擊，現在感覺就像身處舊時光，當時他的維生方式還不是提供遊客食物與床鋪，那些遊客老是一邊坐在旅館前方門廊的木造搖椅，一邊眺望著湖面。

「聽著，外八的傢伙，我現在非常清楚地想起你是誰了。你不記得我嗎？外八仔？」

南部人看著他。可是他不記得他。

「湯姆．荷恩[16]被吊死的那天，我記得你在夏安，」約翰先生告訴他。「有些人因爲協會給了好處，就去陷害他，你就是其中之一。現在記起來了嗎？你為陷害湯姆的人工作時，梅狄辛博的那家酒吧老闆是誰？你就是因為這樣，所以才會來做現在在做的事嗎？你一點都記不起來嗎？」

「你什麼時候回來這裡的？」

「他們殺掉湯姆的兩年後。」

「眞是見鬼了。」

「你記得我們打包離開格雷布爾的時候，我給了你那顆馬鹿的牙齒嗎？」

「當然。聽著，吉姆，我得找到這個孩子。」

「我叫約翰，」約翰先生說。「約翰．派克得。到後面來喝一杯吧。你認識一下這個人比較好。他叫『屎臉』伊凡斯。我們都叫他『大便臉』。我現在只是出於善意才改口。」

「約翰先生，」伊凡斯先生說。「你還是友善、合作一點好。」

「我剛才改了你的名字，不是嗎？」約翰先生說。「你們這些小子想要哪種合作？」

約翰先生在店的後方，從角落下方的層架拿了一個瓶子，遞給南部人。

「喝吧，外八仔，」他說。「你看起來很需要。」

他們各喝了一口，然後約翰先生問：「你們為什麼追這個孩子？」

「違反狩獵法。」南部人說。

「違反哪個部分？」

「他上個月十二號殺了一頭雄鹿。」

「兩個男人拿槍追一個孩子，因爲他上個月十二號殺了一頭鹿。」約翰先生說。

「他還違反了其他部分。」

「但你有證據的是這件事。」

「差不多。」

「他還違反了什麼？」

「很多。」

「但你們沒有證據。」

「我沒這樣說，」伊凡斯說。「但我們有這件事的證據。」

「然後日期是十二號？」

「沒錯。」伊凡斯先生說。

「你怎麼不提一些問題，不要一直回答啊？」南部人對他的夥伴說。約翰先生笑了。

「不要煩他，外八仔，」他說。「我想看這個偉大的大腦運作。」

「你跟那個小子多熟？」南部人問。

「滿熟的。」

「跟他做過任何生意嗎？」

「他偶爾會來這裡買一點東西。付現。」

「你對他往哪裡去有任何概念嗎？」

「他在俄克拉荷馬州有親戚。」

「你最後一次看到他是什麼時候？」伊凡斯問。

「拜託，伊凡斯，」南部人說。「你在浪費我們的時間。謝謝你的酒，吉姆。」

「是約翰，」約翰先生說。「外八仔，你叫什麼名字？」

「波特。亨利．J．波特。」

「外八仔，你完全不能對那個孩子開槍。」

「我要抓到他。」

「你一直是一個殺人的雜種。」

「走吧，伊凡斯，」南部人說。「我們在這裡是浪費時間。」

「你要記得我說開槍的事。」約翰先生非常平靜地說。

「我聽到了。」南部人說。

那兩人穿過雜貨店出去，解開他們的輕便馬車，駛離。約翰先生看著他們上路。伊凡斯駕車，南部人在對他說話。

「亨利．J．波特，」約翰先生心想。「他的名字，我唯一記得起來的就是外八仔。他有一雙大腳，讓他得穿訂做的靴子。大家先叫他外八的傢伙，然後叫外八仔。那個牧場主人的兒子被槍殺在噴泉旁，就是因爲有他在那附近的追蹤，所以他們吊死了湯姆。外八仔。外八仔姓什麼？說不定我從來沒知道過。外八的外八仔。外八的波特？不對，不是姓波特。」

「關於這些籃子，我很抱歉，泰博蕭太太，」他說。「它們現在在這個季節太晚到了，而且沒法貯存。不過如果在旅館那裡耐心地賣，你就能脫手了。」

「你買了它們，去旅館賣。」泰博蕭太太建議。

「不行。他們從你那裡買比較好，」約翰先生告訴她。「你是長得好看的女士。」

「很久以前的事囉。」泰博蕭太太說。

「蘇西，我想跟你說話。」約翰先生說。

他在店的後方說：「跟我說狀況。」

「我已經告訴你了。他們來抓尼仔，等他回家。他最小的妹妹讓他知道他們在等他。他們喝醉睡著的時候，尼仔拿了他的東西離開。他有很夠兩週吃的食物，他拿了他的來福槍，年輕的小不點跟他一起走。」

「她爲什麼要去？」

「我不知道，約翰先生。我猜她想要照顧他，不讓他做什麼壞事。你懂他。」

「你住在伊凡斯家附近。你覺得他對尼克常去的地方瞭解多少？」

「他盡力在瞭解。但我不曉得是多少。」

「你覺得他們去哪裡了？」

「我不知道，約翰先生。尼仔知道很多地方。」

「跟伊凡斯在一起的那個人不是好人。他非常壞。」

「他比他表現出來得聰明。烈酒讓他狀況低落。可是他聰明，而且壞。我以前認識他。」

「他不是很聰明。」

「你要我做什麼？」

「不做什麼，蘇西。有任何狀況就告訴我。」

「我會把我的東西算一下，約翰先生，這樣你就可以核對了。」

「你要怎麼回家？」

「我可以搭船去亨利的船塢，然後在小屋找艘手划船，划回來拿東西。約翰先生，他們會怎麼對付尼仔？」

「我擔心的就是這個。」

「他們在討論要送他去少年感化院。」

「我眞希望他沒殺那隻公鹿。」

「他也希望。他跟我說他在一本書讀到人可以怎麼用子彈擦過動物，不會對牠造成任何傷害，只會打昏牠，尼仔想試試。他說這件事蠢斃了。可是他想試試。然後他對那頭公鹿開槍，打斷了公鹿的脖子。他很後悔。他很後悔一開始會想打昏牠。」

「我知道。」

「然後一定是伊凡斯在他掛鹿肉的泉上舊屋發現了這件事。反正有人拿走了它。」

「誰可能告訴伊凡斯？」

「我想就是他兒子發現的。他老是到處跟蹤尼克。你從來沒看到他。他可能看到尼仔殺了那頭公鹿。那孩子不好，約翰先生。不過他當然可以到處跟著任何人。他現在可能就在這間屋子裡。」

「不，」約翰先生說。「不過他可能在外面聽。」

「我想他現在跟著尼克。」那女孩說。

「你有聽到他們在屋裡說起他的任何事嗎？」

「他們從沒提到他。」蘇西說。

「伊凡斯一定把他留在家裡打雜。在他們回家見到伊凡斯的家人前，我不覺得我們得擔心他。」

「我今天下午可以去湖上划船回家，找個我們的孩子去幫我打聽伊凡斯有沒有雇人去打雜。這樣就知道他是不是讓那孩子自由活動。」

「那些人太老了，沒法追蹤任何人。」

「可是那孩子很可怕，約翰先生，而且他對尼仔和尼仔會去的地方都知道太多了。他會發現他們，然後把那些人帶去找他們。」

「到郵局後面來。」約翰先生說。

郵件插口、上鎖箱子、登記冊，一式一樣，擺在正確位置上的郵票冊，以及註銷用圖章及其印台的後方，存局待取郵件的窗口已經關上，蘇西再次感受到自己在店裡幫忙的時候，曾經有過的辦公室榮耀。約翰先生說：「蘇西，你覺得他們去哪裡了？」

「我不知道，眞的。是不太遠的地方，不然他不會帶小不點去。那地方非常棒，不然他不會帶著她。他們也知道關於鱒魚餐的鱒魚那件事，約翰先生。」

「那小子？」

「對。」

「我們可能該處理一下伊凡家的這個小子。」

「我想殺了他。我很確定這是小不點跟著去的原因。這樣尼克才不會殺了他。」

「你安排好，讓我們可以跟他們保持聯繫。」

「我會的。不過您得想個辦法出來，約翰先生。亞當斯太太完全崩潰了。她不舒服的頭痛老毛病又開始了。來。你應該收下這封信。」

「把它放在信箱裡，」約翰先生說。「這是正式的美國郵件。」

「昨天晚上他們睡著的時候，我想殺了他們倆。」

「不行，」約翰先生告訴她。「不要這樣講話，也不要這樣想。」

「約翰先生，你從來沒想要殺過任何人嗎？」

「有。但那是錯的，而且行不通。」

「我父親就殺了一個人。」

「那對他沒有任何好處。」

「他忍不住。」

「你得學習忍住，」約翰先生說。「你現在走吧，蘇西。」

「我今晚或明早跟您見面，」蘇西說。「真希望我還在這裡工作，約翰先生。」

「我也是，蘇西。不過派克得太太不這麼想。」

「我知道，」蘇西說。「每件事都是這樣。」

尼克和他妹妹躺在耳屋[17]下嫩枝葉鋪成的床，這是他們在鐵杉森林邊緣一起建起來的，從山坡上俯瞰著西洋杉溼原及其後的青色眾山丘。

「如果不舒服的話，小不點，我們可以在鐵杉上面鋪更多香脂冷衫。我們今晚會很累，這樣就過得去。可是我們明天可以把它弄得很棒。」

「感覺很好啊，」他妹妹說。「放鬆躺著，好好感覺啦，尼仔。」

「這是很不錯的營地，」尼克說。「而且不明顯。我們只能生小火。」

「山丘那裡會不會看得到火？」

「可能會，」尼克說。「晚上的時候，很遠都看得見火光。可是我會在後面打樁拉起一條毯子。這樣別人就看不見了。」

「尼仔，如果沒有人在追我們，我們只是好玩才來，不是很棒嗎？」

「不要這麼快就開始那樣想，」尼克說。「我們才剛開始。無論如何，我們只是好玩才來的話，就不會來了。」

「對不起，尼仔。」

「你不用道歉，」尼克告訴她。「聽我說，小不點，我要下去捕幾條鱒魚當晚餐。」

「我可以去嗎？」

「不行。你留在這裡休息一下。你今天過得很辛苦。你讀一下書，不然休息就好。」

「在雜亂林地那裡很辛苦對吧？我覺得那裡眞的很難熬。我表現得還好吧？」

「你表現得超棒，而且你蓋營地也超棒。不過你現在要放鬆了。」

「我們要爲這個營地取名字嗎？」

「就叫它『一號營』。」尼克說。

他下了山丘，往溪水走去，幾乎來到岸邊的時候，他停了下來，切了一根大約四呎長的柳枝，修整過，留下樹皮。他看得見湍急而清澈的溪流。它既狹窄又深，這裡的岸邊長滿苔蘚，溪流往前就進入溼原。深色的澄澈溪水快速流過，衝激使得湖面隆起。因爲尼克知道它流過岸底，所以沒有靠近，他不想因爲走在岸邊而嚇到魚。

現在這裡的開闊處一定有不少隻，他心想，夏天就快要結束了。

他從放在上衣左胸前口袋的菸草袋裡，拿了一卷絲質魚線，割了沒有柳枝那麼長的一段，綁在他輕輕劃出刻痕的一端。然後他綁上一個從菸草袋裡拿出的鉤子，接著拿著鉤身，測試線的拉力與柳枝的彈性。他現在放下魚竿，回到那一小棵樺樹的樹幹旁，它死了幾年了，橫躺在樺樹林裡，樹林就在溪旁西洋杉林的邊緣。他滾動木頭，在底下找到幾隻蚯蚓。他們不大。不過他們又紅又活潑，他將他們放在扁圓形的罐頭裡，這罐頭原本用來放哥本哈根鼻菸，現在頂部已經打了幾個洞。他在他們上面放了一點土，將木頭滾回原位。這是他第三年在這個地方找到餌，他永遠都會將木頭放回原處，讓它恢復他發現時的模樣。

沒人知道這條溪多大，他想，它從上方那個惡劣的溼原接收了龐大的水量。他現在看了看溪水的來向與去向，然後又望著山丘，看向紮營的鐵杉森林。然後他走向自己留下的魚竿，上面綁了線與鉤子，他仔細爲鉤子裝餌，接著在上面吐了口水以求好運。他右手拿著魚竿和裝好餌鉤的線，非常謹慎地輕輕走向狹窄且水量龐大的溪岸邊。

這裡太窄，他的柳樹竿足夠橫跨溪水兩岸，他靠近岸邊的時候，聽見溪水洶湧衝過的聲音。他停在岸邊，不讓溪裡的任何東西看到他，然後從菸草袋拿出兩個鉛彈，彈身一邊有縫，他將它們扳彎在鉤子上方一呎處的線上，用牙齒將它們咬緊。

他將兩條蟲蜷縮其上的鉤子甩向溪水，輕輕放下，讓它在急流中旋轉著沉落，然後他放低柳樹竿的頂端，讓水流帶著線與餌鉤進入溪岸底下。他感覺到線被拉直，突然有股沉重的緊繃感。他揮動竿子，它在他手裡幾乎對折。他感受到拉力，對方沒有隨他拉線而屈服，反而急速一抽。然後牠屈服了，隨著線在水中升起。狹窄而深的水流中出現猛烈而瘋狂的動靜，那隻鱒魚破浪而出，在空中翻動，掠過尼克的肩膀，落在他身後的溪岸上。尼克看見他在陽光下閃耀，然後蕨類植物中找到翻滾的他。他在尼克雙手裡，顯得既強壯又重，有討人喜歡的氣味，尼克注意到他的背部多黑，斑點的色澤多燦爛，魚鰭的邊緣多鮮明。鰭的邊緣是白的，後面有一條黑線，接著是肚腹可愛的黃昏般金色。尼克用右手抓著他，只能勉強環住。

對於那只平底鍋來說，他非常大，尼克想。不過我已經傷害他，我得殺了他。

他將那隻鱒魚的頭俐落地砸在獵刀的把手上，然後將他靠著一棵樺樹的樹幹放著。

「可惡，」他說。「他的大小對派克得太太和她的客人來說，正好完美。可是對小不點和我來說卻非常大。」

我最好到上游去，找一塊沙洲，想辦法抓幾隻小的，他想。可惡，可是我猛力把他拉出水來的時候，難道他不像是一回事嗎？大家儘管可以去談釣者要如何消耗上鉤魚隻的力氣，可是從沒將他們釣出水來的人，不會曉得他們可以給你什麼樣的感覺。即使這感覺只存在那一刻又如何？那一刻，對方完全不放鬆，然後開始現身，在上升、落入空中時，那樣地對待你。

這是一條奇怪的溪流，他想。你還得特地去找小魚，眞妙。

他撿起之前拋下的魚竿。魚鉤彎了，他將它扳直。然後他抓起那尾沉重的魚，開始往上游走。

她從上游的溼原出來之後，緊接著一片又淺又多卵石的地方，他想。我可以在那裡捕幾隻小魚。小不點可能不會喜歡這隻大魚。如果她想家了，我得帶她回去。不知道那些老傢伙現在在做什麼？我不覺得天殺的伊凡斯家孩子知道這個地方。那個王八蛋。我不覺得有印地安以外的人來過這裡捕魚。你應該要是印地安人才對，他想。這會省掉你很多麻煩。

他沿著溪流往上走，不靠近溪水，但一度踩到溪水流過其下的岸邊。一隻大鱒魚猛地跳起，在水裡製造出大量的水花。他這隻鱒魚大到看起來幾乎無法在溪流中轉彎。

「你什麼時候來的？」尼克說，那隻魚在上游較遠的地方，才剛再度鑽進岸底。「天啊，好大的鱒魚。」

他在那塊卵石淺灘，抓到兩隻小鱒魚。他們也是很美的魚，紮實又強壯，他清掉三隻魚的內臟，將內臟丟進溪流，然後小心翼翼地在冷水中清洗鱒魚，接著用口袋裡拿出的褪色糖果小袋來包裹。

那女孩喜歡魚是一件好事，他想。眞希望我們可以採一些莓子。不過我知道哪裡永遠有莓子可以採。他開始走上山坡，向他們的營地走回去。太陽落在山丘後了，天氣很好。他眺望溼原的彼方，又仰望天空，在應該是湖灣的上方處，他看見一隻鶚在飛行。

他非常安靜地回到耳屋，他妹妹沒有聽見他的聲音。她側躺著讀書。他看見她，輕聲開口，免得嚇到她。

「小猴子，你在做什麼？」

她轉過來看他，露出微笑，擺了擺頭。

「我把它剪了。」她說。

「怎麼剪的？」

「用剪刀啊。不然呢？」

「你怎麼剪啊？」

「我就抓著它，然後剪掉啊。很簡單。我看起來像男生嗎？」

「像婆羅洲的野孩子。」

「我沒法把它剪得像會上主日學校的男生。看起來太野了嗎？」

「不會。」

「好興奮，」她說。「我現在是你的妹妹，但我也是男生。你覺得這會讓我變成男生嗎？」

「不會。」

「我希望會。」

「你瘋了，小不點。」

「說不定我是喔。我看起來像蠢男生嗎？」

「有一點。」

「你可以把它弄得整齊一點。你可以用梳子來幫忙剪。」

「我是得把它弄好一點，但也就是一點而已。蠢弟弟，你餓了嗎？」

「我不能當不蠢的弟弟就好嗎？」

「我不想拿你去換弟弟。」

「你現在一定要，尼仔，你不懂嗎？我們非做這件事不可。我應該要先問你，但我知道我們是必須做這件事，所以我就先做了，給你一個驚喜。」

「我喜歡，」尼仔說。「其他事見鬼去吧。我非常喜歡它。」

「謝謝你，尼仔，非常謝謝。我像你說的一樣躺著想休息。可是我只有辦法想像自己爲你做什麼事。所以我打算在希波根那樣的地方，從大酒吧弄到迷藥，放滿了一個菸餅罐給你。」

「從誰那裡弄來？」

尼克現在坐著，他妹妹坐在他的膝蓋上，雙臂環抱他的脖子，剪短的頭髮摩擦他的臉頰。

「從『阻街女王』那裡弄來，」她說。「你知道那家酒吧的名字嗎？」

「不知道。」

「『皇家十元金幣飯店及商場』。」

「你在那裡做什麼？」

「我是一個妓女的助理。」

「妓女的助理要做什麼？」

「噢，她在妓女走路的時候，提著她的裙襬，打開她的車廂門，帶她去正確的房間，我猜就像侍女。」

「她對妓女會說什麼話？」

「她想到什麼就說什麼，只要有禮貌就行。」

「像什麼呢?弟弟。」

「比如『噢,夫人,在今天這種熱天,當一隻金籠子裡的鳥,一定相當累吧。』像是這種話。」

「那妓女說什麼?」

「她說『對,但也不只是這樣。的確有愉快之處啊。』因爲我當她助理的這個妓女,出身卑微。」

「那你是哪一種出身?」

「我是一個陰鬱作家的妹妹或弟弟,我被優雅地撫養長大。所以最有地位的那個妓女和她身邊的所有人都極度喜歡我。」

「你拿到迷藥了嗎?」

「當然。她說:『寶貝,收下這一點妙藥吧。』『謝謝你。』我說。『代我向你陰鬱的哥哥問好,要他到希波根的時候,隨時到商場來轉轉。』」

「從我的膝蓋下來吧。」尼克說。

「他們在商場就是這樣說話的。」小不點說。

「我得去弄晚餐。你不餓嗎?」

「我會弄晚餐。」

「不要，」尼克說。「你繼續說話。」

「尼仔，你不覺得我們會很開心嗎？」

「我們現在就很開心了。」

「要不要跟你說我爲你做的另一件事？」

「是在你決定做點實際的事之前嗎？剪掉頭髮之前做的？」

「這件事夠實際了。你先聽再說。我可以在你做晚餐的時候親你嗎？」

「等一下我再告訴你。你打算做什麼？」

「喔，我想我昨晚偷威士忌時，道德敗壞了。你覺得人可能會就因爲這樣一件事而道德敗壞嗎？」

「不會。反正那瓶子是開的。」

「對。可是我拿了空的品脫瓶[18]和裝了威士忌的夸脫瓶[19]到廚房去，把品脫瓶倒滿，有一些濺到我手上，我就舔掉它，我想這樣可能讓我的道德敗壞了。」

「味道怎麼樣？」

「強得可怕，有趣，有一點讓人噁心。」

「這不會讓你的道德敗壞。」

「喔，眞高興，如果我的道德敗壞，我怎麼有辦法對你產生好的影響？」

「我不知道，」尼克說。「你之前是打算做什麼？」

他已經生了火，在上面放了平底鍋，正將一條條培根放進平底鍋裡。他妹妹看著，雙手交疊，抱著膝蓋，然後他看到她鬆開手，一條臂膀向下撐著身體，然後打直雙腿。她在練習當一個男孩。

「我得學如何讓手擺正確。」

「那就別去摸頭。」

「我知道，如果有我這個年紀的男生可以模仿就簡單了。」

「模仿我。」

「那就很自然了吧？可是你不會笑吧？」

「可能會。」

「天啊，真希望我們上路的時候，我不會開始變得像女生。」

「別擔心。」

「我們有一樣的肩膀，同一種腿。」

「你打算做的另一件事是什麼？」

尼克現在在煮鱒魚。培根蜷起呈棕色，放在他們從生火用的那根落木新切下的木片上，他們都聞到了鱒魚在培根油脂裡煮出的氣味。尼克在魚身上塗油，然後將魚翻身，再塗一次油，天色逐漸變暗，他在小火堆後方掛了一塊帆布，以免有人看見。

「你打算做什麼？」他又問。小不點俯身向火堆吐口水。

「這樣如何？」

「至少你沒吐到平底鍋。」

「噢，那件事相當厲害。我從《聖經》得來的點子。我要拿三根釘子，在那兩個傢伙和那個男生睡覺的時候，把釘子釘進他們的太陽穴，一人一根。」

「你要用什麼把它們釘進去？」

「消音鐵鎚。」

「你要怎麼讓鐵鎚消音？」

「我能消音，沒問題。」

「釘子這回事做起來很費力啊。」

「喔，那個女生在《聖經》裡就做了，既然我看過那些人喝醉、睡著，而且晚上還在他們之間走動，偷了他們的威士忌，那我爲什麼不該做到底？而且我還是在《聖經》學到這招的啊。」

「《聖經》裡的人沒用消音鐵鎚。」

「我猜我把它跟消音槳混在一起了。」

「可能是。而且我們不要殺任何人比較好。這是你來的原因啊。」

「我知道。可是我和你很容易就會犯罪，尼仔。我們和別人不一樣。再說我覺得我如果道德敗壞，不如就壞得有用。」

「你瘋了，小不點，」他說。「聽著，茶會讓你睡不著嗎？」

「我不知道。我從來沒在晚上喝過。頂多喝薄荷茶。」

「我把它弄得非常淡，加煉乳進去。」

「我不需要，尼仔，如果我們食物不夠的話。」

「它只會給牛奶增加一點味道。」

他們現在吃起來了。尼克給兩人各切了兩片裸麥麵包，爲兩人各拿一片麵包浸過鍋裡的培根油。他們吃著麵包，以及外皮酥脆、煮得很好，內層非常緊實的鱒魚。接著他們將鱒魚的骨頭放在火裡，用另一片麵包夾培根做成三明治來吃，然後小不點喝了加煉乳的淡茶，尼克用兩條木片塞住他在罐子上打的洞。

「吃飽了嗎？」

「很飽。鱒魚很好吃，培根也是。家裡有裸麥麵包，我們很幸運吧？」

「吃一顆蘋果，」他說。「說不定我們明天會有好吃的。我可能應該做一頓更豐盛的晚餐才對，小不點。」

「不會，我吃很飽了。」

「你確定你不餓？」

「不餓。我飽了。如果你想吃的話，我有一些巧克力。」

「哪來的？」

「從我的救急袋裡拿的。」

「哪裡？」

「我的救急袋呀。我把所有東西放在裡面。」

「喔。」

「這是新鮮的。有些是從廚房拿的，硬的那種。我們可以從那種開始吃，把另外的放到特別的時候才吃。看，我的救急袋跟菸草袋一樣有拉帶。我們可以用它來放金塊之類的。尼仔，你覺得我們這一趟能不能去西部？」

「我還沒想清楚。」

「我想在我的救急袋裡放滿一盎司十六美金的金塊。」

尼克清理鍋子，將包裹放進耳屋的深處。一條毯子已經攤開，鋪在嫩枝葉鋪成的床上，他在上面放了另外一條，塞進小不點那一側的床下。他清理自己煮茶用的兩夸脫洋鐵桶，在裡面注滿從泉水取來的冷水。他從泉邊回來的時候，他妹妹躺在床上睡著了，用藍色牛仔褲捲著莫卡辛鞋，做成枕頭，枕著睡著了。他親吻她，但她沒有醒來，他將自己的毛料格紋舊外套穿上，伸手到背包裡摸索，直到找到那一品脫的威士忌。

他打開它，聞聞它，它聞起來非常棒。他在自己從泉水帶回來的小桶裡舀了半杯水，倒了一點威士忌進去。然後他坐下來非常緩慢地啜飲它，讓它先停在舌頭下，然後才緩慢翻回舌上，呑下。

他看著火堆的小煤塊隨夜晚微風而發亮，他品嚐威士忌加冷水，看著煤塊思考。然後他喝完那一杯，舀了一些冷水喝下，上床去。來福槍在他的左腿底下，莫卡辛鞋與捲起的褲子做成了枕頭，非常硬，他枕著它，將自己這一側的毯子拉來緊緊裹住自己，說了禱詞，就睡去了。

他在夜裡感到很冷，將自己的毛料外套蓋著妹妹，翻身去更靠近她，這樣他這一側的毯子就有更大的部分壓在他的身體下。他摸索槍，將它再度塞好在自己的腿下。空氣很冷，呼吸都覺刺激，他聞到砍下的鐵杉與粗大的香脂冷衫氣味。他沒發現自己多麼疲倦，直到寒冷讓他醒來。他現在再度躺舒服了，靠著妹妹身體的背部，感覺到她傳來的暖意，他心想，我一定得好好照顧她，讓她開心，讓她安全回去。他聽著她的呼吸聲，聽著夜晚的寧靜，然後再度睡著了。

他醒來的時候，天剛亮到足以看到溼原外的遠處山丘。他靜靜躺著，伸展僵硬的身體。

然後他坐起來，穿上卡其褲和莫卡辛鞋。他看著睡著的妹妹，她的下巴壓著溫暖的毛料外套衣領，高高的顴骨與帶雀斑的棕色皮膚在剪短的棕髮底下呈現淡粉紅色，顯現她頭部的漂亮線條，強調了她筆直的鼻子與緊貼的耳朵。他眞希望自己可以畫她的臉，他盯著她的長睫毛停在雙頰上的模樣。

她看起來就像一頭小野獸，他想，她睡覺的樣子也像。你要怎麼描述她的頭是什麼樣子呢，他想。我猜最接近的是，它像是有人將她的頭髮放在木塊上，用斧頭砍過。它的模樣有一種雕刻出來的感覺。

他非常愛他的妹妹，她則是太愛他了。可是他想，我猜這些事會解決的。至少我希望如此。沒道理叫人起床，他想。如果我這麼累了，她一定也相當累。如果我們待在這裡沒問題，那我們就是在做該做的事：不讓人看見我們，直到事情平靜下來，南部人離開。不過我得讓她好好吃東西，我沒法好好裝備實在太可惜了。

不過我們有很多東西。背包夠沉重了。可是我們今天要採到莓子比較好。如果可以的話，我最好捕一、兩隻松雞。我們也採得到好蘑菇。我們得注意培根用量，但我們有起酥油就用不著它了。也許我昨晚給她吃得太貧乏了。她也習慣喝大量牛奶，還有甜食。別擔心這件事。我們會好好吃東西，她喜歡鱒魚是好事。他們很不錯。不要擔心她。她會吃得很好。可是，尼克，天啊，你昨天絕對沒有讓她吃太多。現在讓她睡比叫醒她好。你有很多事要做。

他開始非常小心地從背包拿出一些東西，他妹妹則在睡夢中露出笑容。她微笑的時候，棕色的皮膚在她的顴骨上變緊，露出裡層的顏色。她沒有醒來，他開始準備做早餐和生火。這裡有很多砍下的木頭，他生了非常小的火，在等吃早餐的時候煮了茶。他一口氣喝了自己的茶，吃了三顆乾杏，想讀《羅娜．督恩》。可是他讀過了，它再也沒有神奇之處，他知道這是這一趟旅行的損失。

下午稍晚，他們紮營之後，他放了一些李子乾到洋鐵桶裡泡著，他現在它們放到火上燉煮，另外在背包裡找到調製好的蕎麥粉，將它連同一口琺瑯燉鍋和一個洋鐵杯一起拿出，用水混蕎麥粉，做成糊狀。他在杯裡放了植物性起酥油，從一個空的麵粉袋的頂端剪掉一塊布，裹在一根切下來的樹枝上，用一條魚線緊緊綁住。小不點帶了四個舊麵粉袋來，他以她爲傲。

他混了麵糊，將平底鍋擺在火上，放了起酥油，用綁了布的棍頭抹開。它一開始讓鍋子閃著深沉的色澤，然後嘶嘶作響，發出爆裂的滋滋聲，他又塗了一次油，將麵糊流暢地倒進去，看著它起泡，然後從邊緣開始變硬。他看著它隆起，逐漸形成糕餅的紋理與灰色。他用嶄新的乾淨木片鏟它，使它從鍋中鬆開，翻面，接住，讓變成棕色的漂亮那面朝上，換另一面滋滋作響。他感覺得到它的份量，卻看著它在鍋裡逐漸浮漲。

「早安，」他妹妹說。「我是不是睡得超級晚了？」

「沒有，小鬼。」

她站起來，上衣垂下來蓋住棕色的雙腿。

「你什麼都做好了。」

「沒有。我才剛開始煎餅。」

「它聞起來好香對不對？我要去泉水那邊盥洗，然後過來幫忙。」

「不要在泉水裡面洗。」

「我又不是白人。」她說。她走到耳屋後面去。

「你把肥皂放在哪裡？」她問。

「就在泉水旁邊。那裡有一個空的豬油桶。把奶油帶來吧。它在泉水裡。」

「我馬上回來。」

那裡有半磅奶油，她將油紙包起的奶油放在空油桶裡帶回來。

他們吃蕎麥餅配奶油還有木屋牌糖漿。木屋牌罐頭頂端的蓋子已經取下，糖漿從傾倒口流出。他們都非常餓了，煎餅很美味，奶油融化其上，隨著糖漿流到切開的地方。他們從洋鐵杯裡拿李子乾出來吃，喝了果汁，然後他們用一樣的杯子喝茶。

「李子乾吃起來就像參加嘉年華，」小不點說。「你想想。尼仔，你睡得怎麼樣？」

「很好。」

「謝謝你在我身上蓋外套。不過這一晚很棒吧？」

「對啊。你睡了整晚嗎？」

「我現在還在睡呢。尼仔，我們可以永遠待在這裡嗎？」

「我想不行。你會長大，結婚。」

「反正我要嫁給你。我想當你的習慣法上的妻子。我在報紙上讀過這種事。」

「你就在那裡讀到不成文法是吧。」

「對。我要在不成文法之下當你習慣法[20]上的妻子。尼仔，可不可以？」

「不行。」

「我會的。我會偷襲你。只要以夫妻的身份生活過一段時間就行。我要大家從現在就開始算那段時間。這就跟公地放領法[21]一樣。」

「我不會讓你申請的。」

「這由不得你。這是不成文法。我想過好幾次了。我會印名片，上面寫：『尼克．亞當斯太太，密西根州克羅斯村——習慣法妻子』。我每年都會將它們公開遞給幾個人，直到時限期滿爲止。」

「我不覺得這樣行得通。」

「我有另外一個方案。我們在我未成年的時候生幾個小孩。然後在不成文法之下，你就得娶我。」

「這不是不成文法。」

「我老是搞混它們。」

「反正還沒人知道這樣行不行得通。」

「一定可以，」她說。「道先生[22]就指望它了。」

「道先生可能弄錯了。」

「爲什麼？尼仔，道先生實際上就發明了不成文法啊。」

「我想是他的律師才對。」

「噢，反正行動的是道先生。」

「我不喜歡道先生。」尼克·亞當斯說。

「這樣很好。他也有一些事是我不喜歡的。可是他的確讓報紙讀起來更有趣吧？」

「他讓別人有了新的憎恨對象。」

「大家也討厭史丹佛·懷特[23]先生。」

「我想大家是嫉妒他們倆。」

「我相信這是眞的，尼仔。就像大家嫉妒我們一樣。」

「你現在想得到有誰嫉妒我們？」

「可能立刻想不到。媽媽會覺得我們是逃犯，沉迷罪惡和不法行爲，她不知道我拿那瓶威士忌給你，眞是好事。」

「我昨晚試喝過了，非常棒。」

「噢，我很高興。這是我在世界上偷過的第一瓶威士忌，好喝不是很棒嗎？我沒想到有關這些人的東西會很棒。」

「我之前得想他們的事，已經想得太多了。別聊他們了吧。」尼克說。

「好。我們今天要做什麼？」

「你想做什麼？」

「我想去約翰先生的店，買我們需要的每樣東西。」

「我們不能去。」

「我知道。那你到底計畫要做什麼？」

「我們應該採一些莓子，我應該捕一隻以上的松雞。我們永遠都捕得到鱒魚。可是我不想要你吃膩鱒魚。」

「你吃膩過鱒魚嗎？」

「沒有。可是有人說大家會吃膩他們。」

「我不會吃膩他們，」小不點說。「你吃狗魚立刻會膩。可是你永遠吃不膩鱒魚或鱸魚。我懂，尼仔。眞的。」

「你也不會吃膩大眼鱸，」尼克說。「只有鏟鼻魚。天啊，你吃得超膩了。」

「我不喜歡像耙子一樣的骨頭，」他妹妹說。「那種魚就是會讓你吃膩。」

「我們清一下這裡，然後我找個地方藏彈藥，我們就去找莓子，想辦法捕幾隻鳥。」

「我帶兩個豬油桶和幾個袋子。」他妹妹說。

「小不點，」尼克說。「請記得要去上洗手間，好不好？」

「當然。」

「這很重要。」

「我知道。你也要記得。」

「我會。」

尼克回到林地，拿起一盒點二二的長式子彈，以及幾盒散裝的點二二短彈，埋在一棵大鐵杉根部棕色的針葉層下。他將自己用刀切出的結塊針葉放回去，在自己所能搆到最高的厚重樹皮上，留下一個小小的刻痕。他確認了樹的相對位置，就離開到山腰去，往下走向耳屋。

現在是愉快的早晨了。天空既高又是清澈的藍色，還沒有雲出現。尼克跟妹妹在一起很開心，他想，無論這件事結果如何，我們不妨就好好開心地過。他已經明白人一次只會遇到一天，永遠就是你身處其中的那一天。在天黑前都還是今天，然後明天又會成爲今天。這是他目前學會最重要的事。

今天是一個好日子，即使他們的麻煩就像是勾到口袋的魚鉤，在他走路的時候不時刺痛他，他還是快樂地帶著來福槍來到營地。他們將背包留在耳屋裡。熊極度不可能在白天來搗亂它，因爲任一隻熊都會在下方溼原附近吃莓子。可是尼克還是將威士忌瓶埋在泉水後方。小不點還沒回來，尼克坐在用來砍出柴薪的那根落木樹幹上，檢查自己的來福槍。他們要去捕松雞，所以他抽出那管彈匣，將長式子彈倒進手裡，然後放進一個麂皮的彈藥包，再將彈匣裝滿點二二的短彈。它們比較不吵，而且如果他沒法射中頭部，用這種子彈至少不會撕裂皮肉。

他現在全部準備好，打算出發了。那女孩到底在哪裡？他想。然後他思考，不要焦慮。是你跟她說要慢慢來。不要緊張。不過他緊張起來，這讓他生自己的氣。

「我來了，」他妹妹說。「很抱歉我花了這麼久的時間。我猜我走太遠了。」

「沒關係，」尼克說。「我們走吧。你拿了桶子嗎？」

「嗯哼，蓋子也拿了。」

他們動身走下山丘，往溪流走去。尼克謹愼地看向上游與山腰左右。他妹妹看著他。

她將桶子放在其中一個袋子裡，用另一個袋子掛在一邊的肩膀上。

「尼仔，你不帶魚竿嗎？」她問他。

「不帶。我們要釣魚的話，我就砍一根來。」他走在妹妹前面，一手拿著來福槍，稍微和水流保持一點距離。他現在在狩獵了。

「這條溪好奇怪。」他妹妹說。

「這在我知道的小河裡，是最大的一條。」尼克告訴她。

「對於一條小河來說，它又深又可怕。」

「它持續有新的水注入，」尼克說。「而且它會挖岸邊底下的土，一直往下挖，這水冰得要命，小不點。你感覺一下。」

「天啊。」她說，水冷得讓人發麻。

「太陽稍微讓它變暖了，」尼克說。「可是不多。我們就沿路看能獵什麼。底下有一塊莓果地。」

他們一直順著溪走下去。尼克研究著溪岸。他見到水貂的足跡，指給妹妹看，他們見到有紅寶石冠冕的迷你戴菊鳥在捕昆蟲，俐落又優雅地在西洋杉林間活動，允許男孩與女孩接近。他們見到黃連雀，他們如此沉靜、溫和且高雅，迷人地優美移動，尾巴及翅膀的覆羽有神奇的蠟光斑痕，小不點說：「他們最漂亮了，尼仔。不可能有更純粹美麗的鳥了。」

「他們的樣子就像你的臉。」他說。

「沒有，尼仔。少開玩笑了。黃連雀讓我覺得好榮幸和開心，我哭了。」

「尤其是他們盤旋、飛下來停住，然後那麼神氣、友善又溫和地移動時。」尼克說。

他們繼續走，尼克突然舉起來福槍，他妹妹還來不及看他在注視什麼東西，他就開槍了。然後她聽見一隻大鳥落下、翅膀拍打地面的聲音。她看見尼克連續扣扳機，又開了兩槍，每開一次槍，她就聽見另一次翅膀猛擊柳樹林的聲音。接著隨著鳥群疾飛的聲音，幾隻棕色大鳥衝出柳樹林，一隻鳥只飛了一下，就停在柳樹林間，有冠羽的頭側往一旁，俯視下方，壓彎了頸邊的羽毛，另外幾隻鳥仍然在噗通跳動。從染血柳樹林往下看去的那隻鳥，美麗豐腴又沉重，頭顱垂下來，看起來很笨，當尼克慢慢舉槍，他妹妹小聲說：「不要，尼仔。拜託不要。我們已經有很多了。」

「好吧，」尼克說。「你想動手？」

「不是，尼仔。不要。」

尼克走向前，進入柳樹林，撿起那三隻松雞，拿他們的頭往槍托底部揮擊，然後將他們在苔蘚上攤開。他妹妹摸摸他們，他們身體溫暖，胸部飽滿，羽毛很美。

「等著吃他們吧。」尼克說。他非常開心。「我現在爲他們難過，」他妹妹說。「他們剛才就像我們一樣在享受早晨。」

她仰望仍然在樹上的松雞。

「牠還在盯著下面，看起來的確有一點蠢。」她說。

「每年這個時候，印地安人都叫他們『笨雞』。他們被追捕之後才會變聰明。他們不是真的笨雞。有些笨雞永遠不會變聰明。那些是柳松雞。這些是披肩松雞。」

「眞希望我們會變聰明，」他妹妹說。「叫他走開，尼仔。」

「你跟他講。」

「走開，松雞。」

那隻松雞沒動。

尼克舉起槍，松雞看著他。尼克知道自己沒辦法在不讓妹妹傷心的狀況下殺了那隻鳥，他發出一個呼聲，舌頭擾動，嘴唇顫抖，就像一隻松雞從隱蔽處闖出來，那隻鳥被吸引住地看著他。

「我們最好不要打擾他了。」尼克說。

「對不起，尼仔，」他妹妹說。「他好笨。」

「等著吃他們吧。」尼克跟她說。「你就知道我們捕他們的原因了。」

「他們也不在禁獵期嗎？」

「當然。不過他們完全長大了，除了我們以外，永遠沒人會抓他們。我殺了很多隻大鷓鴣，大鷓鴣如果可以的話，每隻每天都會殺一隻松雞。他們隨時在獵捕，他們會殺掉所有好鳥。」

「他絕對能輕鬆就殺了那隻，」他妹妹說。「我一點也不內疚了。你想要拿一個袋子裝它們嗎？」

「我來挖他們的內臟，然後把他們用一些蕨類包起來放進袋子裡，現在莓子已經在不遠的地方了。」

他們靠著一棵西洋杉坐著，尼克將鳥開膛剖肚，拿出他們溫暖的內臟，右手感覺鳥的體內溫熱，找到可以吃的內臟部位，清理乾淨，然後將它們放進溪流中清洗。清理了鳥身以後，他撫順他們的羽毛，用蕨類裹起他們，將他們放進麵粉袋裡。他用一卷魚線綁住袋口和兩個袋角，將它掛在肩上，然後回到溪流旁，將鳥的內臟丟進去，還扔了一些晶亮的肺臟，看鱒魚在迅速又洶湧的水流中跳起來。

「它們可以當很好的餌，但我們現在不需要餌。」他說。「我們的鱒魚都在溪裡，我們需要的時候再捕。」

「如果這條溪接近我們家，我們就會變成有錢人了。」他妹妹說。

「那樣魚就會被捕完了。這是最後一條眞正的原始溪流，除非去另一個糟糕的地區，越過整個湖。我從來沒帶過任何人來這裡捕魚。」

「誰來過這裡釣魚？」

「就我所知，沒人。」

「這是沒有被碰過的溪嗎？」

「不是。印地安人會來這裡釣魚。可是他們自從不再割鐵杉樹皮以後，現在已經離開了，營地也關閉了。」

「伊凡斯的兒子知道嗎？」

「他不知道。」尼克說。可是他接著想了一想，這想法讓他不舒服。他彷彿看見了伊凡斯的兒子。

「尼仔，你在想什麼？」

「我沒在想事情。」

「你有在想事情。告訴我。我們是同伴。」

「他可能知道，」尼克說。「天殺的。他可能知道。」

「可是你不知道他知不知道？」

「對。麻煩就在這裡。如果我知道，我就會離開了。」

「說不定他現在就在營地那裡。」他妹妹說。

「不要這樣講話。你想找他來啊？」

「不想，」她說。「拜託，尼仔，很抱歉我提起這件事。」

「我不會，」尼克說。「我很感激。反正我原本就曉得。只是我沒再繼續想而已。現在開始到下半輩子，我得好好思考事情了。」

「你老是在想事情。」

「不是這類的事。」

「反正我們下去，去採莓子，」小不點說。「我們現在沒辦法做什麼事來解決吧？」

「對，」尼克說。「我們去採莓子，然後回營地去。」

可是尼克努力讓自己現在接受這件事，一路上從頭到尾仔細思索著。他一定不能爲此恐慌。沒有任何事情變了。狀況跟他決定到這裡來，等待風頭過去的時候一樣。伊凡斯的兒子可能以前跟過他到這裡來。可是機會非常小。他從賀治家旁那條路進來的那一次，他可能跟蹤過他，可是很難說。沒人來過這條溪捕魚。他可以確定這一點。可是伊凡斯的兒子不關心捕魚這回事。

「那個王八蛋唯一在意的事就是跟蹤我。」他說。

「我知道，尼仔。」

「這會是他第三次給我們找麻煩。」

「我知道，尼仔。可是你不准殺了他。」

這就是她來的原因，尼克心想。所以她來了。她在的話，我就不能動手。

「我知道我一定不能殺他，」他說。「我們現在無計可施。我們別談這件事吧。」

「只要你不殺他，」他妹妹說。「我們就沒有事情不能擺脫，也沒有事情不會過去。」

「我們回營地吧。」尼克說。

「不採莓子嗎？」

「改天再採莓子。」

「尼仔，你緊張？」

「對。對不起。」

「可是我們回營地又有什麼用？」

「我們可以早點知道狀況。」

「我們不能照原本的計畫走嗎？」

「現在不行。我不怕，小不點。你也不要怕。不過有事讓我緊張。」

尼克從溪邊筆直切進林地邊緣，兩人走在林蔭裡。他們現在要從上方回到營地去。他們在林地裡小心地靠近營地。尼克拿著槍走在前面。沒人來過營地。

「你留在這裡，」尼克告訴他妹妹。「我去更遠的地方看看。」他將裝鳥的袋子、莓子桶留給小不點，自己往上游走了很長一段路。他一離開妹妹看得到的地方，就將來福槍裡的點二二短彈換成長彈。我不會殺他，他想，可是我仍然應該這樣做。他謹慎地搜索這一帶。他沒看到有任何人出現的跡象，於是走下到溪流邊，然後去下游，再回到營地去。

「對不起，我剛才很緊張，小不點，」他說。「我們不如午餐好好吃個飽，這樣就不用擔心晚上會有人看見火堆。」

「我現在也擔心起來了。」她說。

「你不要擔心，狀況跟之前一模一樣。」

「可是他甚至在沒來過的狀況下，就讓我們沒去採莓子。」

「我知道。可是他沒來過。說不定他從沒來過這條溪。說不定我們再也不會看到他了。」

「他讓我害怕，尼仔，他沒來過比來過更糟。」

「我知道。可是擔心沒有用。」

「我們怎麼辦？」

「嗯，我們最好等到晚上再煮東西。」

「爲什麼改變主意了？」

「他晚上不會到這附近來。他沒辦法在黑暗中穿過溼原。大清早、深夜或黑暗中，我們都不用擔心他。我們得像鹿一樣，只有在這些時候才外出。白天就躺著吧。」

「說不定他永遠不會來。」

「當然。說不定。」

「可是我可以待下來，對不對？」

「我應該送你回家。」

「不要。拜託，尼仔。那樣誰會阻止你殺他？」

「聽著，小不點，你再也不要提謀殺，要記得我從來沒提到謀殺。之前沒有任何謀殺，之後也一件都不會有。」

「眞的嗎？」

「眞的。」

「我好高興。」

「連這樣也不要。從來就沒人討論過這件事。」

「好。我從來沒想過，也沒提過。」

「我也是。」

「你當然也是。」

「我一直連想都沒想過。」

不對，他想。你從來沒想過這件事；除了整天和整晚以外。可是你一定不可以在她面前思考這件事，她感覺得到，因爲她是你妹妹，你們愛彼此。

「小不點，你餓嗎？」

「不怎麼餓。」

「吃些硬巧克力，我從泉水打一點乾淨的水來。」

「我不用吃東西。」

他們看向溼原外幾座青色山丘的上方，十一點鐘方向的微風正吹得大朵白雲逐漸湧現。天空是一片高遠而澄淨的藍色，雲朵潔白地出現，隨著微風變強，它們離開山丘後方，高高在空中移動，雲朵的影子移向溼原，然後越過山腰。現在樹林間吹送著風，他們躺在陰影裡，風很涼爽。泉水取來的水又冷又新鮮地裝在洋鐵桶裡，巧克力不怎麼苦，可是很硬，咀嚼時發出喀啦的碎裂聲。

「這些水好喝，就像我們第一次看到泉水的那個地方一樣，」他妹妹說。「吃完巧克力之後，嚐起來甚至更棒。」

「如果你餓的話，我們可以煮東西吃。」

「你不餓我就不餓。」

「我永遠都餓。我之前沒繼續走去採莓子，眞是個傻瓜。」

「不會。你是回來找答案。」

「聽著，小不點。我知道之前我們穿過的那個雜亂林地旁邊，有個地方可以採得到莓子。我把所有東西藏起來，我們就可以穿過林地直接到那裡去，採滿幾桶，這樣連明天的份都有了，走過去不難。」

「好。可是我沒差喔。」

「你不餓嗎？」

「不餓。吃完巧克力以後，現在一點都不餓。我願意留下來讀書就好。我們打獵的時候就好好散過步了。」

「好，」尼克說。「昨天有沒有讓你累到現在？」

「可能有一點。」

「我們就放輕鬆好了。我來讀《咆哮山莊》。」

「我的年紀會不會大到不適合聽人唸書了？」

「不會。」

「你會讀給我聽嗎？」

「沒問題。」

1 《羅娜·督恩》（Lorna Doone），英國作家布萊克摩爾（R. D. Blackmore）所作的愛情小說。

2 《海角一樂園》（Swiss Family Robinson），瑞士作家約翰·大衛·懷斯（Johann David Wyss）所作的冒險小說。

3 此處應指密西根州下半島南部。

4 甘汞（calomel），常作瀉藥使用。

5 迷藥（knockout drops）。「drop」常用於作爲單位量詞，相當於中文的「滴」。

6 莫卡辛（moccasin），鞋種名稱，原爲北美印地安人習穿的鹿皮軟鞋。

7 《綁架》（kidnapped），蘇格蘭作家羅伯·路易斯·史蒂芬森（Robert Louis Stevenson）所作之歷史冒險小說。

8 《咆哮山莊》（Wuthering Heights），英國作家艾蜜莉·勃朗特（Emily Brontë）所作之小說。

9 泉上小屋（springhouse）：建在溪水上的小屋，可利用冷冽溪水保存食物。

10 立木價格（stumpage），林木生立於林地的買賣價格。

11 海明威常以人稱的he（他）而不是it（牠）來指稱動物。

12 美國禁酒時期，許多地區行使地方選擇權（local option），設立不同的禁酒門檻。

13 吉普賽·史密斯（Gypsy Smith），英國人，著名的福音傳教者。

14 狂熱教徒（Holy Roller），指在上教堂時表現出激動舉止的的虔誠教徒。

15 蘇（Soo），地名，位於密西根州上半島。

16 湯姆·荷恩（Tom Horn），美國人，據信在美國西部犯下十七起謀殺案，最後因槍殺一名十四歲的牧場主人之子，遭判死刑，但該案的眞相在他死後仍衆說紛紜。

17 耳屋（lean-to），結構簡單的遮蔽用建築，多數只有三面牆，一面屋頂，附著於更大的建築結構。

18 品脫瓶（pint bottle），容量爲一品脫（約半公升）的酒瓶。

19 夸脫瓶（quart bottle），容量爲一品脫（約一公升）的酒瓶。

20 習慣法（common-law），或稱爲普通法。此法系相當重視判決先例。

21 公地放領法（Homestead Act），美國於1862年通過的法案，內容包括限定條件之民衆，可以依規定登記宅地，並於該地居住及耕種滿五年之後，獲得土地執照，成爲該宅地的所有者。

22 指哈利．坎德爾．道（Harry Kendall Thaw），美國人，匹茲堡大亨之子，因懷疑自己的妻子伊芙林．內斯比（Evelyn Nesbit）與史丹佛．懷特（Stanford White）有染，於是槍殺了他們。內斯比爲當時知名模特兒，懷特亦是頗有成就的建築師，三人俱有顯赫名聲，故此案的審判轟動一時，在當時被稱爲「世紀審判」。

23 史丹佛．懷特（Stanford White），見前註。

跨越密西西比河

堪薩斯城的火車停在緊靠密西西比河東岸的一條側線上，尼克眺望路上，那裡積了半呎深的沙塵。眼前什麼也看不見，只有路和灰頭土臉的幾棵樹。一輛四輪運貨馬車顛簸地照著轍跡前行，駕駛隨著彈簧座的顛簸而低垂著腦袋，任韁繩鬆弛地垂在馬背上。

尼克看著馬車，好奇它要上哪裡去，駕駛是不是住在密西西比河附近，有沒有去捕過魚。馬車顛簸地在路上驅駛直至不見蹤影，尼克想起正在紐約進行的世界大賽[1]。他想起快樂費爾許[2]的全壘打，那是他在白襪隊球場看的第一場比賽，瘦子薩里揮棒，身體向前衝得老遠，膝蓋幾乎碰到地面，球的白點畫出弧形，遠遠飛向中外野的綠色欄杆，費爾許低著頭，狂奔向一壘的方形白色填充壘包，球落在露天外野席上搶奪的的棒球迷群中，觀眾隨之狂喜地叫嚷起來。

隨著火車開動，髒兮兮的樹與棕色的路開始向後移動，兜售雜誌的小販搖搖擺擺地從通道走來。

「有大賽的消息嗎？」尼克問他。

「白襪贏了決賽。」新聞小販回答，順著客車的走道，像水手在海上一般，搖晃中仍穩穩前進。他的答案給尼克一股寬慰的滿足感。白襪痛宰了他們。這感覺很不賴。尼克打開《週六晚報》開始看，偶爾眺望窗外，看是否能瞥見密西西比河。他認爲跨越密西西比河是一件大事，他想要每分每秒品味它。

馬路、電線杆，偶然出現的房子，以及平坦的棕色曠野，風景就像河水流動而過。尼克期待密西西比河岸的峭壁出現，可是在一條看來無止無盡的支流流過窗邊之後，他看得到窗戶外面，火車頭正轉彎走上一座長長的橋，橋下是寬闊、泥濘的一段棕色水流。尼克現在看得見遠處那端了，那裡是荒蕪的幾座山丘，近處則是一片平坦的泥岸。河水看起來紮實地向下游移動，不像在流，它動起來反而像一座紮實、不斷變化的湖，在橋墩突出的部分稍微起著漩渦。當尼克抬頭看向平坦、一派棕色的水流緩慢移動，馬克・吐溫[3]、哈克・芬恩、湯姆・索耶和拉・薩勒爭先恐後地湧出他的心頭。無論如何，我見過密西西比河了，他在心裡快樂地想。

1 世界大賽（World Series game），美國職棒大聯盟（Major League Baseball，MLB）每年舉行的總冠軍賽。

2 快樂費爾許（Happy Felsch），芝加哥白襪隊明星中外野手。

3 馬克・吐溫（Mark Twain），美國著名作家。文後所寫的哈克・芬恩（Huck Finn）、湯姆・索耶（Tom Sawyer）均爲其所創造的不朽小說人物，分別出自《頑童流浪記》

（Adventures of Huckleberry Finn）及《湯姆歷險記》（The Adventures of Tom Sawyer）。吐溫的童年有十餘年在密蘇里州鄰近密西西比河的城市度過，成年後曾在密西西比河上擔任領航員，這些經歷在前述作品及人物身上有著相當鮮明的表現。

4 拉·薩勒（La Salle），即何內·何貝·卡佛利耶（René-Robert Cavelier），法國探險家，一六八二年率隊於密西西比河順流而下，探索、爲土地命名及宣示土地爲法國所有。

WAR

戰　　　　爭

登陸前夕

尼克在黑暗中繞過甲板，經過坐在一排輕便折疊椅上的波蘭軍官。有人在彈奏曼陀林。

里昂．侯強諾維茲在黑暗中伸出一隻腳。

「嗨，尼克，」他說。「你要去哪？」

「沒去哪。走走而已。」

「過來坐。這裡有椅子。」

尼克在空椅子上坐下，就著海上的光，看著經過的人們。這是六月一個溫暖的夜晚。

尼克靠著椅背。

「我們明天就進去了，」里昂說。「我聽無線電收發員說的。」

「我聽理髮師說的。」尼克說。

里昂笑了，對隔壁折疊椅上的人講波蘭語。他俯身向前，對尼克微笑。

「他不會說英語，」里昂說。「他說他聽加比說的。」

「加比在哪？」

「跟不知道誰在上面的救生艇。」

「加林斯基在哪？」

「可能跟加比在一起。」

「不會，」尼克說。「她跟我說她受不了他。」

加比是船上唯一的女生。她有一頭金髮，永遠是放下來的，笑聲很大，身材不錯，有某種難聞的氣味。她有一個出海後就沒離開過艙房的阿姨，要將她帶回她在巴黎的家人身邊。她父親跟法國航線[1]有關係，所以她都在船長的餐桌用餐。

「她爲什麼不喜歡加林斯基？」里昂問。

「她說他長得像鼠海豚。」

里昂又笑了。「來，」他說。「我們去找他，告訴他。」

他們站起來，走向欄杆。幾艘救生艇在上方盪了出來，準備要下降。船身傾斜，甲板也歪著，救生艇垂向一邊，大幅搖擺。水輕柔地溜過，底下大片大片發著磷光的巨藻翻騰而出，吮吸與冒泡。

「她前進得很快。」尼克俯視著水說。

「我們在比斯開灣，」里昂說。「明天應該就會看到陸地了。」

他們繞過甲板，下了回至船尾的階梯，看航跡發著磷光，翻騰得像用透視畫法繪出犁過的土地。他們上方是炮台，兩個水手在炮邊來回走動，在水面微弱的光輝下顯得漆黑。

「它們是閃電形的。」里昂看著航跡說。

「整天都是。」

「他們說這些船載著德國的信，所以一直沒被擊沉。」

「可能吧，」尼克說。「我不信。」

「我也不信。不過這想法不錯。我們去找加林斯基。」

他們在加林斯基的艙房找到他，以及一瓶干邑白蘭地。他用一個漱口杯喝酒。

「哈囉，安東。」

「哈囉，尼克。哈囉，里昂。來喝喝。」

「你跟他講，尼克。」

「聽著，安東。我們爲一位漂亮小姐帶話給你。」

「我知道你們說的漂亮小姐。你帶那位漂亮小姐走，把她塞進煙囪裡。」

他仰躺著，腳頂著上層臥鋪的彈簧和床墊推了推。

「卡珀！」他喊道。「喂，卡珀！起來喝酒唷。」

上層臥鋪的邊緣出現一張面孔，圓臉戴著鋼邊眼鏡。

「不要在我喝醉的時候要我喝酒。」

「快點下來喝酒。」加林斯基咆哮。

「不要，」上層臥鋪的聲音說。「把酒拿上來這裡給我。」

他又翻身靠著牆去了。

「他已經醉兩個星期了。」加林斯基說。

「對不起，」上層臥鋪的聲音說。「這說法不可能正確，因爲我只認識你十天而已。」

「卡珀，你沒醉兩個星期嗎？」尼克說。

「當然有，」卡珀對著牆壁說。「可是加林斯基沒權力這樣說。」

加林斯基用腳去推，把他撞得一上一下。

「我收回那句話，卡珀，」他說。「我不覺得你醉了。」

「不要說可笑的話了。」卡珀微弱地說。

「安東，你在做什麼？」里昂問。

「想我女朋友，她在尼加拉瀑布。」

「走吧，尼克，」里昂說。「別管這隻鼠海豚了。」

「她跟你們說我是鼠海豚嗎？」加林斯基問。「她跟我說我是鼠海豚。你知道我用法語跟她說什麼嗎？『（法語）加比小姐，你身上沒有任何一點讓我感興趣。』喝一點，尼克。」

他伸出瓶子，尼克喝了一些白蘭地。

「里昂？」

「不了。走吧，尼克。我們別管他。」

「我半夜要跟大家值班。」加林斯基說。

「不要喝醉了。」尼克說。

「我從沒醉過。」

卡珀在上層臥鋪喃喃說話。

「卡珀，你說什麼？」

「我在召喚上帝用雷劈他。」

「我從從來來沒醉過，」加林斯基重複，將干邑白蘭地在漱口杯裡倒了半滿。

「噢，上帝，」卡珀說。「劈他。」

「我從從來來沒醉過。我從從來來沒跟女人睡過。」

「快啊。做你該做的，上帝。劈他。」

「走吧，尼克。我們出去。」

加林斯基將瓶子遞給尼克。他喝了一口，跟著那波蘭的高個子出去。

他們在門外面聽到加林斯基的聲音高喊：「我從從來來沒醉過。我從從來來沒跟女人睡過。我從從來來不騙人。」

「劈他，」卡珀微弱的聲音說。「別信他講的東西，上帝。劈他。」

「他們這一對好得很。」尼克說。

「這個卡珀怎麼樣？他哪來的？」

「他之前在救護車上待過兩年。他們送他回家。大學開除了他，他現在又回來了。」

「他喝太多了。」

「他不開心。」

「我們去拿一瓶酒，睡在救生艇上。」

「走吧。」

他們停在吸菸室的酒吧，尼可買了一瓶紅酒。里昂站在吧台邊，穿著法國制服，顯得身材高大，吸菸室裡有兩場大型撲克比賽正在進行。尼克想玩，但在這最後一晚不想。每個人都在玩。這裡菸霧瀰漫又熱，所有舷窗都關上了，百葉窗放下。尼克看向里昂。「想玩嗎？」

「不想。我們就喝酒聊天。」

「那買兩瓶。」

他們出了那燥熱的房間，帶著酒上甲板來。爬上救生艇並不困難，雖然尼克爬到吊艇柱上的時候，還是不敢俯視水面。他們在艇上，將救生帶調整到身體舒服的位置，靠著艇座仰躺下來。身處海天之間有一種感覺。這感覺不像處於大船的脈搏。

「這不賴。」尼克說。

「我每天晚上都找一艘來睡。」

「我會擔心自己夢遊，」尼克說。他正在拔酒瓶塞。「我睡甲板。」

他將酒瓶遞給里昂。「這瓶留著，開另外一瓶給我。」波蘭人說。

「你拿去。」尼克說。他開了第二瓶的瓶塞，與里昂在黑暗中互碰了一下瓶子。他們喝酒。

「你在法國會喝到比這好的酒。」里昂說。

「我不會去法國。」

「我忘了。眞希望我們一起去當兵。」

「我沒有什麼用。」尼克說。他的目光越過船的舷側上緣，看向底下黑色的水。他爬吊艇柱時嚇死了。

「不知道我會不會怕。」他說。

「不會，」里昂說。「我覺得不會。」

「看那些飛機之類的東西會很好玩。」

「對，」里昂說。「我一能轉調，就要去飛了。」

「我沒辦法。」

「爲什麼不行？」

「不曉得。」

「你不可以想自己會被嚇到啊。」

「我沒有。我眞的沒有。我從來沒擔心過。我會這樣想，是因爲剛才爬到艇上來，就讓我覺得身體不對勁了。」

里昂側躺著，酒瓶直立在他的腦袋旁邊。

「我們不用去想自己會不會被嚇到，」他說。「我們不是那種人。」

「卡珀很怕。」尼克說。

「對。加林斯基跟我說過。」

「這就是軍隊送他回去的原因。也是他老是喝醉的原因。」

「他不像我們，」里昂說。「聽著，尼克。你和我，我們心裡有了不起的東西。」

「我知道。我也這樣覺得。其他人可能會被殺死，但我不會。我完全這樣覺得。」

「就是這樣。這就是我們有的東西。」

「我想加入加拿大軍隊，但他們不肯收我。」

「我知道。你跟我說過。」

他們各自喝酒。尼克正面仰躺，看著煙囪冒出的煙，襯著天空，就像雲。天空開始變亮。說不定月亮要出來了。

「里昂，你有女朋友嗎？」

「沒有。」

「完全沒有？」

「沒有。」

「我有一個。」尼克說。

「你跟她住在一起？」

「我們訂婚了。」

「我從來沒跟女生睡過。」

「我在妓院睡過。」

里昂喝了一口酒。瓶子與他的嘴襯著天空，形成的角度是黑色的。

「那不是我的意思。我也那樣做過。我不喜歡。我是說整晚跟你愛的女生睡。」

「我女朋友本來就會願意跟我睡。」

「當然。如果她愛你，她會跟你睡。」

「我們要結婚了。」

1 法國航線（French Line），法國著名船運公司。

尼克靠牆坐著

尼克靠著教堂的牆坐著，他們把他拖到這裡，脫離街上的機關槍交火。他的兩條腿都伸得姿勢彆扭。他的脊椎中槍了。他的臉又是汗又是沙。陽光照著他的臉。這天非常熱。背部寬闊的李納爾迪，臉朝下躺在牆邊，裝備四散。尼克精神奕奕地看向正前方。對面屋子的粉紅色牆壁已經從屋頂塌陷下來，一張鐵床架扭曲地垂向街道。兩個死去的奧地利人躺在房屋陰影裡的瓦礫間。街上那端還有其他屍體。鎮上的情勢仍在持續發展。很順利。抬擔架的人現在隨時會到。尼克轉頭，俯視著李納爾迪。「（義語）感覺一下，李納爾迪，感覺一下。你跟我啊，我們創造了一個獨立的和平。」李納歐迪仍然躺在太陽下，呼吸困難。「我們不是愛國志士。」尼克將頭轉開，費力地微笑。李納歐迪是一個令人失望的觀眾。

現在我躺下[1]

那天晚上，我們躺在房間地板上，我聽著蠶進食的聲音。蠶在桑樹葉槽裡進食，你整晚都聽得見他們吃東西的聲音，他們在葉子間排便的聲音。我不想睡，因爲長久以來，我知道我一旦在黑暗中閉上眼睛，放鬆自己，我的靈魂就會離開身體。我這樣已經很久了，自從一次在夜裡遭遇砲擊，感覺它脫離身體，離我而去，然後又回來。我試著不再想這件事，可是它從此開始在夜晚睡著的那一刻離去，我只有使出非常龐大的力氣才阻止得了它。所以雖然我現在相當確定它不會眞的離開，那年夏天，我仍然不願意冒險。

我有許多方法在躺著不睡時保持清醒。我會想著小時候去釣過魚的某條鱒魚小溪，在心裡非常仔細地沿著整條溪段釣魚，非常仔細地在所有圓木底、在所有溪岸的轉彎處、深洞和清澈又淺的溪段釣魚，有時會抓到鱒魚，有時讓他們溜走。中午我會停止釣魚，享用午餐，有時待在橫跨溪流的落木上，有時待在溪岸高處的一棵樹下，我永遠都非常慢地吃午餐，一邊吃一邊看著底下的溪流。我常常沒餌可用，因爲我出發時只會在菸草罐裡放十條蟲子。用光他們之後，我就得找到更多蟲，西洋杉樹擋住陽光的溪岸有時非常難挖，那裡沒有草，只有裸露的潮濕土壤，我常常找不到蟲。不過我總是會找到某種餌，但有一次在濕原那裡，我完全找不到餌，不得不切碎一條抓來的鱒魚，用他當餌。

我有時會在濕原的草地上、草叢間或蕨類底下找到昆蟲來用。有甲蟲和腿像草莖的蟲，還有陳年腐木裡的甲蟲幼蟲，鉤子鉤不住白色幼蟲的棕色尖頭，若放進冷水會消失不見，另外有圓木底下的木蟬，我有時也會在同一個地方找到蚯蚓，但一抬起圓木，蚯蚓就溜進地裡。有一次我從一根老圓木底下找到一條蠑螈。蠑螈非常小、靈巧、活潑，顏色可愛。他有極小的腳，試圖抓住鉤子，那次之後我就再也沒用過蠑螈了，雖然我常常看到他們。我也不用蟋蟀，因為他們會在鉤子上動來動去。

溪流有時會流經開闊的草地，我在乾燥的草叢間抓蚱蜢來當餌，有時抓到他們，就丟進溪裡，看他們一路漂流，在溪面游泳，在水面上打轉，然後水流帶走他們，接著在鱒魚跳起來後消失。在晚上，有時我會在四、五條不同的小溪釣魚，開始時盡可能靠近溪的源頭，然後一路往下游釣去。我如果太快就釣完，時間還沒過去，我就再次在同一條溪釣魚，從它進入湖水的溪口開始，然後一路釣回上游，試著釣到我從上游下來時漏掉的所有鱒魚。有些晚上也是，我會虛構溪流，有些非常刺激，簡直像醒著做夢。這些溪的某幾條我仍然記得，覺得自己在那裡釣過魚，還把它們跟我真正認識的溪流搞混了。我幫它們全部取了名字，搭過火車去找它們，有時走幾哩路去找它們。

可是某些晚上我沒辦法釣魚，這些晚上，我清醒至極，反反覆覆地唸禱詞，試著為我認識過的所有人祈禱。這花掉了大量時間，因為你試圖想起自己認識過的所有人，想起你回憶中的最早事物——我的話，就是我出生那棟房子的閣樓，我母親與父親的婚禮蛋糕放在一個洋鐵盒裡，從其中一根屋椽上掛下來，此外在閣樓裡，有我父親小時候收集的幾瓶蛇和其他標本，用酒精保存著，瓶裡的酒精量變少，所以有些蛇和標本的背部暴露出來，變成白色——如果你回想那麼遠的事，就會想起超多人來。如果你為他們所有人祈禱，為每個人唸〈聖母經〉和〈主禱文〉，就要花上很長一段時間，最後就天亮了，然後你就可以睡覺了，只要你待的地方可以讓你在白天睡覺。

我在這些晚上，努力回想我身上發生過的每一件事，就從我參戰之前開始，一件接一件事地回想。我發現我最早只能回想到祖父屋裡的閣樓。於是我會從那裡開始，再用這個方式想到戰爭為止。

我記得祖父死後，我們搬離那間屋子，到我母親設計與建造的新屋子去。無法搬走的許多東西都拿去後院燒了，我記得閣樓那些瓶子被丟進火裡，高熱是如何讓瓶子爆開，火焰因酒精而竄高。我記得蛇在後院的火裡燒。可是現場沒有人，只有東西。我甚至想不起是誰在燒東西，然後我就繼續想，直到想起人，就停下來為他們祈禱。

關於那個新家，我記得自己的母親老是在清掉東西與大掃除。我父親有一次出遠門打獵，她充分徹底地清理了地下室，燒了不該在那裡的每樣東西。父親回家，下了他的馬車，拴好馬的時候，火仍然在屋旁的路上燒。我出來迎接他。他將獵槍遞給我，看著火堆。「怎麼回事？」他問。

「我在清地下室，親愛的。」我母親在門廊說。她站在那裡微笑迎接他。我父親看著火，踢了某樣東西。然後他俯身從灰燼裡撿出了某樣東西。「拿一支耙子來，尼克。」他對我說。我去地下室拿了一支耙子，我父親非常仔細地耙著灰燼。他耙出石斧、石製剝皮刀和用來做箭頭的工具，一些瓦片和許多箭頭。火燒得它們又黑又碎。我父親非常小心地將它們全部耙出來，攤在路旁的草地上。他放在皮革槍盒裡的獵槍與獵物袋，從他踏出馬車以後，就一直在草地上。

「拿槍和袋子進屋去，尼克，然後拿一份報紙給我。」他說。我母親已經進屋了。我拿了獵槍和兩個獵物袋，槍拿起來很沉，重重撞上我的腿，我開始往屋子走去。「一次拿一樣，」我父親說。「不要想一次拿太多東西。」我放下獵物袋，拿了獵槍進去，從父親辦公室的報紙堆裡拿了一份出來。我父親將所有燒黑、粉碎的石製用具攤在報紙上，然後把它們裹起來。「最好的箭頭全部碎了。」他說。他拿著報紙包走進屋裡，我和兩個獵物袋留在外面草地上。過了一會，我拿它們進去。想到這件事，只有兩個人出現，所以我就為他們倆祈禱。

不過，我在某些晚上甚至想不起禱詞。我只能唸到「行在地上，如同行在天上」，然後就得從頭開始，絕對無法唸到這一段之後。接著我必須承認自己記不起來，放棄這晚的祈禱，嘗試做別的事。所以在某些夜晚，我會嘗試記起世界上所有動物的名字，然後是鳥類，接著是魚類，然後是國家、城市，接著是食物種類，以及我記得的芝加哥所有街名，我再也記不起任何一點東西之後，我會好好傾聽。我不記得有哪一夜聽不到聲音。如果我可以開一盞燈，我就不怕睡覺，因爲我知道我的靈魂只有在黑暗的狀況下才會離開我。所以當然了，許多個晚上，我會待在我能開燈的地方，然後睡覺，因爲我幾乎永遠都很累，常常非常想睡。我也很確定，自己有許多次是無意識地睡著——但從來不會有意識地睡著，這個晚上，我就聽蠶發出的聲音。你在晚上可以非常清晰地聽見蠶進食的聲音，我睜著眼睛聽，躺著聽他們的聲音。

房間裡只有另外一個人，他也醒著。我聽著他清醒的響動，聽了很久。他沒法像我這麼安靜地躺著，或許是因爲他沒有那麼多清醒的經驗吧。我們躺的毯子鋪在稻草上，他一動，稻草就發出聲音，但我們發出的任何聲音都不會嚇到蠶，他們持續吃著東西。外面戰線後方七公里處，有夜晚的雜音，可是那些聲音與房間黑暗中的小小聲響不同。房裡的另一個人努力安靜地躺著。然後他又動了。我也動了，這樣他就知道我還醒著。他在芝加哥住過十年。他在一九一四年回來訪親時，他們徵召他去當兵，然後將他交給我作傳令兵，因爲他會說英語。我聽到他在傾聽，就在毯子裡再次動了動。

「（義語）中尉先生，你睡不著嗎？」他問。

「對。」

「我也睡不著。」

「怎麼了？」

「不知道。我睡不著。」

「你身體沒事吧？」

「沒問題。我覺得很好。只是睡不著。」

「想聊一下嗎？」我問。

「當然。在這該死的地方能聊什麼？」

「這地方滿好。」我說。

「當然，」他說。「過得去。」

「跟我聊芝加哥的事。」我說。

「噢，」他說。「我有一次全告訴你了。」

「跟我說你怎麼結婚的。」

「我跟你說過了。」

「你星期一收到的信——是她寫來的嗎？」

「當然啦。她一直寫信給我。她那地方很賺錢。」

「你回去就有一個好地方了。」

「當然。她經營得不錯。她賺很多錢。」

「你覺得我們說話會吵醒他們嗎？」我問。

「不會。他們聽不到。反正他們睡得跟豬一樣。我不一樣，」他說。「我這人神經質。」

「那就小聲講話，」我說。「要來根菸嗎？」

我們在黑暗中熟練地吸菸。

「你菸抽不多，中尉先生。」

「對。我差不多要戒了。」

「喔，」他說。「它對你沒任何好處，我猜你不會想它。你曾聽過一個瞎子說他不抽菸，是因爲看不到煙冒出來嗎？」

「我不信。」

「我認爲這全是鬼扯，」他說。「我是從某個地方聽來的。你也知道人難免會聽說一些事嘛。」

我們都安靜了，我聽著蠶的聲音。

「你聽得到那些該死的蠶嗎？」他問。「你可以聽見他們咀嚼。」

「很妙。」我說。

「嘿，中尉先生，到底是什麼原因讓你睡不著？我從來沒看過你睡覺。自從我跟了你，你晚上就沒睡過。」

「我不知道，約翰，」我說。「從去年早春開始，我的狀況就相當糟啊，晚上的時候很困擾。」

「跟我一樣，」他說。「我從來就不該參加這場戰爭。我太神經質了。」

「說不定狀況會好轉哪。」

「嘿，中尉先生，那你到底爲什麼加入這場戰爭？」

「我不知道，約翰。我當時就是想。」

「就是想，」他說。「這理由眞絕。」

「我們不該大聲講話。」我說。

「他們睡得跟豬一樣，」他說。「反正他們聽不懂英語。他們天殺的什麼都不知道。結束以後，等我們回到美國，你要做什麼？」

「我會在報社找份工作。」

「在芝加哥嗎？」

「說不定。」

「你有沒有讀過布利斯班那傢伙寫的東西？我老婆都會剪下來，寄給我。」

「當然有。」

「你認識他嗎?」

「沒有,但我見過他。」

「我想認識那個傢伙。他寫得不錯。我老婆不會讀英文,但她就跟我在家的時候一樣訂報紙,然後剪社論和體育版寄給我。」

「你的孩子好不好?」

「很好。其中一個女兒現在四年級了。中尉先生,你知道嗎?如果我沒這些小孩,我現在就不會當你的傳令兵了。那些人會把我永遠留在前線。」

「很高興你有孩子。」

「我也是。她們是好小孩,但我想要一個兒子。三個女兒,沒有兒子。講起來真是要命。」

「你不如試著睡覺吧。」

「不行,我現在睡不著。我現在完全清醒,中尉先生。嘿,我倒是擔心你不睡覺啊。」

「沒問題的,約翰。」

「很難想像像你這樣的年輕人不睡覺。」

「我會恢復的。只是得花點時間。」

「你一定得恢復。不睡覺的人沒法過日子。你擔心什麼嗎?你有任何心事嗎?」

「沒有，約翰，我覺得沒有。」

「你應該要結婚，中尉先生。然後你就不會擔心了。」

「我不知道。」

「你應該結婚。你不如挑個漂亮又有錢的義大利女生。你想要誰都把得到呀。你年輕，又有勳章，長得又帥，還受過幾次傷。」

「那個語言我說得不太好。」

「你說得夠好了。誰管那個語言啊。你不用對她們說話。結婚就對了。」

「我會考慮的。」

「你認識女孩子吧？」

「當然。」

「噢，你就娶最有錢的那一個。她們在這裡所接受的教養方式，會讓她們全都成爲好太太。」

「我會考慮。」

「不要考慮了，中尉先生。就去吧。」

「好。」

「男人應該要結婚。你永遠不會後悔。每一個男人都該要結婚。」

「好，」我說。「我們試著睡一下。」

「好，中尉先生。我會再試試。可是你要記得我說的話。」

「我會記得，」我說。「我們現在睡一下吧，約翰。」

「好，」他說。「希望你睡著，中尉先生。」

我聽著他裹著毯子在稻草上翻身，接著非常安靜，我聽著他規律地呼吸。然後他開始打鼾。我聽著他打鼾打了很久，然後不再聽他打鼾，改聽蠶進食的聲音。牠們持續進食，在葉子間排便。我有了新的事情好想，睜著眼睛，躺在黑暗中，想著我認識過的所有女孩，以及她們會成爲什麼樣的妻子。想這件事非常有趣，有一陣子讓我不再想著釣鱒魚，也妨礙了禱告。不過我最後回來想釣鱒魚了，因爲我發現自己記得起的所有溪流，永遠有其嶄新之處，而女孩們啊，想了她們幾次之後，她們就模糊起來，我沒法記起她們，最後她們全都變得模糊，全都變得相當類似，我幾乎徹底放棄想她們。可是我繼續禱告，我相當常在夜裡爲約翰禱告，十月進攻之前，他那一期的士兵就退役了。我很高興他不在那裡，否則我會非常擔心他。幾個月後，他來到米蘭的醫院探視我，對於我還沒結婚感到非常失望，我明白他若知道我至今從沒結過婚，一定會覺得非常遺憾。他打算回美國去，他對婚姻感到非常確定，知道它會治癒所有的事。

1 現在我躺下（Now I lay me），語出十八世紀的兒童睡前禱文：「現在我躺下睡覺／祈禱上帝保守我的靈魂／若我須於醒前死去／祈禱上帝帶走我的靈魂，阿門。」（Now I lay me down to sleep, I pray the Lord my soul to keep, If I shall die when I'm wake, I pray the Lord my soul to take, Amen.）

一個你永遠不會經歷的事

攻擊越過了田野，一度受阻於發自低陷道路及眾多農舍的機關槍火，在鎮上沒遭到抵抗，一路抵達河岸邊。一路上騎著腳踏車的尼可拉斯．亞當斯，因為路面變得太破碎而準備下來推車，他從死人的位置看出先前的戰事。

他們躺在田野高高的草叢間與整條路上，有的單獨，有的成堆，口袋外翻，身上都是蒼蠅，每一具或一群屍體附近都有四散的紙張。

在草叢與穀物間，路旁，還有路上的某些地方，大量物資四散著：一個戰地廚房，一定是戰事順利時過來的；許多小牛皮背蓋的粗帆布背包，柄式炸彈，頭盔，來福槍，有的槍托朝天，刺刀插在土裡，看來他們到最後還挖了不少壕溝；柄式炸彈、頭盔、來福槍、挖掘壕溝的工具、彈藥箱、照明彈槍，照明彈四散，醫療箱、防毒面具、空的防毒面具濾毒罐，一堆空彈殼間有一把伏低的機關槍，已經裝了三腳架，滿滿彈鏈從眾多盒子裡伸出來，空的冷卻水筒，水筒旁的膛栓不見了，操作的人姿勢古怪，旁邊的草地上有更多同樣的紙。

這裡有大量祈禱書，印著團體照的明信片，拍下機關槍隊排成一列站著，臉色紅潤、開朗，就像大學年鑑裡的足球隊相片；他們現在在草地上又駝又腫；傳道總會的明信片則是一名穿著奧地利制服的軍人，迎面將一個女人撲倒在床上；姿態是印象派的畫風，非常吸引人的描繪，一點也不像眞正的強暴，否則女人的裙子會被拉到頭上去悶住她，有時還有一個同伴騎在她的頭上。這種刺激的卡片有很多，顯然是進攻之前剛發的。它們現在四散，伴隨著附猥褻相片的明信片、鄉下攝影師拍的鄉下女孩相片，偶然有幾張兒童的相片，還有信、信、信。死者周圍總是有大量的紙，戰鬥後的瓦礫也不例外。

這些新的屍體沒有受到任何打擾，除了他們的口袋。尼克注意到，我方的死者，或他以爲是我方自己的死者，一樣算在我方吧，反正數量意外地少。他們的外套也被打開了，口袋被掏出來，位置呈現出攻擊的方式與戰術。無論什麼國籍，炎熱的天氣令他們腫脹成一個模樣。

城鎭的最後防線顯然就是在那條低陷道路，只有少數或根本沒有奧地利人撤回來。街上只有三具屍體，看起來是跑到一半被殺掉。鎭上的房子因爲炮擊而破碎，街上有大量牆壁石灰及灰泥，斷裂的屋桁，斷裂的磚瓦，許多洞，有些洞因爲芥子氣[1]邊緣呈現黃色。彈殼很多，破片中四散著榴彈丸。鎭上一個人也沒有。

尼克．亞當斯自從離開佛納契之後，就一個人也沒見到，雖然他沿路騎經滿是綠意的鄉下時，曾在路的左側見到幾把槍躲在桑樹葉的遮蔽下，太陽照著金屬槍身，讓樹葉上空出現熱波，引得他發現。他現在繼續穿越小鎭，它的荒涼讓他意外，然後步上河堤下方的低陷道路離開。出小鎮後，有一片空曠的開闊之地，道路在此傾斜向下，他看得到平穩的河段，對面河岸低伏的曲度，以及奧地利人挖起的泥巴，在曝曬之下已經發白。自從他上一次造訪，河流下游就非常蓊鬱長青，儘管時光飛逝，這裡依然全無變化。

軍營在左側河堤。堤頂有一連串的洞，裡面有幾個人。尼克注意到各處的機關槍配置與架上的信號火箭。堤岸邊洞裡的人在睡覺。沒人盤查。他繼續前進，在泥岸轉過一個彎之後，一個留短鬚的年輕少尉，眼眶發紅、眼睛充滿血絲地拿著一把手槍指著他。

「你是誰？」

尼克告訴他。

「我怎麼曉得是不是真的？」

尼克將通行證拿給他，上面有相片、身份證明、第三集團軍印。對方一把抓住。

「我要留著這個。」

「你不能留著，」尼克說。「把卡還我，把槍移開。那裏。放進皮套。」

「我怎麼知道你是誰？」

「證件可以告訴你。」

「如果證件是假的呢？把那張卡給我。」

「別傻了，」尼克開朗地說。「帶我去見你的連長。」

「我應該送你去軍營總部。」

「好吧，」尼克說。「聽著，你認識巴拉維契尼上尉嗎？高高的那一個，有小鬍子，以前是建築師，說英語？」

「你認識他？」

「有一點。」

「他指揮哪一連？」

「第二連。」

「他在指揮營了。」

「很好，」尼克說。知道巴拉沒事，他鬆了一口氣。「我們就去營部。」

尼克離開小鎮邊陲時，三顆榴彈在一座廢墟的上空炸得老高，飛向右邊，然後再也沒有炮擊了。可是這軍官的臉看起來像是他正遭到轟炸，呈現出與表情一致的緊繃感及不自然的聲調。他的手槍讓尼克不安。

「把槍移開，」他說。「他們和你隔了一整條河。」

「如果我覺得你是間諜，我馬上就對你開槍。」少尉說。

「別這樣，」尼克說。「我們去軍營吧。」這個軍官讓他非常不安。

擔任代理少校[2]的巴拉維契尼上尉，比以前更瘦，看起來更像英國人，在營本部所在的防空洞裡，當尼克對他敬禮時，他從桌子後站了起來。

「哈囉，」他說。「我沒看出是你。你爲什麼穿這身制服？」

「他們要我穿的。」

「非常高興見到你，尼可拉。」

「是啊。你看起來不錯。狀況如何？」

「我們發動了一次很出色的攻擊。眞的。非常出色的攻擊。我說給你聽。你看。」

他就著地圖說明攻擊的進程。

「我從佛納契來，」尼克說。「我可以想像那個經過。非常棒。」

「優秀極了。完全是優秀極了。你跟軍團一起行動嗎？」

「沒有。我得到處移動，讓他們看到制服。」

「眞怪。」

「如果他們看見一個人穿美軍制服，照理就會認爲其他美軍要來了。」

「但他們要怎麼知道那是美軍制服？」

「你會告訴他們。」

「噢。對，我懂了。我派一個下士給你，帶你到處看看，認識一下戰線。」

「像天殺的政客一樣。」尼克說。

「你穿平民的衣服會出名得多。那些衣服才眞的引人注目。」

「戴頂禮帽。」尼克說。

「或是非常毛的菲多拉帽。」

「我的口袋應該裝滿菸、明信片之類的東西，」尼克說。「我應該要有裝滿整個背包的巧克力。我應該一邊講親切的話，一邊發這些東西出去，一邊拍拍對方的背。可是我完全沒有菸、明信片和巧克力。所以他們說反正到處走走就對了。」

「我很肯定你的出現會讓部隊弟兄非常振奮。」

「希望你別這麼肯定，」尼克說。「現在這個樣子，我覺得相當抱歉。原則上，我應該帶一瓶白蘭地給你才對。」

「原則上，」巴拉說，第一次微笑，露出變黃的牙齒。「眞美的措辭。你想來一點格拉巴酒[3]嗎？」

「不了，謝謝。」尼克說。

「裡面完全沒有乙醚。」

「我嘴裡還有那個味道。」尼克突然完全想起來了。

「我一直不知道你喝醉，直到你在回程的卡車裡開始講話。」

「我在每一場攻擊裡都有酒臭味。」尼克說。

「我沒法那樣，」巴拉說。「我在第一次攻擊時喝過，人生第一場攻擊，結果那只讓我非常煩，然後渴得要命。」

「你不需要它。」

「你在攻擊裡比我勇敢多了。」

「沒有，」尼克說。「我有自知之明，我選擇喝酒。我不覺得丟臉。」

「我從來沒見過你喝醉。」

「沒有嗎？」尼克說。「從來沒有嗎？我們那天晚上搭車從梅斯特雷去大港，我想睡覺，用腳踏車當毯子，把它拉到我下巴底下，就連那時也沒有嗎？」

「那不是在戰線裡。」

「我們別聊我這人怎樣了，」尼克說。「這件事，我知道的太多，完全不想再去思考了。」

「那你不如留在這裡一陣子，」巴拉維契尼說。「你想的話，可以睡一下。炮轟不太會影響這裡。現在出去還太熱。」

「我想是不急。」

「你到底好不好？」

「我很好。我完全沒問題。」

「不是。我是認眞的。」

「我沒事。什麼燈都沒有的話，我睡不著。目前只有這個狀況。」

「我就說應該做環鋸手術。我不是醫生，但我知道。」

「喔，他們覺得自行吸收它比較好，所以就這樣了。怎麼了？你該不是覺得我看起來像瘋子吧？」

「你看起來狀況好極了。」

「這件事討厭極了，醫生一旦證明你發狂，」尼克說。「永遠沒人會對你再有一點信任。」

「是我就會睡一下，尼可拉，」巴拉維契尼說。「這裡不是我們熟知的那種營本部。我們只是在等著撤離而已。你不該在現在這樣的熱天裡出去——太傻了。睡那張床吧。」

「那我就躺著吧。」尼克說。

尼克躺在床上。他非常失望自己有這種感覺，但更失望的是它對巴拉維契尼上尉來說是這麼明顯。這個防空洞沒有當初那個大，當時一八九九年期的那一排剛上前線，在攻擊前的炮擊時，大家都歇斯底里起來，巴拉要他一次帶兩個人出去，讓他們知道不會發生什麼事，他將帽帶緊緊扣住嘴巴，不讓自己發出聲音。他心知他們面對時會崩潰。心知這全是鬼扯……。如果有人哭個不停，那就打斷他的鼻子，讓他有別的事情好想。我想對其中一個開槍，不過現在太遲了。他們全會變得更糟。打斷他的鼻子。他們把時間提早到五點二十分。我們只剩四分鐘了。打斷另一個蠢貨的鼻子，然後把他的蠢屁股踢出這裡。你覺得他們會過去嗎？如果他們不過去，就斃了兩個，想辦法把其他人拽出去。守在他們後面，中士。走在前面沒用，你會發現後面沒有東西跟著你。你走的時候把他們救走。真他媽的鬼扯。好。沒錯。然後看著錶，用平靜的語氣，珍重而平靜的語氣，「（義語）薩伏依[4]。」冷酷出手，沒時間去摸清楚狀況了，倒塌之後，他連自己的東西都找不到，一整個洞穴都塌陷了；他們因此動身；冷酷地上了斜坡，這是唯一一次他沒喝酒就上陣。他們回來以後，（義語）纜車站似乎就燒毀了，有些傷者在四天後下來，有些沒下來，但我們上去了，我們回去了，我們下來——我們總是又下來了。加比．德利斯來了，古怪極了，穿得光鮮亮麗；你一年前叫我小寶貝叭啦叭啦你說很高興認識我叭啦叭啦穿得光鮮亮麗，沒有亮麗行頭也行，美極了的加比，我的名字是哈利．畢爾瑟，此外，我們上山丘後遇到陡峭之處，總是從計程車較遠的那一端下車，他每天晚上夢到聖心聖殿[5]就會看到這座山，聖心聖殿就像吹出來的一顆白色肥皂泡。他的妞有時在場，有時卻跟別人在一起，他無法理解這件事，但在那些夜裡，河流不尋常地寬廣，沉靜得多，福薩爾塔外面有一間低矮的屋子，漆成了黃色，周圍都是柳樹，有一間低矮的馬廄，有一條溝渠，他去過那裡上千次卻從來沒見過它，可是它每天晚上都像山丘一樣清晰地在這裡，就是嚇到了他。那間屋子比任何事物都更具意義，他每天晚上都會見到。他需要如此，但它嚇壞他了，尤其是當船安靜地停泊在柳樹間的溝渠上，但那裡的河岸與這條河不像。它更低，就像大港一樣，大家就是在那裡看到他們高舉著來福槍，搖搖晃晃地穿越淹水地帶而來，直到連人帶槍倒在水裡。那次是誰下令？如果沒變得那麼天殺地混亂，他可以順利想起來的。所以他才會如此詳細注意著每一件事，好讓狀況始終清清楚楚，這樣他就會精準知道自己在哪裡，但突然之間，就像現在一樣，沒有道理地混亂起來，他躺在營本部的一張床上，巴拉在指揮一個營，他卻穿著天殺的美軍制服。他坐起來，環顧四周；他們都看著他。巴拉出去了。他再度躺下。

巴黎的部分來得較早，他不害怕這部分，除了她和別人離開，以及對於他們可能再次找上同一位司機的恐懼。那件事的嚇人之處在這裡。從來就與前線無關。他現在再也不會夢到前線的事，但如此驚嚇以至於他無法擺脫的東西，是那間長長的黃色屋子與河的不同寬度。他現在回到河邊這裡，經過同樣的小鎮，那裡根本沒有房子。河流也不是那個樣子。那麼他每晚到底去了哪裡，有什麼危險，他爲什麼會渾身溼透地醒來，比過去在轟炸時都更害怕，就因爲一間屋子、一間長長的馬廄與一條溝渠？

他坐起來，小心翼翼地放下雙腿；它們在任何時候打直很久就會變僵；他也反過去盯著副官、信號手和門邊的兩個傳令兵，戴上蓋著布的戰壕用頭盔。

「我很遺憾沒有巧克力、明信片和菸，」他說。「不過我穿著制服。」

「少校馬上回來。」副官說。在這支軍隊裡，副官不是由軍官擔任。

「這套制服不太對，」尼克告訴他們。「可是會讓你有那個概念。幾百萬的美軍很快就要抵達了。」

「你覺得他們會派美軍到這裡來？」副官問。

「噢，當然會。美軍的個頭比我大一倍，健康，心裡正直，晚上會睡覺，從來沒受過傷，從來沒被炸過，從來沒被打破頭，從來沒被嚇過，不喝酒，對留在老家的女朋友很忠實，很多人從來沒長過蝨子，很不錯的小夥子們。你們會看到的。」

「你是義大利人嗎？」副官問。

「不是，美國人。看看這制服吧。史巴紐利尼做的，但不太對。」

「北美還是南美人[6]？」

「北美。」尼克說。他感覺到它現在快要發作了。他想靜下來。

「但你說義大利語。」

「有什麼問題？你介意我說義大利語？我沒有權利講義大利語嗎？」

「你有義大利的勳章。」

「只有綬帶和證書而已，勳章之後才會來。或者你將它們給別人保管，別人跑了，或是跟著你的行李消失。你可以在米蘭買到其他的。重要的是證書。你絕對不要爲這些東西感到遺憾。如果你在前線待得夠久，你自己也會有一些。」

「我是厄利垂亞戰役的老兵，」副官僵硬地說。「我在的黎波里打過仗。」

「那認識你眞是大事，」尼克伸出一隻手。「那些日子一定很難熬。我注意到那些綬帶了。你會不會剛好去過喀斯特？」

「我剛被徵召來打這場仗。我那一期太老了。」

「我之前沒超過年齡限制，」尼克說。「但我現在被改發退役了。」

「但你現在爲什麼在這裡？」

「我在巡迴宣傳美軍制服，」尼克說。「你不覺得這非常意義深遠嗎？它的領子有點緊，可是你很快就會看到千百萬人穿著這身制服像蝗蟲一樣湧過來。蚱蜢，你知道吧，我們美國人稱之爲蚱蜢的東西，其實是蝗蟲。眞正的蚱蜢又小又綠，比較虛弱。但你一定不能搞混它與七年蟬或蟬，蟬會發出一種特有的、持續的聲音，雖然我現在想不起來。我想記起來，但記不起來。我幾乎可以聽到它，然後它就完全消失了。對不起，我能不能中止一下談話？」

「去看找不找得到少校。」副官對其中一個傳令兵說。「我看得出來你受過傷。」他對尼克說。

「傷了好幾個地方，」尼克說。「如果你對疤痕有興趣，我可以給你看一些非常有趣的，但我比較想聊蚱蜢。我們稱之爲蚱蜢的東西呢，實際上眞的是蝗蟲。這些昆蟲曾經在我的生命裡扮演非常重要的角色。你可能會感興趣，我說話的時候，你可以看著這身制服。」

副官用手向第二個傳令兵示意，他出去了。

「你專心看這套制服。史巴紐利尼做的，你知道吧。你們不如也看看，」尼克對那些信號手說。「我眞的沒有軍銜。我們屬於美國領事管轄。你們看，完全沒關係。你想要的話，盯著看也可以。我來跟你們說美國蝗蟲的事。我們總是比較喜歡我們稱之爲『中棕』的那種。他們的狀態在水裡能維持最久，魚也比較喜歡他們。比較大隻的飛起來會發出聲音，有點類似響尾蛇用響尾器發出來的聲音，非常單調的聲音，翅膀的顏色醒目，有的是亮紅色，其他是黃底黑條紋，但翅膀在水中會破碎，他們是非常亂糟糟的餌，『中棕』是圓胖、結實、多汁的跳躍類昆蟲，如果要向各位男士推薦你們可能永遠不會遇到的東西，那我極力推薦。可是我必須強調，你們用手去抓，或想用帽子去打的話，永遠找不到夠多的這種蟲來釣一天魚。那樣完全沒意義，而且是白白浪費時間。我重複一次，各位男士，你們完全不會有收穫。正確的程序啊，如果我對此有話要說，誰知道呢，但我要說了，應該要有人在輕便武器課程教這個程序給所有年輕軍官才對，你們要去利用大魚網或常見蚊帳做的網子。兩個軍官在不同端拿著這麼長的網子，或說一端一個人，彎腰，一隻手提著網子的最底部，另一隻手提著網子的最頂部，然後迎風跑去。那跳蟲隨風飛翔，就飛進那截網子，困在網褶裡。要抓到非常大量啊，的確一點祕訣都沒有，就我看來，每個軍官都應該攜帶適合即時做出這種捕蚱蜢網的蚊帳。眞希望我清楚傳達了我的意思，男士們。有任何問題嗎？如果你對過程有任何不瞭解就請提問。大聲說出來。沒有嗎？那我想就這樣結束了。借用亨利・威爾森[7]這位偉大軍人及紳士的話：男士們，你不是統治人，就一定是被統治。讓我複述。男士們，我有一件事想要各位記得。我想要各位離開這個房間後還會記得。男士們，你不是統治人——就一定是被統治。就這樣，男士們。再見。」

他脫下罩著布的頭盔，再度戴上，然後俯身，從防空洞低矮的入口出去。巴拉由兩名傳令兵隨行，正順著低陷道路走來。太陽下非常熱，尼克脫下了頭盔。

「應該要有一套設備專門弄濕這些東西，」他說。「我把它放進河邊弄濕好了。」他動身往上方的河岸走。

「尼可拉，」巴拉維契尼叫道。「尼可拉。你要去哪裡？」

「我不是真的一定要走。」尼克下了斜坡，雙手拿著頭盔。「這些東西不管乾或濕都天殺地惹人厭。你隨時戴著你的嗎？」

「隨時，」巴拉說。「它要讓我禿了。進去吧。」

在洞裡，巴拉叫他坐下。

「你知道它們絕對沒啥用，」尼克說。「我記得我們第一次戴它們時，它們給人安慰，可是我見過它們裝滿大腦太多次了。」

「尼可拉，」巴拉說。「你應該回去。我想你在拿到那些補給品之前先別到戰線來會比較好。這裡沒有事能讓你做。如果你到處轉轉，就算帶著值得送的東西吧，大家還是會聚集起來，那就很容易被轟炸。我不允許這種事情發生。」

「我知道這很蠢，」尼克說。「這不是我的主意。我聽說旅部這裡，所以我覺得我可以見到你或其他認識的人。我原本可以去贊松或聖多納。我想去聖多納再看看那座橋。」

「我不能讓你漫無目標地四處走動。」巴拉維契尼上尉說。

「好。」尼克說。他再次覺得要發作了。

「你明白嗎？」

「當然。」尼克說。他努力忍住衝動。

「那種事通通應該在晚上進行。」

「當然。」尼克說。他知道自己現在阻止不了它了。

「你知道的，我正負責指揮這個營。」巴拉說。

「你當然應該指揮了，」尼克說。它來了。「你能讀又能寫不是嗎？」

「對。」巴拉溫和地說。

「問題在於你指揮的營小得要命。這裡一補足人手，他們就會把你送回你的連上去。他們爲什麼不埋死人？我現在已經看過他們了。我不想再看到他們一次。對我來說，他們什麼時候埋他們都沒差，埋了對你們會好得多。不然你們會全部病慘。」

「你把你的腳踏車留在哪？」

「最後一間房子裡。」

「你覺得它會不會好好的？」

「別擔心，」尼克說。「我過一下就走。」

「躺一下，尼可拉。」

「好。」

他閉上眼睛，透過來福槍的瞄準器看著他的那個蓄鬍男子，先是全然冷靜下來，接著扣下扳機，白色閃光與棍擊似的衝擊力道，他跪下，又熱又甜的東西使他窒息，他將它咳到石頭上，他們正經過他身旁，但這個蓄鬍男子沒出現，他看到的是一棟又長又黃的房子，附著低矮的馬廄，不尋常寬大及沉靜的河流。「天啊，」他說。「我還是離開好了。」

他站起來。

「我要走了，巴拉，」他說。「我現在下午騎回去。如果有任何補給品送達，我今天晚上帶它們來。如果沒有，等我有東西就晚上帶過來。」

「現在騎車還太熱。」巴拉維契尼上尉說。

「你不用擔心，」尼克說。「我現在沒事一陣子了。我發作了一次，但很輕微。狀況好轉許多。當快要發作時我能感覺得到，因爲我會說很多話。」

「我派一個傳令兵跟你去。」

「我想不要這樣比較好。我認得路。」

「你很快就會回來？」

「一定。」

「讓我派——」

「不了，」尼克說。「當做信任的表示吧。」

「喔，那就（義語）再會了。」

「再會。」尼克說。他動身沿著低陷的路，走回自己留下腳踏車的地方。他一旦過了溝渠，這裡的路面在下午就多遮蔭。再之後，兩側都是完全沒有遭轟炸過的樹。就在那一段，他們曾經在行軍時，遇到薩伏依第三騎兵團拿著長矛在雪中騎行。馬呼出的氣在寒冷的空氣中形成了煙柱。不，那是在別的地方。在哪裡？

「我最好去找那輛該死的腳踏車了，」尼克對自己說。「我不想要去佛納契的時候迷路。」

1 芥子氣（mustard gas），糜爛性毒氣的一種。

2 代理少校（acting major）：當軍官缺員時，指派軍階較低者暫時「升職」，代理事務。

3 格拉巴酒（Grappa），義大利白蘭地的一種。

4 薩伏依（Savoia），一、二戰時，義大利軍人在戰場上的口號，淵源自統一義大利的薩伏依王國。

5 聖心聖殿（Sacré-Cœur），位於法國巴黎。

6 尼克在上一句表示自己是美國人（American），該字原文亦可指美洲人。

7 亨利・威爾森（Henry Wilson），英國人，曾任英國陸軍元帥。

在異鄉

戰爭在秋天始終存在，但我們再也不去打仗了。米蘭的秋天很冷，非常早就天黑。接著電燈亮起，沿街觀賞櫥窗讓人愉快。商店外面掛著很多獵獲之物，雪灑在狐狸毛間，風吹著他們的尾巴。空蕩蕩的鹿身僵硬而沉重地懸掛著，小鳥隨風飄搖，風吹翻了他們的羽毛。這是一個寒冷的秋天，風從山脈吹下。

我們每天下午都在醫院，有很多條步行路線能在薄暮中走過鎮上來醫院。其中兩條路沿著溝渠，但卻很長。不過你永遠得跨越溝渠上的橋來進入醫院。有三條橋可選擇。其中一條有女人賣烤板栗。站在她的炭火前很溫暖，之後板栗放在你的口袋裡也很溫暖。醫院非常舊也非常美，你穿過大門進入，越過中庭，從另一邊的門出去。通常會有一些送葬行列從中庭啓程。過了舊醫院，是新的磚造獨棟病房，我們每天下午都在那裡見面，所有人坐在應該要令人大幅好轉的機器裡，對病況相當有禮貌又關心。

醫生來到我坐著的機器旁，說：「你在打仗之前最喜歡做什麼事？你會運動嗎？」

我說：「會，足球。」

「很好，」他說。「你將來可以再玩足球，而且比以前都強。」

我的一邊膝蓋不能彎，腿從膝蓋到腳踝筆直垂下，沒有小腿肚，機器要將膝蓋弄彎，讓它像在騎三輪車一樣地活動。可是它還是沒彎，反而會在打算彎曲的時候，讓機器突然歪一邊。醫生說：「這一切都會過去。你是幸運的年輕人。你會像冠軍一樣踢足球噢。」

隔壁機器裡是一位少校，他的一隻手小得像嬰兒手。他對我眨眨眼，醫生正在檢查他的手，他的手放在兩條上下彈跳拍擊僵硬手指的皮帶之間，他說：「醫官大人，我將來也能踢足球嗎？」他曾是一位非常棒的劍士，在戰爭發生前，是義大利最強的劍士。

醫生去了他在後面房間的辦公室，帶了一張相片來，上面是一隻手在參加機器療程前萎縮得幾乎與少校的手一樣小，治療後就變得大一點了。少校用健康的那隻手拿著相片，非常仔細地看。「受傷？」他問。

「工業意外。」醫生說。

「非常有趣，非常有趣。」少校說，將照片遞還給醫生。

「你有信心嗎？」

「沒有。」少校說。

有三個男孩每天都會來，年紀跟我差不多大。三人都來自米蘭，其中一個原本要做律師，一個要當畫家，一個打算從軍，我們讓機器辦完事後，有時會一起走回寇法咖啡館，那裡的隔壁就是斯卡拉[1]。因爲我們有四個人一起走，所以就抄近路經過共產黨區。那些人因爲我們是軍官而討厭我們，我們經過時，有人會從酒館大喊：「（義語）低級軍官！」

有時會有另一個男孩跟我們一起走，讓我們變成五個人，他戴黑色絲帕蒙面，因爲他那時沒有鼻子，臉即將要重建。他從軍校去前線，第一次到前線，不到一小時就受傷了。他們重建了他的臉，可是他來自一個非常古老的家族，他們一直沒法精準安妥那個鼻子。他去過南美，在一家銀行工作。然而這是很久以前的事，當時我們沒一個人知道之後會怎樣。我們當時只知道永遠在打仗，但我們再也不會去了。

我們都有一樣的動章，除了黑色布塊蒙面的那個男孩以外，他在前線沒待到可以拿任何動章。高個子的男孩有非常蒼白的臉，原本要做律師，但做了勇者[2]的中尉，我們各自只有一個的那種動章，他有三個。他與死亡共處了非常久的時間，有一點超然。我們全有一點超然，除了每天下午在醫院相見，沒有任何東西將我們聚在一起。儘管我們走過鎮上治安不好的區域去寇法的時候，走在黑暗裡，酒館傳來燈光與歌聲，我們有時得走上街，因爲男人與女人們一起擠滿人行道，我們不推擠他們就過不了，這時我們就感到團結，那些不喜歡我們的人，不會明白此刻出現了什麼東西。

我們都熟悉寇法，那裡奢華、溫暖，燈光不會太亮，某幾個鐘頭又吵又有菸霧，永遠有女孩子在桌邊，牆上的架子有附插圖的報紙。在寇法的女孩子非常愛國，我發現義大利最愛國的人就是咖啡館的女孩——我認爲她們現在仍然愛國。

男孩們一開始對我的動章非常有禮貌，問我做了什麼事而得到它們。我給他們看證書，那是用非常美的語言寫成，滿是（義語）手足情誼和克己，實際上呢，移開形容詞，它說我獲勳是因為我是美國人。其後他們對我的態度就改變了一點，雖然比起外人，我的確是他們的朋友。我是朋友沒錯，但在他們讀了表揚文之後，我從來沒眞正成為他們的一份子，因為那對他們來說不一樣，他們獲勳是因為做過非常不同的事。我受過傷，這是眞的，但我們都知道受傷畢竟實屬意外。不過我從不以擁有那些綬帶為恥，有時過了雞尾酒時間，我會想像自己將做他們做過而獲勳的那些事，但晚上穿過空蕩的街走回家的時候，冷風吹拂，所有店家都關門了，我想持續走在街燈旁，明白自己永遠不會做那些事，我非常害怕死掉，常常在晚上獨自躺在床上時，害怕死掉，不曉得自己再度回到前線會是什麼樣子。

有徽章的那三人就像獵鷹；而我不是獵鷹，雖然對於那些從來不打獵的人來說，我看起來可能像一隻獵鷹。那三人啊，他們見識比較廣，所以我們就疏遠了。可是我與第一天上前線就受傷的男孩一直是好朋友，因為他現在永遠不會知道自己原本會變成什麼樣子；所以他也永遠無法被接納，我喜歡他，是因為我覺得他或許原本也不會變成一隻獵鷹。

曾經是出色劍士的那位少校，不相信勇敢這回事，我們坐在機器裡的時候，他花了大量時間糾正我的文法。他誇獎過我說義大利語的程度，我們一起聊天非常輕鬆。某一天，我說義大利語於我似乎就是這麼容易的語言，我沒法對它有非常大的興趣，一切說起來都這麼簡單。「噢，對，」少校說。「那你為什麼不開始用文法呢？」所以我們開始用文法，義大利語很快就變成很難的語言，在腦海出現正確文法以前，我害怕跟他講話。

少校非常規律地到醫院來。我不覺得他曾錯過哪一天，雖然我肯定他絕不相信機器。我們一度沒人相信機器，少校有一天說這完全是胡鬧。機器那時是新的，要試用的人就是我們。那是一個白癡主意，他說：「就理論嘛，跟其他的一樣。」我沒學會文法，他說我蠢得離譜又丟人現眼，他為我傷腦筋真是傻。他是一個小個子，在椅子裡坐直了，右手伸進機器，筆直看著前方的牆，手指兩側的皮帶上下彈跳。

「如果戰爭結束，那戰爭結束以後，你要做什麼？」他問我。「講話帶文法！」

「我要去美國。」

「你結婚了嗎？」

「沒有，但我希望結。」

「那你更是大傻瓜，」他說。他看起來非常憤怒。「男人不可以結婚。」

「（義語）少校先生，爲什麼？」

「不要叫我『少校先生』。」

「那爲什麼男人不可以結婚？」

「不能結婚。不能結婚。」他生氣地說。「如果他終要失去一切，不該是把自己擺在會失去的處境。他不該把自己擺在會失去的處境。他應該尋找他不會失去的東西。」

他說得非常生氣與痛苦，說話時筆直看著前方。

「可是他爲什麼就一定會失去？」

「他就是會失去。」少校說。他看著牆壁。然後他低頭看機器，將小手急急抽離皮帶間，用力拍了自己的一邊大腿。「就是會失去，」他幾乎是用喊的。「不要跟我爭！」然後他叫了隨侍的護士，護士跑向機器。「過來把這天殺的玩意關掉。」

他回到另外一個房間去做光療與按摩。然後我聽見他問醫生他能否用電話，接著關上門。他回來這個房間時，我坐在另一台機器裡。他披著軍用斗篷，戴著帽子，直接走向我的機器，用一邊手臂搭著我的肩膀。

「我很抱歉，」他說，用健康的手拍拍我的肩膀。「我其實不想那麼粗魯。我太太剛死。你一定要原諒我。」

「噢——」我說，爲他感到沮喪。「我很遺憾。」

他站在那裡，咬著下唇。「非常難熬，」他說。「我沒法認命。」

他的眼光筆直地越過我旁邊，看向窗外。然後他開始哭。「我完全無法認命。」他哽咽地說。然後他哭起來，抬頭但什麼也沒在看，兩頰帶淚、咬著下唇，挺拔且軍人模樣地前進，走過機器旁，從門口離去。

醫生跟我說少校的妻子非常年輕，他一直到確定因傷病而退下戰場才娶了她，但她因肺炎而死。她只病了幾天。沒人預料到她會死。少校有三天沒來醫院。然後他在平常會來的時間出現，制服一邊的袖子佩了一塊黑布條。他回來的時候，牆上有幾幅裱框的大型照片，裡面是機器治療前後的各種傷口。少校使用的機器前，有三幅相片，拍下的手就是原本像他的一樣，但後來完全康復了。我不知道醫生上哪弄來這些照片。我一直都知道我們是使用這些機器的第一批人。那些照片對少校來說，也沒造成多大差別，因爲他只會看著窗外。

1 斯卡拉（Scala），可能係指米蘭的斯卡拉大劇院（Teatro alla Scala）。

2 勇者（Arditi），義大利軍隊於一戰時的菁英突擊隊。

SOLDIER

HOME

士兵　返鄉

遼闊的兩心河[1]

火車在軌道上前進，彎進焚過林地的其中一座山丘，消失在眼前。尼克坐著的帳篷與被褥捆堆，是腳夫從行李車廂的門口扔出來的。這裡沒有鄉鎮，除了鐵軌與燒盡的土地之外，什麼也沒有。塞尼沿街的那十三家酒吧消失無蹤。府第旅館的屋基突出於地面。石頭因火燒而缺角與破裂。塞尼的小鎮留下的東西就這些了。就連地表也被燒離了土地。

尼克原本以爲會看到鎮上的房子四散在山腰，現在他看到那裡都燒盡了，他走在鐵路軌道上，往河上的橋前進。河在那裡。它向著橋的圓木樁打漩。尼克俯視澄淨的棕色河流，滿是卵石的底部爲河水帶來了顏色，他看著鱒魚在水流中搖擺魚鰭以保持平穩。他看著他們時，他們迅速拐彎，改變姿勢，只爲了在快速的水流中再度維持平穩。尼克看了他們很久。

他看著他們穩住自己，將鼻子伸進水流，他遠遠透過玻璃般的深水凸面俯視時，許多鱒魚在又深又湍急的水裡稍微變形了，水面推湧，遇上圓木橋樁阻斷，水面就光滑地鼓起。深水底部是那些大鱒魚。尼克一開始沒看到他們。然後他看見他們在深水底部，在隨水流忽地竄高、變化多端的霧狀沙石間，那些大鱒魚努力在碎石底部上穩住自己的身體。

尼克從橋上俯視河淵。這天很熱。一隻翠鳥飛向上游。尼克已經很久沒望著河流，看見鱒魚。他們非常令人滿足。翠鳥的陰影向上游移動時，一隻大鱒魚拐了一個大彎，竄向上游，但僅有影子勾勒出那個彎，然後他就穿出水面了，影子也消失，身體曝曬在太陽下，再等他回到水面下的河流時，那影子就彷彿隨著水流而漂盪河上，毫不受阻，向著他在橋底的那根柱子前進，在那裡繃緊起來，迎面鑽進水流。

在鱒魚移動時，尼克的心也跟著緊繃起來。過去的所有感覺都回來了。

他轉身俯視下游。河水延伸而去，滿是卵石的底部有著陰影與大圓石，繞過峭壁的山腳遠去的地方，有一處深水。

尼克在鐵路枕木上往回走，走向他的背包，它就放在鐵軌旁的煤屑裡。他很快樂。他調整背包上繞過包裹的束帶，將帶子拉緊，將背包揹上肩，雙臂穿過肩帶，額頭前傾，頂著寬大的背物帶，分擔一些肩膀的壓力。如此仍然很沉。太沉了。他一手拿著皮革釣竿盒，向前俯身，讓背包的重量高高維持在肩膀上，沿著與鐵軌平行的馬路走，將燒盡的小鎮留在暑氣中，然後繞過一座山丘，那座山丘兩旁各有一座又高又帶火燒痕跡的山丘，他走上一條通往鄉間的路。他沿著那條路走，感覺到沉重背包的壓力讓他隱隱作痛。那條路持續攀升。走上山丘是件苦差事。他的肌肉疼痛，天氣炎熱，但尼克覺得快樂。他覺得自己將一切留在後面了，思考的必要，寫作的必要，其他必要。全部在他後面了。

從他下了火車，腳夫將他的背包從開啓的車門扔出的那一刻起，事情不一樣了。塞尼燒了，土地燃燒殆盡，改頭換面，但這不重要。不可能全部燒盡。他很清楚。他順著馬路徒步前進，在太陽下流汗攀爬，越過分開鐵路與松樹原的那些山丘。

路繼續前伸，偶有下降，始終向上攀升。尼克繼續向上。路與燒盡的山腰平行一段之後，終於來到了山頂。尼克靠著一棵樹的殘株，脫下背包的背帶。他的前方，就他眼力所及，就是松樹原了。燒過的土地停止在左方的山丘。前面是島狀的深色松樹林聳立於平原之上。左方遠處是河流的線條。尼克順著它看去，見到河水在陽光下閃閃發光。

除了松樹原，他的前方什麼也沒有，一直到遠處眾青色的山丘，那裡標記著蘇必略湖的陸地頂點。他幾乎看不到那些山丘，它們在平原上的暑熱光芒裡顯得既模糊又遠。如果他太持續地盯著，它們就會消失。可是他如果只是半盯著，那它們就在那裡，陸地頂點的遙遠山丘就在那裡。

尼克靠著燒剩的殘株，抽著一根菸。他的背包穩穩地放在殘株頂端，背帶固定好了，他的背在背包上壓出一個窟窿。尼克坐著抽菸，望向鄉間。他不需要拿出地圖。他從河流的相對位置就知道自己在哪裡。

他抽菸的時候，雙腿伸展在前方，他注意到一隻蚱蜢挨著地面走來，然後爬上他的毛襪。這隻蚱蜢是黑色的。他沿著馬路走，登山的時候，從沙土中驚動出很多蚱蜢。他們全是黑色的。他們不是那種大蚱蜢，那種大蚱蜢有黃色夾黑色或紅色夾黑色的翅膀，飛起來時會將翅膀從黑色的翅鞘伸出，颼颼拍擊。這些只是一般的蚱蜢，不過全是煤黑色。尼克走路的時候，覺得他們很奇怪，但沒有眞正去想他們的事。現在他看著黑色的蚱蜢一點一點地用分成四塊的口器咬著他的毛襪，他意識到他們全是因爲住在燒過的土地上而變黑。他意識到那場火一定發生在去年，但蚱蜢現在全部變黑了。他想知道他們會持續這個樣子多久。

他小心地伸出手，抓住那隻蚱蜢的翅膀。他將他翻過來，所有腿在空中踩動著，他看著他一節節的肚子。對，這裡也是黑色的，但背部和頭部髒兮兮的，有著珍珠光澤。「繼續前進吧，蚱蜢，」尼克說，第一次大聲說話。「飛去別的地方吧。」

他將那隻蚱蜢抛向空中，看著他飛向馬路對面一棵焦黑的殘株。

尼克站起來。他在背包直立的殘株旁弓起了背，承擔背包的壓力，雙臂穿過肩帶。他揹著背包站在山丘峭壁的頂端，望向鄉野的另一邊，看向遙遠的河流，然後離開道路，走下山腰。腳下的地面適宜步行。走下山腰兩百碼之後，燒痕到此停止。

接著是香蕨木，走過去，它們有腳踝這麼高，此外是一群群的傑克松。波浪起伏的長土地，時時聳起與下降，地表是沙，鄉野又活過來了。

尼克以太陽來保持自己的方向。他知道自己想去河邊的哪裡，他繼續穿越了松樹原，爬上幾個小丘，看到前方的其他小丘，有時從某個丘地的頂部，他會看見右手邊或左手邊有一大片濃密的松樹林。他折了一些雜色的香蕨木，將它們放在自己的背帶下。摩擦使它們碎裂，他走路時就聞得到它的味道。

他很累，而且熱極了，走過不平坦、鮮少陰影的松樹原。他始終知道，左轉的話，他就可以抵達河邊。那裡不可能超過一哩遠。可是他繼續向北方走，走向自己步行一天所能到達最遠的的河流上游處。

尼克走路的時候，曾經看得見其中一大片松樹林，就矗立在他正要經過的起伏高地上。他往下走，然後緩慢走上山脊的頂部時，轉過身，面向那片松樹林。

這片松樹林裡沒有灌木叢。樹幹筆直地拔高，或斜斜地傾向彼此。樹幹又直又棕，沒有樹枝。樹枝在上方高處。有些連結在一起，在棕色的森林地形成濃密的影子。在小樹林附近則是一片光禿的空地。它是棕色的，尼克走上去，覺得很柔軟。這是松針相疊的葉層，範圍延伸到高處樹枝的寬度外。這些樹長高之後，枝幹向高處移動，雖然一度遮蔭過這塊光禿的地，但現在已讓它暴露在陽光下。這片森林地延展的邊緣，界線分明地開始長有香蕨木。

尼克脫下背包，躺在陰影裡。他背朝下躺臥，仰望著松樹林。脖子、背部和後腰都隨著他的伸展而休息。背靠土地的感覺很舒服。他的目光穿越枝幹之間，望著天空，然後閉上眼睛。他睜開眼睛，再度仰望。枝幹所在的高處有一股風。他再度閉上眼睛，睡覺。

尼克醒來時身體僵硬又抽筋。太陽幾乎下山了。他的背包很重，揹上背包時，背帶令他痛苦。他揹著背包俯身，拿起那只皮革釣竿盒，開始穿越香蕨木濕地，離開松樹林，往河流走去。他知道它不可能遠到一哩之外。

他下了滿是殘株的山腰，進入一片草地。河流溢過草地的邊緣。尼克很高興自己來到河邊了。他越過草地，走向上游。他走路時，露珠浸濕了褲子。經過炎熱的白天，露珠來得又快又多。河流不發一聲。它太快又太平順。尼克在草地的邊緣，先俯視河裡的鱒魚上竄，再爬上一片高地去紮營。鱒魚竄起是因爲一些昆蟲，他們在太陽下山的時候，從河流另一邊的濕原過來了。鱒魚跳出水面來捕他們。尼克走過河流旁那一小段的草地，鱒魚高高跳出水面。他現在俯視河流，昆蟲一定是停在水面上，因爲下游的鱒魚全部不斷在捕食。就他眼力所及的一長段河流裡，鱒魚上竄，全在水面下轉圈圈，好像開始下雨一樣。

地勢變高，滿是樹木與沙土，俯瞰著草地、河段與濕原。尼克放下背包和釣竿盒，尋找平坦的地面。他非常餓，他想要先紮營再煮東西吃。有兩棵傑克松之間的地面相當平坦。他從背包拿出斧頭，砍下兩根突出的樹根。如此一來就整平出一塊大到可以睡的地了。他用手撫平沙質土壤，連根拔起所有香蕨木叢。他的手因爲香蕨木而聞起來很香。他弄平拔了根的地。他不想要毯子下有任何突出之物。他弄平地面以後，就攤開他的三條毯子。他將一條對折，然後鋪在地上。其他兩條攤在第一條上面。

他用斧頭從一棵殘株上切下一塊有光澤的松木，劈成帳篷用的樁。他希望它們能又長又結實地固定在地面上。他解開帳篷，攤在地面上，靠著一棵傑克松的背包看起來就小多了。尼克將帳篷用的繩子綁在一棵傑克松的樹幹上，當作帳篷用的梁木，抓著繩子的另一端，將帳篷拉離地面，然後將另一端綁在另一棵松樹上。帳篷掛在繩子上的樣子，就像帆布氈掛在曬衣繩上。尼克拿自己劈下的一根棍子，將帳篷後方的尖端從下方撐起，然後用木樁釘出邊緣來搭起帳篷。他緊緊釘好邊緣，然後將木樁插深了，用斧頭的平口處將它們打進地裡，直到繩圈也埋了進去，帳篷像鼓面一樣緊。

尼克將一張起司布裝在帳篷的開口來隔絕蚊蟲。他從蚊帳底下拿著背包裡的幾樣東西爬進去，放在帳篷布斜面下的床頭。帳篷裡，光線從棕色的帳篷布透進來。帳篷的的味道令人愉快。這樣就已經有神祕與回家的感覺了。尼克爬進帳篷的時候很快樂。他沒有整天都不快樂。可是這樣不同。現在事情都完成了。之前要做這件事。現在做完了。這是一趟辛苦的旅行。他非常累了。這件事已經完成。他紮起了自己的營地。他安頓下來了。沒有東西碰得著他。這是一個紮營的好地方。他就在這裡，在這個好地方。他在他打造的自己家中。現在他餓了。

他從起司布底下爬出去。外面天色相當黑了。帳篷裡比較亮。

尼克走到背包旁，手指在背包底部一紙袋的釘子裡找到一根長釘。他將它刺進松樹，緊緊握住它，然後用斧頭的平口輕輕敲它。他將背包掛在釘子上。他的所有生活用品都在背包裡。它們現在離開地面，有了棲身之地。

尼克餓了。他覺得自己從來沒這麼餓過。他打開一罐豬肉和豆子、一罐義大利麵，倒進煎鍋裡。

「如果我願意帶著這種食物，我就有權利吃它。」尼克說。他的聲音在變黑的樹林裡聽來古怪。他沒再開口。

他拿斧頭從一棵殘株砍下幾塊松木，用它們生了火。他在火上放一張烤肉網，將四隻腳用自己的一只靴子踩進地裡。尼克將煎鍋放在火上的烤肉網面。他更餓了。豆子和義大利麵熱起來。尼克攪動它們，將它們混在一起。它們開始冒泡，造出的小泡泡不順暢地浮至表面。有一股很香的味道。尼克拿出一瓶番茄醬，切了四片麵包。小泡泡現在出現得更快了。尼克坐在火堆旁，將煎鍋舉起來。他將大約一半的鍋裡物倒進洋鐵盤裡。它們緩慢地在盤中攤開。尼克知道它太燙。他倒了一些番茄醬。他知道豆子和義大利麵仍太燙。他看著火堆，然後看帳篷，他不打算用燙到舌頭來徹底毀了這一餐。他已經有幾年完全沒享用到炸香蕉，就因爲他從來沒能等它們冷卻。他的舌頭非常敏感。他非常餓。河流彼岸的濕原裡，在近乎黑暗之中，他看見一股霧升起。他再看了帳篷一眼。好。他從盤中挖了一滿匙。

「天啊，」尼克說。「我的天呀。」他的口氣很快樂。

他吃掉一整盤，才想起有麵包。尼克配著麵包吃完第二盤，把盤子吃得閃亮亮。他在聖伊涅斯車站的餐廳用過一杯咖啡和一個火腿三明治之後，就沒再吃過東西了。這是一場非常愉快的體驗。他以前也那麼餓過，但就是沒法滿足胃口。如果他想要的話，幾小時前就可以紮營了。河上有很多好地方可紮營。可是這樣很好。

尼克將兩片松木塞進烤網底下。火突然變大。他忘了弄水來煮咖啡。他從背包裡拿出一個摺疊的帆布桶，走下山丘，越過草地邊緣到水流邊去。對岸在白色霧氣裡。他跪在岸邊時，感覺到草地又濕又冷，他將帆布桶放進水流裡。它鼓起來，在流水中被緊緊拉著。水像冰一樣冷。尼克漂洗桶子，然後將它裝滿帶回營地。從水流中提起來以後，就沒那麼冷了。

尼克釘了另一根大釘子，將滿桶的水掛起來。他將咖啡壺舀了半滿的水，放了更多木片在烤網下的火堆上，然後放上咖啡壺。他不記得自己是用哪一種方式煮咖啡。他記得自己跟霍普金斯爭執過這件事，但不記得他站在哪一邊。他決定將它煮滾。他現在想起來這是霍普金斯的煮法了。他曾經與霍普金斯爭辯每一件事。他等著咖啡沸騰的時候，打開了一小罐杏子。他喜歡開罐。他將那一罐杏子全倒進一只洋鐵杯。他一邊看著火堆上的咖啡，一邊喝杏子的果汁糖漿，一開始小心翼翼不將它潑出來，然後若有所思地將杏子吞下。它們比新鮮杏子更好吃。

他看著咖啡沸騰。蓋子浮起，咖啡和咖啡渣從壺的邊緣流下來。尼克將它拿下烤網。這是霍普金斯的勝利。他在空的杏子杯裡放了糖，倒了一些咖啡出來冷卻。太燙了，很難倒，他用帽子去握住咖啡壺的手把。他一點也不想讓它浸到壺裡。第一杯不行。這應該要從頭到尾都是霍普金斯的風格。這是霍普應得的。他對於煮咖啡非常嚴肅。他是尼克認識過最嚴肅的人。不是沉重，是嚴肅。這是很久以前的事了。霍普金斯說話不動嘴唇。他打馬球。他在德州賺過數百萬美元。他借了往芝加哥的車費之後，電報來說他的第一口大井湧出油來了。他本來可以拍電報去要錢。那樣就太慢了。他們叫霍普的妞「金髮維納斯」。霍普不介意，因爲她並非眞的是他的妞。霍普非常有自信地說，他們沒一個人會嘲笑他眞正的妞。他說得沒錯。電報來時，霍普金斯已經離開了。那是在黑河邊。電報花了八天才送抵他的手上。霍普金斯將自己的點二二科爾特自動手槍送給尼克。他將自己的相機送給比爾。讓人可以永遠憑著它們想起他。他們原本要在次年夏天再一起去釣魚。這個毒蟲有錢起來了。他打算弄一艘遊艇來，大家一起去蘇必略湖的北岸巡遊。他很興奮，不過嚴肅。他們道了再見，都覺得心裡不舒服。那趟旅行就此告終。他們再也沒見過霍普金斯。那是很久以前在黑河邊的事。

尼克喝了咖啡，依照霍普金斯風格煮的咖啡。這咖啡很苦。尼克笑出來。這給了這個故事一個很好的結尾。他的腦袋開始運轉了。他知道自己可以阻斷它，因爲他太累了。他將咖啡從壺裡潑出來，將咖啡渣搖出到火堆裡。他點了一根菸，進了帳篷。他脫掉鞋子和褲子，坐在毯子上，將鞋子捲在褲子裡當枕頭，鑽進毯子間。他往帳篷的前方看出去，看著夜風吹動下的火焰光芒。這是一個安靜的夜晚。濕原完全沒有聲音。尼克在毯子下舒服地伸展肢體。一隻蚊子在他耳朵附近嗡嗡響著。尼克坐起來點了一支火柴。那隻蚊子在帳篷布上，就在他的頭部上方。尼克迅速將火柴伸向牠。蚊子在火焰中發出令人滿意的嘶嘶聲。火柴熄滅了。尼克再度躺進毯子間。他翻身側躺，閉上眼睛。他想睡覺了。他覺得自己要睡著了。他蜷縮在毯子下睡著了。

早上太陽出現，帳篷開始變熱。尼克從張在帳篷口的蚊帳底下爬出來，去看看早晨的模樣。他爬出來的時候，雙手碰觸到潮濕的青草。他雙手抓著自己的褲子和鞋子。太陽緊鄰山丘上方。這裡有草地、河流與濕原。河流彼岸的綠色濕原裡有樺樹林。

清晨的河流清澈、順暢而快速。下方大約兩百碼處，有三根圓木一路從水流的此岸橫到彼岸。它們讓受阻後的水變得又平滑又深。尼克注視的時候，一隻水貂從圓木上過河，到濕原上去。尼克很興奮。清晨與河流令他很興奮。他真的來不及吃早餐了，但他知道他一定得吃。他搭了一個小火堆，放了咖啡壺。水在壺中加熱時，他拿了一個空瓶，越過高地的邊緣下去草地。草地因露珠而濕潤，尼克想在太陽曬乾草地前抓蚱蜢作餌。他發現很多好蚱蜢。他們在草莖的底部。他們有時會抓著草莖。他們因爲露珠而又冷又濕，在太陽溫暖他們之前都跳不起來。尼克專挑中型棕色的幾隻，抓起來，然後放進瓶子裡。他轉動一根圓木，就在木緣的遮蔽下，有幾百隻蚱蜢。這裡是蚱蜢宿舍。尼克在瓶子裡放了大約五十隻「中棕」進去。他抓蚱蜢的時候，其他隻被太陽曬暖了，開始跳走。他們跳的時候也在飛。他們先飛一段，落下的時候保持僵硬的樣子，好像死了一樣。

尼克知道他吃完早餐以後，他們就會像平常一樣活跳跳。青草間沒有露珠的話，他就得花上一整天才能抓到滿滿一瓶的好蚱蜢，而且用帽子大力打下去，還會打爛很多隻。他在河流裡洗了洗手。靠近它讓他很興奮。然後他走到帳篷那裡。蚱蜢已經僵硬地在青草間蹦跳。瓶子裡的蚱蜢讓太陽曬暖，一起跳著。尼克塞了一根松木作瓶塞。它夠堵住瓶口不讓蚱蜢出來，也留下足夠的通道讓空氣出入。

他將圓木滾回原位，知道自己每天早上都可以在這裡抓到蚱蜢。

尼克將滿是蹦蹦跳跳蚱蜢的瓶子靠著一根松樹幹。他迅速將一些蕎麥粉混水，攪拌均勻，一杯麵粉，一杯水。他將一把咖啡放進壺裡，從罐子裡舀了一塊油，將它滋滋作響地滑過熱煎鍋。他流暢地將蕎麥麵粉糰倒進冒煙的鍋中。它像熔岩一樣擴散開來，油脂刺耳地發出滋滋聲。蕎麥餅的邊緣開始變得紮實，接著變成棕色，然後是酥脆。表面慢慢冒泡，然後泡泡變成小孔。尼克用一塊新鮮松木片插進煎餅變成棕色的底面。他左右搖動平底鍋，煎餅從鍋面鬆開。我不想將它啪噠一聲翻面，他想。他將乾淨木片一路滑過煎餅底下，然後將它翻面。它在鍋裡劈啪作響。

餅熟了以後，尼克重新爲鍋子擦上油。他下了所有麵糰。這做出了另一大一小的兩個煎餅。尼克吃了一塊大煎餅和一塊小煎餅，上面塗了蘋果醬。他將蘋果醬塗在第三個蛋糕上，將它摺兩遍，用油紙裹起來，放進上衣的口袋裡。他將蘋果醬瓶放回背包，切出可做兩個三明治的麵包。

他在背包裡找到一顆大洋蔥。他將它切成兩半，剝開絲質外皮。然後他將其中一半切片，做洋蔥三明治。他將它們裹在油紙裡，將它們扣在卡其上衣的另一個口袋裡。他將平底鍋在烤網上翻到反面朝上，喝了變甜、加煉乳後成爲棕黃色的咖啡，收拾了營地。這是一個不賴的小營地。

尼克從皮革釣竿盒拿出自己的假蠅釣魚竿，將它接好，將釣竿盒放回帳篷裡。他裝上線軸，將魚線穿過繫線環。他穿線的時候得雙手交替地抓住線，不然它會因爲自身的重量溜回去。這是一卷粗沉、兩頭漸縮的假蠅釣線。尼克很久以前花八美金買的。它做得沉，方便人將線甩向後空，然後既平又沉地筆直飛向前，才有機會拋出一隻沒有重量的蠅蟲。尼克打開鋁製的前導線盒。前導線被捲在潮濕的法蘭絨墊子間。尼克在前往聖伊涅斯的火車上，在冷水器弄濕了這些墊子。前導線在潮濕的墊子裡變軟，尼克攤開一條，將它用尾端的一個活結綁在粗沉的假蠅釣線上。他在前導線的末端緊緊綁上一個鉤子。這是一個小鉤子，非常細又有彈性。

尼克從魚鉤匣裡拿出它，將魚竿橫放在膝蓋上坐著。他拉緊線來測試綁結，以及魚竿的彈力。感覺很好。他小心不讓鉤子刺到自己的手指。

他開始走向河流，抓著魚竿，裝蚱蜢的瓶子用一條皮帶掛在他的脖子上，皮帶用半結綁住了瓶頸。他的袋網從腰帶上的一個鉤子掛下來。他的一側肩膀上有一個麵粉長袋，每個袋角都綁成了耳朵狀。繩子掛在他的肩上。袋子拍擊著他的腿。

所有裝備都掛在身上，讓尼克覺得既笨拙又有一種專業帶來的快樂感。蚱蜢瓶搖晃地撞著他的胸口。他上衣的胸前口袋，則因爲午餐和魚鉤匣而鼓起來壓著他。

他走進水流裡。冷到他了。褲子緊緊貼在他的腿上。他的鞋子感覺到石礫。冰冷的水越來越刺激他。

流水沖過來，吮吸著他的腿。他踩進來的地方，水淹過了他的膝蓋。他隨流勢涉水前進。腳下的石礫滑開。他低頭看著雙腿下方的水流漩渦，傾斜瓶子，弄一隻蚱蜢出來。

第一隻蚱蜢在瓶頸跳了一下，然後進了水裡。他被吸進尼克右腿旁的漩渦底下，在稍微下游的水面出現。他迅速浮起，踢著水。快速轉一圈，打破平滑的水面之後，就消失了。一隻鱒魚吃了他。

另一隻蚱蜢從瓶子探出頭來。他擺動著觸角。他正要將前足伸出瓶子來跳。尼克掐住他的頭，抓著他，將細長的鉤子從他的下巴穿進，穿過胸部，進入腹部的最後幾節。蚱蜢用前足抓住魚鉤，尼克在上面吐了菸草色的唾液。他將他投進水裡。

他用右手握著魚竿，順著蚱蜢在流水裡的拉力放出魚線。他用左手將線從線軸上解下，讓它自由前進。他看得見蚱蜢在水流造成的小波浪裡。然後他離開了視線。

有東西扯了一下魚線。尼克拉著繃緊的線。這是他第一次出手。他抓著現在活潑起來、橫過水流的魚竿，他用左手將線收進來。魚竿幾次急急被扯彎，鱒魚逆著水流跳動。尼克知道這是一隻小魚。他將魚竿直直拉向空中。它隨拉力而彎曲。

他看見那隻鱒魚在水中急急抽動頭部與身體，抵抗水流中不斷變化方向的魚線。

尼克將魚線抓在左手，那隻鱒魚疲倦地撞擊水流，他將魚拉到水面。他的背部顏色駁雜、鮮明，顏色像水中石礫，腹部在太陽下閃著光芒。尼克將魚竿夾在右邊腋下，俯身將右手伸進水流裡。他用濕潤的右手抓住那隻從沒停止動過的鱒魚，同時解開他嘴裡的倒鉤，然後將他放回水流裡。

他在水流裡不穩定地浮著，然後停在一顆石頭旁的水底，尼克伸出一隻手碰碰他，手臂到手肘都沉到水裡。鱒魚在流動的水中很穩定，在一顆石頭旁的石礫上休息。尼克用手指碰他，摸上去是平滑、冰冷，活於水中的感覺，然後他就離開了，消失在水流底部的一片陰影裡。

他沒事，尼克心想。他只是累了。

他碰鱒魚之前弄濕了手，所以不會破壞覆蓋在他身上的細膩黏液。如果用乾燥的手摸鱒魚，就會有一種白色的菌類攻擊未受保護之處。幾年之前，他在擁擠的水流旁捕魚，身前身後都是假蠅釣者，尼克就不斷地遇上死鱒魚，那些魚因爲白色的菌類而毛茸茸的，漂到石頭旁，或是在水坑裡肚子朝天。尼克不想跟其他人一起在河上釣魚。除非他們跟你是一夥的，否則他們就會糟蹋這件事。

他搖搖擺擺往下游走，流水淹過膝蓋，他經過橫在水上的圓木上方五十碼處淺水。他沒重新爲自己的鉤子裝餌，而在涉水過去時，將它握在手中。他確定自己可以在淺水處抓到小鱒魚，但他不想抓他們。白天這個時候，淺水處沒有大鱒魚。

現在水變深，又急遽又冷地淹到他的大腿。前方是圓木上方被堵回來的平滑湧流。水是平滑的深色。左方是草地較低的邊緣，右方是濕原。

尼克向後仰，抵抗水流，從瓶中抓了一隻蚱蜢。他將蚱蜢穿在魚鉤上，在他身上唾了一口以求好運。然後他從線軸拉了幾碼的線，將蚱蜢向前丟進快速流動的深色水中。牠漂向圓木，然後線的重量將魚餌拉進水裡。尼克右手抓著魚竿，讓魚線從指間離去。

有東西將線拉走一大段。尼克動手，魚竿變得又有生命又危險，彎成對折，魚線繃緊，逐漸離開水面，繼續變緊，完全是沉重、危險而持續的拉力。有一刻，尼克感覺到，如果拉力增加，前導線就要斷了，所以他放開了線。

魚線衝出去的時候，線軸的棘齒輪轉動，發出尖銳的機械聲響。太快了。尼克阻止不了它，魚線不斷衝出去，線走的時候，線軸的音調也逐漸變高。

線軸的軸心出現之後，興奮讓他心跳停止，他向後仰，逆著冰冷淹過大腿的水流，以左手用力撳著線軸。尼克彆扭地將大拇指按進假蠅釣的線軸框。

他增加壓力時，線緊繃起來，突如其來地強硬，圓木彼端則有一隻龐大無比的鱒魚高高躍出水面。他跳起來時，尼克放低了魚竿的頂部。可是就在他降低竿頂以放鬆拉力時，他感覺這一刻的拉力太巨大，堅硬感也太緊繃了。當然，前導線就斷了。所有彈力從線上消失，魚線變得又乾又硬，這感覺清楚無疑。然後線就鬆了。

他口乾舌燥，心往下沉，尼克收線。他從沒見過那麼大的鱒魚。那股沉重、威力是不受控的，還有他跳起來時顯示的體積啊。他看起來寬得像一條鮭魚。

尼克的手在發抖。他緩慢地收線。那股刺激感太強烈了。他模糊地感覺到有一點不適，好像自己應該要坐下來。

前導線在綁住鉤子的地方斷裂。尼克用一隻手抓住它。他想著那隻鱒魚在水底某處，穩穩待在石礫上，在光線不及的下方遠處，圓木底下，下巴上帶著鉤子。尼克知道那隻鱒魚的牙齒可以咬穿魚鉤的根線。鉤子會嵌進他的口顎。他敢說那隻鱒魚很生氣。那種體積的任何東西都會生氣。那是一隻鱒魚。他結結實實上了鉤。結實地像一顆石頭。他離去之前，也像一顆石頭。上帝為證，他是一隻大魚。上帝為證，他是我聽說過最大的一隻。

尼克爬到草原上，站在那裡，水流下他的褲子，流出他的鞋子，他的鞋子發出咯吱的濺水聲。他走過去，坐在圓木上。他一點也不急著去感受。

他讓腳趾在水中、鞋裡扭動，從胸前口袋拿出了一根菸。他點燃它，將火柴丟進圓木下方湍急的水裡。它在湍急水中旋轉的時候，一隻非常小的鱒魚為了火柴跳起來。尼克笑出來。他想抽完這根菸。

他坐在圓木上抽菸，在太陽下逐漸變乾，太陽曬暖他的背部，前方進入樹林的河水很淺，蜿蜒地鑽進樹林，有淺灘，有光線閃耀，像水一樣平滑的大石頭、沿岸的西洋杉，白樺樹，圓木在太陽下變暖，坐起來很光滑，沒有樹皮，摸起來很有年紀了；失望的感覺慢慢離開他。它離開得很慢，那一陣刺激讓他的雙肩隱隱作痛，然後這股失望感就突然出現。現在都沒事了。他的魚竿放在圓木上，尼克在前導線上綁了一個新的魚鉤，將釣線拉緊，直到它盤繞成一個堅硬的結。

他裝了餌，然後拿起魚竿，走向圓木的另一端，走進水裡，那裡沒有很深。圓木下方及另一邊是深潭。尼克繞過濕原附近的淺灘，直到走上河流的淺處河床。

左方是草地的盡頭，樹林的起始處，一棵極大的榆樹被連根拔起。它倒在一場暴風雨裡，向後躺到樹林間，根部凝結著泥土，青草從中生出，在水流旁隆起成一道結實的堤岸。河水切進這棵離土大樹的邊緣。尼克在他站立的地方，看得見因為水流在淺處河床切出的深深水道，就像車轍。他站的地方有很多卵石，再過去是眾多卵石與大圓石；河在樹根附近彎過去，那裡的河床是泥灰石質，深水溝之間，有綠色的雜草葉在水流中搖擺。

尼克將魚竿揮向從肩後，再甩向前，魚線以弧形前進，將那隻蚱蜢落在雜草間的其中一道深溝。一隻鱒魚來吃，尼克讓他上鉤了。

尼克抓著魚竿，遠遠伸向那棵連根拔起的樹，濺著水在河中後退，魚竿活起來，彎曲了，他上上下下地拉動鱒魚，拉離雜草的威脅，來到開闊的河水。尼克抓著魚竿，魚竿活跳跳地逆著水流上下，尼克將那隻鱒魚拉近。他會衝走，但總是被拉得靠過來，魚竿的彈力順服於這些拉扯，有時水中會出現猛力扯動，但尼克始終在將他拉近。尼克隨著那些拉扯，緩慢往下游移動。他將魚竿舉到頭上，將那隻魚引到網子上，然後舉起網子。

鱒魚沉重地垂在網子裡，網孔裡的魚背顏色駁雜，腹部是銀色的。尼克解下他的鉤子；沉重的腹部很好抓握，大口顎的下顎比上顎突出，尼克將又重又大的滑溜鱒魚在水中滑進肩上所掛的長袋裡。

尼克將袋口逆著水流張開，它灌飽了水，變得沉重。他將它舉起，底部還在水流中，水從側邊湧了出來。袋裡底部是那隻大鱒魚，在水裡活跳跳的。

尼克向下游移動。袋子在他前方，沉甸甸地浸在水中，拉扯他的肩膀。

越來越熱了，太陽炎熱地曬著他的頸部後方。

尼克有了一隻好鱒魚。他不想捕很多魚。現在水流又淺又寬。兩邊的水岸沿岸都有樹林。上午的陽光中，左岸的樹林在水面製造了短短的影子。尼克知道每個影子裡都有鱒魚。

下午的時候，太陽向山丘前進之後，鱒魚就會在水流另一邊陰涼的影子裡。

最大隻的那些鱒魚會停在接近水岸的地方。你永遠都可以在黑河的水岸邊捕到他們。太陽下山之後，他們會全部移動到水流中。太陽在下山的前一刻，燦爛的光芒會讓水面令人目盲，這時你很可能在水流的任何一處捕到一隻大鱒魚。然而水面令人目盲，就像太陽下的鏡子，那時幾乎不可能釣魚。當然，你可以到上游捕魚，可是像黑河或這條河的這種水流，你得逆流搖搖晃晃前進，待在深水處，這樣水就會向你湧來。若有這麼大的水湧來，在上游釣魚毫無樂趣可言。

尼克穿越淺水段，看著水岸，想找深洞。一棵山毛櫸長得很靠近河邊，所以枝椏垂進水裡。水流在葉子底下流回。這種地方永遠都會有鱒魚。

尼克不想在那個洞釣魚。他肯定魚鉤會鉤住枝椏。

不過那裡看起來很深。他放了蚱蜢，水流將牠帶進水裡，然後回到垂在水面上方的枝椏下。有東西緊緊拉住魚線，尼克動手。鱒魚沉重地翻來覆去，在樹葉與枝幹間，半離開水面。魚線卡住了。尼克用力拉，那隻鱒魚就脫鉤了。他收線，手裡握著魚鉤，往下游走。

前方靠近左岸之處，有一根大圓木。尼克看到它是空心的。木身順著流向，水流平穩地進入，只在圓木兩邊有一點點的漣漪擴散。水在變深。空心圓木的頂端又灰又乾。一部分在陰影裡。

尼克拔出蚱蜢瓶的瓶塞，一隻蚱蜢抓著它。他抓下他，將他穿上鉤子，扔了出去。他抓著魚竿遠遠伸出，好讓水面上的蚱蜢進入水流，流進那根空心的圓木中。尼克放低魚竿，蚱蜢漂進去。對方猛烈一扯。尼克揮竿抵抗拉力。那種感覺就像他釣到了圓木本身，差別在於那種活生生的感覺。

他想強迫那隻魚到外面的水流來。那隻魚沉重地來了。

魚線變鬆，尼克以為那隻鱒魚離開了。然後他看見他，非常近，就在水流中，搖擺著頭，企圖掙脫鉤子。他的嘴像被鉗住一樣緊閉。他在清澈的流水中與魚鉤奮戰。

尼克用左手捲著線，揮竿讓魚線變緊，想引那隻鱒魚向著網子去，但他不見了，他看不見，魚線上下跳動。尼克逆流跟他奮戰，任他在水中撞擊，抵抗魚竿的拉力。他將魚竿改交到左手，將鱒魚帶往上游，提了起來，奮力握緊魚竿，然後讓他垂進網裡。他將他完全從水中舉起，他在網子呈現粗大的半圓形，網子滴著水，他將他的鉤子解下，將他滑進袋子裡。

他張開袋口，俯視袋裡，看著兩隻大鱒魚在水裡活蹦亂跳。

尼克經過逐漸變深的水，走向那根空心的圓木。他越過頭解下那個袋子，鱒魚離開水的時候啪噠跳動，他將袋子垂下，好讓鱒魚深處水中。然後他攀上圓木，坐了下來，水從褲子和靴子流進水流中。他將魚竿放下，移動到圓木有陰影的那一端，從口袋拿出三明治來。他將三明治沾沾冷水。水流將麵包屑帶走。他吃了三明治，拿帽子舀滿水喝，一邊喝水，帽子也一邊從前方流出水來。

坐在樹蔭下的圓木上，很涼。他拿了一根菸出來，擦火柴來點燃它。火柴掉進灰色的木頭裡，燒出一道非常小的溝。尼克向圓木的一邊俯身，找到一塊堅硬的地方，點燃了火柴。他坐著抽菸，看著河水。

前方的河水變窄，進入濕原。河水變得平滑又深，濕原因爲西洋杉林而看來密實，樹幹緊靠在一起，枝椏濃密。要走過這種濕原是不可能的。枝幹長得太低。你幾乎得保持與地面一樣高，才能稍作移動。你不可能闖過枝幹之間。所以住在濕原的動物才會長成現在的樣子，尼克心想。

他眞希望自己帶了讀物在身上。他想讀書。他不想繼續前進到濕原上。他看向河流下游。一棵大西洋杉歪斜地一路橫過水流。再過去，河流就進了濕原。

尼克現在不想進去那裡。他有一股抗拒感，不想深深涉過腋窩下方越來越深的水，去不可能將大鱒魚捕上岸的地方釣他們。濕原裡，水岸光禿，大西洋杉在頭頂上方靠攏在一起，除了零碎之處，陽光都沒穿透下來。深水湍急，陽光又零星，這樣捕魚是一場悲劇。濕原捕魚是一場悲壯的冒險。尼克不想要那樣。他今天不想再往下游前進一步了。

他拿出自己的刀，打開來，然後插進圓木。

然後他拿起袋子，伸手進去，抓出一尾鱒魚。他很難抓，在他手裡活跳跳，他握著他接近尾巴的地方，拿他去摔圓木。那隻鱒魚顫動起來，僵直了。尼克將他放在陰影下的圓木上，用同一個方法弄斷另一條魚的脖子。他將他們並排擺在圓木上。這些鱒魚很棒。

尼克清理他們，各一刀將他們從肛門劃開到顎部頂端。所有內臟、魚鰓和舌頭一團離身。他們都是雄魚，有著長條狀的灰白色充精生殖腺，平滑而乾淨。所有內臟都乾淨而結實地一起離身。尼克將無用的部分丟向岸上，讓水貂來找。

他將鱒魚放進在水裡清洗。他在水裡將他們背部朝上地握住時，他們看起來就像活魚。他們的顏色還未褪去。他清洗雙手，將他們放在圓木上風乾。然後他將鱒魚放到攤開在圓木的袋子上，用袋子將他們捲起來，整捆綁起來，放在袋網裡。他的刀仍豎在那裡，刀鋒插在圓木中。他在木頭上清理了它，放進自己的口袋。

尼克在圓木上起身，握著自己的魚竿，掛著沉重的袋網，然後走進水中，濺著水向岸上前進。他上了水岸，進入樹林，朝高地走去。他要回營地去。他回頭望。河水正好顯現在樹林之間。他將來會有無數個日子可以在濕原釣魚。

1 兩心河（Two-hearted river），河流名，位於密西根上半島東部。

某事的盡頭

荷頓灣以前是從事伐木業的小鎮。沒有一個此地的居民聽不到大鋸子從湖邊工廠裡發出的聲音。接著有一年鎮上再沒圓木能做木料了。工廠砍下的木料堆放在木材放置場，運木船駛進灣裡，裝了這些木料。所有伐木堆都被帶走了。在工廠工作的人，從大工廠的建築移出所有可卸下的機器，吊到其中一艘船上。那艘船離開海灣，駛向開闊的湖面，載著兩台龐大的鋸子，將圓木推向旋轉圓鋸的行動托架，以及所有的滾軸、輪子、傳動帶和鐵器，全堆積在滿滿一船的木料上。它的露天船艙蓋了帆布，紮得緊緊的，運木船的船帆灌飽了風，駛進開闊的湖上，載著讓工廠成爲工廠、讓荷頓灣成爲一個小鎮的一切。

一層樓的工寮、飲食店、員工福利社、工廠辦公室，以及大工廠本身，被遺棄地矗立在覆蓋潮濕草地的大量鋸屑裡，就在灣岸旁邊。

十年之後，工廠什麼也沒留下，除了破裂的白色石灰石，那是它的地基，在尼克和瑪喬利沿著岸邊划船過去的時候，那個地基從潮濕的再生林間露了出來。他們沿著水道的岸邊用輪轉線釣魚，那裡的底部急遽從沙質的淺灘來到十二呎深的深色水流處。他們一路放輪轉線釣魚，要去岬角那裡下夜釣線捕虹鱒。

「那是我們的老廢墟，尼克。」瑪喬利說。

尼克划著船，看著綠色樹林裡的白色石頭。

「就在這裡。」他說。

「你記得這裡以前是工廠的樣子嗎？」瑪喬利問。

「只能勉強想起來。」尼克說。

「它看起來比較像城堡。」瑪喬利說。

尼克什麼也沒說。他們繼續沿著岸緣划向前，然後就看不到工廠了。接著尼克直接橫越湖灣。

「他們沒咬鉤子。」他說。

「對。」瑪喬利說。他們用輪轉線釣魚的時候，她總是專心在魚竿上，即使同時講話也一樣。她愛釣魚。她愛跟尼克一起釣魚。

靠近船邊的地方，一隻大鱒魚跳出水面。尼克使勁划動一支槳，將船轉彎，讓後方遠處打轉的魚餌經過那隻鱒魚捕食的地方。鱒魚的背部浮出水面之後，鰷魚們瘋狂跳起。他們像丟進水裡的一把子彈那樣散落在水面上。另一隻鱒魚跳出水面，在船的另一側覓食。

「他們在覓食。」瑪喬利說。

「但他們不會上鉤。」尼克說。

他將船划了個彎，放輪轉線經過那些進食中的魚，然後將船駛向岬角。瑪喬利直到船碰到岸邊，才開始收線。

他們將船拉上湖岸，尼克抬起一桶活鱸魚。鱸魚在水桶中游泳。尼克用雙手抓了三隻，將他們的頭砍掉，剝了他們的皮，同時瑪喬利的雙手在桶中摸索，終於抓到了一隻鱸魚，砍掉牠的頭，剝了牠的皮。尼克看著她的魚。

「你不要除掉腹鰭比較好，」他說。「那樣當餌沒問題，但是留著腹鰭比較好。」

他將每隻剝皮的鱸魚從尾部穿過魚鉤。每根魚竿有一根前導線，各繫了兩個魚鉤。瑪喬利將船划出來到峽岸邊，用牙齒咬住線，看向尼克，他站在岸上，抓著魚竿，從線軸送出魚線。

「差不多了。」他喊道。

「我應該把它垂下去了嗎？」瑪喬利也喊道，一手抓著魚線。

「當然。放開它。」瑪喬利將魚線從船上垂至水中，看著魚餌沉進水裡。

她隨著船靠過來，用同樣的方法放出了第二條線。尼克每一次都放一大塊漂流木在魚竿的尾部，紮實固定它，用一小片木頭將魚竿斜斜撐住。他收進鬆垮的魚線，好讓魚線緊緊伸向魚餌所待的沙質水道底部，固定好線軸的棘爪。這樣一隻在底部進食的鱒魚咬餌時，它會隨之前進，急速將線拉離線軸，線軸就會隨著棘爪活動而響起來。

瑪喬利往岬角划過去一點點，這樣她就不會干擾到魚線。她用力划槳，船上了湖岸。小小的波浪隨之而入。瑪喬利踏出船來，尼克將船拉到岸上高處。

「尼克，怎麼了？」瑪喬利問。

「我不知道。」尼克說，準備木頭生火。

他們用漂流木生了火。瑪喬利到船上拿了一條毯子來。夜晚的微風將煙吹向岬角，所以瑪喬利將毯子攤開在火堆與湖水之間。

瑪喬利坐在毯子上，背對火堆，等著尼克。他過來坐在她旁邊的毯子上。他們背後是岬角稠密的再生林地，前方是水灣及荷頓溪口。天色還沒有很黑。火光遠及湖水。他們看得見那兩支鋼竿斜置於黑色的水面上。火堆在線軸上閃閃發光。

瑪喬利打開裝晚餐的籃子。

「我不想吃東西。」尼克說。

「來吃嘛，尼克。」

「好吧。」

他們沒交談地吃東西，看著那兩支魚竿與水裡的火光。

「今天晚上會有月亮。」尼克說。他的目光越過湖灣，看著以天空爲背景的山丘逐漸變得輪廓清晰。他知道月亮正從山丘後方上升。

「我知道。」瑪喬利快樂地說。

「你什麼都知道。」尼克說。

「噢，尼克，拜託別講了！拜託、拜託你不要這樣！」

「我忍不住，」尼克說。「你是啊。你什麼都知道。問題就在這裡。你自己知道。」

瑪喬利什麼也沒說。

「我什麼都教給你了。你自己知道。你還有什麼不知道？」

「噢，閉嘴啦，」瑪喬利說。「月亮出來了。」

他們坐在毯子上，沒有碰到彼此，看著月亮升起。

「你不用說蠢話，」瑪喬利說。「到底怎麼了？」

「我不知道。」

「你當然知道。」

「沒有，我不知道。」

「少來，你說。」

尼克望著月亮，月亮正從山丘上升起。

「已經不好玩了。」

他不敢看瑪喬利。然後他看著她。她背對他坐在那裡。他看著她的背。「已經不好玩了。一點也不好玩。」

她什麼也沒說。他繼續講。「我覺得我心裡的一切好像都下地獄去了。我不曉得，瑪姬。

我不知道要說什麼。」

他看著她的背。

「愛情也一點都不好玩嗎？」瑪喬利說。

「對。」尼克說。瑪喬利站起來。尼克坐在那裡，臉埋在雙手裡。

「我要帶船走，」瑪喬利對他喊。「你可以繞過岬角走回去。」

「好，」尼克說。「我幫你把船推出去。」

「沒必要。」她說。她乘船漂在月光照耀的水面上。尼克回來，在火堆旁躺下，臉埋在毯子裡。他聽得見瑪喬利在水上划船的聲音。

他在那裡躺了很久。他躺著聽見比爾在樹林裡到處晃，然後走進了林中空地。他感覺到比爾走到火堆旁。比爾也沒碰他。

「她真的走了對吧？」比爾說。

「噢，對。」尼克說，依然躺著，臉埋在毯子裡。

「鬧得很難看？」

「沒有，完全沒有什麼好不好看。」

「你覺得怎樣？」

「噢，走開，比爾！走開一下。」比爾從午餐籃選了個三明治，走去看了看兩根魚竿。

三日風暴

雨停的時候，尼克轉進一條延伸過果園的上坡路。水果已經摘下來了，秋天的風吹過光禿的樹林。一顆華格納蘋果在雨後棕色的草地上顯得閃亮亮，尼克停下來，從路邊撿起它。他將蘋果放進自己的格紋外套口袋裡。

這條路從果園出去，延伸到那座山丘的頂部。那裡有小屋，門廊空蕩蕩，煙囪裡冒著煙。後方是車庫、雞舍與再生林地，林地像樹籬一樣隔開後方的樹林。他望過去，遠方高處的那些大樹正在風中搖擺。這是秋天的第一場風暴。

尼克越過果園上方的開闊田野時，小屋的門開了，比爾出來。他站在門廊向外望。

「呦，威美治。」他說。

「嗨，比爾。」尼克說，走上台階。

他們站在一起眺望鄉間，看下方的果園，然後是路的彼方，眼光越過較低的田野，到湖水岬角的樹林。風筆直地向湖面吹送。他們看得到十哩岬沿岸的碎浪。

「她刮起來了哪。」尼克說。

「她會這樣刮三天。」比爾說。

「你爸在嗎？」尼克問。

「不在。他拿槍出去了。進來吧。」

尼克走進小屋。火爐裡有熊熊大火。風刮得它咆哮。比爾關上門。

「要喝一杯嗎？」他說。

他走到廚房去，帶了兩個玻璃杯和一罐水回來。尼克伸手去拿爐上架子裡的威士忌。

「行嗎？」他說。

「好啊。」比爾說。

他們坐在火堆前，喝著愛爾蘭威士忌兌水。

「它有一股很棒的煙燻味。」尼克說，透過杯子看火堆。

「那是泥炭味。」比爾說。

「泥炭不可能放進酒裡。」尼克說。

「一樣。」比爾說。

「你見過泥炭嗎？」尼克問。

「沒有。」比爾說。

「我也沒見過。」尼克說。

他的鞋子伸在爐邊，開始在火堆前變軟。

「你最好脫鞋。」比爾說。

「我沒穿襪子。」

「脫下來烘乾，我拿襪子給你。」比爾說。他上樓，走進閣樓裡，尼克聽見他在上方走路的聲音。樓上有屋頂但沒有遮蔽，比爾和他父親有時會睡在這裡，尼克也是。後方是一間化妝室。他們將輕便帆布床從雨裡移回來，用塑膠毯蓋住。

比爾帶著一雙厚重的毛襪下來。

「越來越晚了，不適合再沒穿襪子亂跑。」他說。

「我討厭又要開始穿襪子。」尼克說。他將襪子穿上，砰地靠在椅子上，將雙腳放在火堆前的隔板上。

「你會弄凹隔板。」比爾說。尼克將腳擺向火爐邊。

「有什麼書能讀嗎？」他問。

「只有報紙。」

「紅雀隊怎樣了？」

「雙重賽[1]輸給了給巨人隊[2]。」

「那他們應該穩贏了。」

「根本就送的啊，」比爾說。「只要馬格羅[3]可以買下聯盟的每一位好球員，那就沒什麼啦。」

「他不能把他們全部買下來。」尼克說。

「他就買他想要的所有球員啊，」比爾說。「或是讓他們不爽，這樣大家就得交易給他。」

「像海尼．齊[4]。」尼克贊同。

「那個呆子會對他有很多好處。」

比爾站起來。

「他可以打擊。」尼克指出。火堆的熱氣在烤著他的腿。

「他也是一位很棒的外野手啊[5]，」比爾說。「可是他老是輸球。」

「說不定這就是馬格羅要他的原因。」尼克提出。

「說不定吧。」比爾同意。

「我們知道的永遠比較少。」尼克說。

「當然啦。可是我們距離那麼遠，卻有很不賴的情報。」

「就像如果你不看馬，眼光就可以好很多。」

「就是這樣。」

比爾伸手拿那瓶威士忌。他的大手圍住了整個瓶身。他將威士忌倒進尼克伸出的玻璃杯裡。

「多少水？」

「一樣就好。」

他坐在尼克椅子旁的地板上。

「秋天風暴來的時候很棒吧？」尼克說。

「超棒。」

「這是一年裡最棒的時候。」尼克說。

「待在鎮上不就很慘？」比爾說。

「我想看世界大賽。」尼克說。

「噢，他們現在永遠辦在紐約或費城，」比爾說。「對我們根本沒好處。」

「不知道紅雀隊將來會不會贏個冠軍？」

「在我們這輩子沒望了。」比爾說。

「天啊，他們會發狂。」尼克說。

「你記得他們那次火車出事之前，有一次飆起來了嗎？」

「天啊！」尼克一邊回想一邊說。

比爾將手伸向窗戶底下的桌子，要拿放在桌上的書，書的正面朝下，他去應門的時候把它放在這裡了。他一手拿著自己的杯子，另一手拿著書，背倚著尼克的椅子。

「你在看什麼？」

「理查・費佛拉[6]。」

「我讀不進去。」

「它不錯啊，」比爾說。「不是爛書，威美治。」

「你還有什麼我沒看過的書？」尼克問。

「你讀過《森林戀人》[7]嗎？」

「有。就是講他們每天晚上睡覺的時候，把出鞘的劍擺在兩個人中間的那一本。」

「那是好書，威美治。」

「那本書很棒。我一直搞不懂的是那把劍有什麼用。它得隨時劍鋒朝上，因爲翻倒的話，你就算滾到上面去，也完全不會受傷。」

「那是一個象徵。」比爾說。

「當然，」尼克說。「可是不實際。」

「你有讀過《剛毅》[8]嗎？」

「那本不錯，」尼克說。「那是一本眞正的書。就是他老頭一天到晚盯著他的那一本。你還有沃波爾[9]的其他書嗎？」

「《黑暗森林》[10]，」比爾說。「在講俄羅斯。」

「他懂什麼俄羅斯？」尼克問。

「不知道。你永遠說不準這些人啊。說不定他小時候待過那裡。他有很多那裡的情報。」

「我想認識他。」尼克說。

「我想認識卻斯特頓[11]。」比爾說。

「眞希望他現在在這裡，」尼克說。「我們明天就帶他去沃伊[12]釣魚。」

「不知道他會不會想釣魚。」比爾說。

「當然會，」尼克說。「他一定是一流好手。你記得《飛行旅店》[13]嗎？」

　若有天堂來的天使
　給你喝別的飲料，
　就感謝他的好意；
　去把飲料倒進水溝裡。

「沒錯，」尼克說。「我猜他這人比沃波爾好。」

「噢，他這人比較好，沒錯。」比爾說。

「可是沃波爾是比較好的作家。」

「我不曉得，」尼克說。「卻斯特頓是大文豪。」

「沃波爾也是大文豪。」比爾堅持。

「眞希望他們倆都在這裡，」尼克說。「我們就明天帶他們去沃伊釣魚。」

「我們來大醉一場。」比爾說。

「好。」尼克同意。

「我老頭不會介意。」比爾說。

「你確定嗎？」尼克說。

「我知道他不會。」比爾說。

「我現在有一點醉了。」尼克說。

「你沒醉。」比爾說。

他從地板上起來，伸手拿威士忌。尼克伸出自己的杯子。比爾倒酒的時候，尼克盯著酒杯。

比爾在酒杯裡倒了半滿的威士忌。

「你自己倒水，」他說。「酒只剩一小杯了。」

「還有嗎？」尼克問。

「還有很多，但老爸只希望我喝已經打開的。」

「當然了。」尼克說。

「他說開瓶會讓人變成酒鬼。」比爾解釋。

「沒錯。」尼克說。他很佩服。他以前沒想過這件事。他老是認爲是獨自喝酒才讓人變成酒鬼。

「你爸好嗎？」他尊敬地問。

「他很好，」比爾說。「有時有點野蠻。」

「他這傢伙很棒。」尼克說。他從罐裡倒水進杯子裡。它緩慢地與威士忌混合。威士忌比水多。

「那還用說。」比爾說。

「我老頭不錯。」尼克說。

「如假包換。」比爾說。

「他說他這輩子從來沒喝過酒。」尼克說話的語氣，就像在宣布科學事實。

「噢，他是醫生啊。我老頭是畫家。這不一樣。」

「他錯過了很多。」尼克悲哀地說。

「這很難說，」比爾說。「每樣東西都有自己的代償。」

「他自己說他錯過了很多。」尼克坦承。

「噢，爸爸都有過一段難熬的時候。」比爾說。

「全部扯平了。」尼克說。

他們坐著凝望火堆，想著這個深奧的真相。

「我去後面門廊拿塊木頭。」尼克說。他凝望火堆的時候，注意到火慢慢在熄了。此外，他也想表現出自己能保持清醒，做點實際的事。即使他父親向來滴酒未沾，他是不會讓比爾在自己喝醉之前先灌醉他的。

「帶一塊大山毛櫸來。」比爾說。他也在表現自己的想法很實際。

尼克拿著柴薪經過廚房進來，經過的時候撞翻廚房桌上的鍋子。他放下柴薪，撿起那個鍋子。它原本裝了水，浸著乾杏。他小心翼翼從地板上撿起所有杏子，將一些滾到爐子下的杏子放回盤子裡。他從桌旁的水桶舀了一些水，淋在上面。他感到相當自豪。他徹底做了實際的事。

他拿柴薪進去，比爾從椅子上起來，幫他把柴薪放到火堆上。

「這根柴很棒。」尼克說。

「我一直留著它等糟糕的天氣用，」比爾說。「這樣的柴薪可以燒整晚。」

「而且早上留下的木炭又可以生火。」尼克說。

「沒錯。」比爾同意。他們這是高水準的對話。

「我們再來喝別的。」尼克說。

「我想冷藏室有另一瓶已經開了。」比爾說。

他跪在冷藏室前面的角落，拿出一支方瓶的酒。

「蘇格蘭威士忌。」他說。

「我再去拿一點水。」尼克說。他再去了一次廚房。他用勺子將水罐裝滿，從桶子裡舀了噴泉水出來。他回客廳的路上，經過飯廳裡的一面鏡子，他看著鏡子。他的臉看起來很怪。他對鏡子裡的那張臉微笑，它也報以微笑。他對它眨眨眼，然後繼續走。那不是他的臉，可是也沒差。

比爾將酒倒進杯子裡。

「這一杯大得要命。」尼克說。

「對我們來說不會，威美治。」比爾說。

「我們要敬什麼？」尼克問，舉起杯子。

「我們敬釣魚。」比爾說。

「好，」尼克說。「各位，我提議我們來爲釣魚乾杯。」

「所有釣魚，」比爾說。「每個地方。」

「釣魚，」尼克說。「我們敬它。」

「比棒球好。」比爾說。

「沒有什麼好比較的，」尼克說。「我們到底怎麼會去討論棒球啊？」

「那是一個錯誤，」比爾說。「棒球是鄉巴佬的比賽。」

他們喝光各自杯子裡的酒。

「我們現在來敬卻斯特頓。」

「還有沃波爾。」尼克插嘴。

尼克倒酒出來。比爾倒水進去。他們看著彼此。他們感覺非常好。

「各位，」比爾說。「我提議我們來敬卻斯特頓和沃波爾。」

「就是這樣，各位。」尼克說。

他們喝酒。比爾爲杯子添滿酒。他們坐在火堆前的大椅子裡。

「你非常有智慧，威美治。」比爾說。

「什麼意思？」尼克問。

「斷了跟瑪瑪的那回事。」比爾說。

「我想是吧。」尼克說。

「只能這樣啊。如果你沒那樣做的話，現在你就在想努力存夠錢結婚了。」

尼克什麼也沒說。

「男人一旦結婚，絕對就完蛋了，」比爾繼續說。「他就沒有其他東西了。什麼也沒有。一樣該死的東西也沒有。他就這樣完了。你也見過已婚男人的樣子。」

尼克什麼也沒說。

「你可以認出他們，」比爾說。「他們有一種臃腫的已婚臉。他們就這樣完了。」

「沒錯。」尼克說。

「搞吹這件事可能不好，」比爾說。「可是你總會愛上別人，然後就沒事了。愛上她們，但不要讓她們毀了你。」

「對。」尼克說。

「如果你跟她結了婚，你就得娶那一整個家族。想想她媽，還有她嫁的那個男人吧。」

尼克點頭。

「你想像一下，他們隨時在家裡，星期天要去他們家吃晚餐，邀請他們來吃晚餐，還有她不斷叫瑪瑪要做什麼事，怎麼樣表現。」

尼克安靜地坐著。

「你脫身的方式很棒，」比爾說。「她現在可以跟她自己那種人結婚，安頓下來，開開心心。你不能混合油和水，你也同樣不能混合那種東西，就像我不能娶在史崔頓家工作的那個艾達。她可能也很想那樣呢。」

尼克什麼也沒說。他的酒意已經全部退了，留下他一個人。比爾不在那裡。他沒有坐在火堆前，明天也不會和比爾跟他爸去釣魚什麼的。他沒喝醉。這一切都消失了。他只知道自己曾經擁有過瑪喬利，但現在失去她了。她離開了，是他送走她。重要的只有這件事。他可能永遠再也看不到她了。他可能永遠不會去找她了。全部不見了，結束了。

「我們再喝一杯。」尼克說。

比爾倒酒出來。尼克潑了一點水進去。

「如果你變成那樣，我們現在就不會在這裡了。」比爾說。

這是眞的。他本來的計畫是回家去，找份工作。然後他計畫整個冬天待在沙勒沃伊，這樣就可以待在瑪瑪附近。他現在不知道自己要做什麼了。

「我們明天可能甚至不會去釣魚。」比爾說。「你這一步棋下得對，好極了。」

「我控制不了。」尼克說。

「我知道。這種事就是會變成這樣。」比爾說。

「突然之間，一切就結束了，」尼克說。「我不知道原因是什麼。我控制不了。就像現在來的三天暴風，把所有葉子都從樹上扯下來。」

「哎，這件事結束了。重點是這個。」比爾說。

「是我錯了。」尼克說。

「是誰的錯沒有差。」比爾說。

「對，我想沒差。」尼克說。

重要的是瑪喬利離開了，他可能再也不會見到她了。他對她說過他們要怎麼一起去義大利，然後會多開心。說過他們要一起去的地方。現在全部都消失了。有個東西離開了他。

「結束就好，就這點重要。」比爾說。「我告訴你，威美治，這件事發生的時候，我就很擔心。你的做法沒錯。我知道她媽氣炸了。她跟很多人說過你們訂婚了。」

「我們沒訂婚。」尼克說。

「大家都在傳你們訂婚了。」

「我控制不了，」尼克說。「我們沒訂婚。」

「你們不是打算結婚？」比爾問。

「對。可是我們沒訂婚。」尼克說。

「差別在哪？」比爾用審判的語氣問。

「我不知道。就不一樣。」

「我看不出來。」比爾說。

「好吧，」尼克說。「我們來喝個醉。」

「好，」比爾說。「我們來大醉一場。」

「我們喝個醉，然後去游泳。」尼克說。

他把自己杯中的酒喝光。

「我對她抱歉得要命，但我能怎麼辦？」他說。「你知道她媽是什麼樣子啊！」

「她好可怕。」比爾說。

「突然之間，就結束了，」尼克說。「我不該聊這件事。」

「你沒有，」比爾說。「是我在聊這件事，我現在說完了。我們甚至不用再提起這件事。你不要想這件事比較好。你可能又會栽回去。」

尼克沒想過這件事。這件事看來如此沒有轉寰餘地。這是一個主意。這讓他好過多了。

「對，」他說。「永遠都有這個危險。」

他現在快樂起來了。沒有任何事是不能取消的。他週六晚上說不定會去鎮上。今天是週四。

「永遠都有機會。」他說。

「你得注意好自己。」比爾說。

「我會注意好自己。」他說。

他覺得很快樂。沒有事情結束了。沒有事情消失過。他週六要進鎮裡去。他覺得輕鬆一些了，就像他在比爾開始講這件事之前一樣。事情永遠都有解決的方法。

「我們拿槍去岬角找你爸。」尼克說。

「好。」

比爾從牆上的架子拿下兩把獵槍。他打開一盒子彈。尼克穿上自己的格紋外套和鞋子。他的鞋子因為烤乾而僵硬。他仍然相當醉，但腦袋很清楚。

「你覺得怎樣？」尼克問。

「超棒的。只是剛才差點醉了。」比爾把毛衣的釦子扣起來。

「喝醉沒用啊。」

「對。我們應該到戶外去。」

他們從門口出去。風正吹得很狂。

「刮這種風，鳥會直接倒在草地上。」尼克說。

他們往下方的果園前進。

「我今天早上看到一隻山鷸。」比爾說。

「我們說不定會打到他。」尼克說。

「你在這種風裡沒法開槍。」比爾說。

在此時的外頭，瑪瑪的事情已經沒有那麼高的悲劇性了。甚至沒有非常重要。風把那樣的每件事都吹遠了。

「是直接從大湖那裡吹來的。」尼克說。

他們逆著風，聽見一聲獵槍的槍響。

「是我爸。」比爾說。「他在濕原那裡。」

「我們從那條路切過去。」尼克說。

「我們穿過比較低的草地，看會不會打到什麼東西。」比爾說。

「好。」尼克說。

現在沒有一件事重要了。風將它從他的腦中吹走。儘管如此，他永遠可以在週六夜晚到鎮上去。留著這個選項很不錯。

1 雙重賽（doubleheader），在同一天內由同樣兩隊對戰兩場比賽。

2 指紐約巨人隊（New York Giants），後於一九五七年遷至舊金山，成為舊金山巨人隊（San Francisco Giants）。

3 應指約翰・馬格羅（John Joseph McGraw），紐約巨人隊的傳奇教練，曾帶領巨人隊奪得十次國家聯盟冠軍和三次世界大賽冠軍。

4 應指海尼・齊默曼（Heinie Zimmerman），芝加哥小熊隊（Chicago Cubs）及紐約巨人隊的明星內野手。

5 齊默曼常任位置為內野手。

6 應指《理查・費佛拉的殘酷考驗》（The Ordeal of Richard Feverel），英國作家喬治・梅瑞狄斯（George Meredith）著。

7 《森林戀人》（Forest Lovers），英國作家莫里斯・修利特（Maurice Hewlett）著。

8 《剛毅》（Fortitude），英國作家休・沃波爾（Hugh Walpole）著。

9 見前註。

10 《黑暗森林》（The Dark Forest），同為沃波爾所著之長篇小說。

11 此處應指英國作家吉爾伯・基斯・卻斯特頓（Gilbert Keith Chesterton）。

12 此處應指沙勒沃伊（Charlevoix）。

13 《飛行旅店》（The Flying Inn），卻斯特頓所著之長篇小說。

夏天的人們

從荷頓灣鎮通向湖邊的那條礫石道路，半途有一座噴泉。水從路旁陷落的排水管中冒出來，從排水管破裂的邊緣外溢，經過生長濃密的薄荷，流進濕原，黑暗之中，尼克將一邊的手臂伸進噴泉，可是太冷了，手沒法這樣放著不動。他感到沙子像羽毛般從底部的泉眼噴向他的手指。尼克心想，眞希望我能把我整個人浸下去。我敢賭它會讓我很暢快。他將手抽出來，坐在馬路邊緣，這是一個炎熱的晚上。

他看得見賓恩家的白房子，它就在路彼端的樹林之間，屋椿立在水上。他不想到碼頭那裡去。大家都在那裡游泳。他不喜歡奧德加待在凱特旁邊。他看得到那輛車就在倉庫旁邊的路上。奧德加和凱特就在那裡。奧德加每次看凱特的時候，眼裡就有一種飢渴的感覺。奧德加什麼都不知道嗎？凱特永遠不會嫁給他的。她永遠不會嫁給沒有釣到她的人。而且如果誰想釣到她，她的心裡就會蜷縮起來，變得很頑固，然後溜走。他要釣她辦事就沒問題，不會讓她狠狠蜷縮起來與溜走，她會圓滑地展開、緩和、放鬆，簡單就能掌握。奧德加以爲是愛讓人們辦事。他的眼白很多，眼瞼邊緣發紅。她受不了他碰她。原因全出在他的眼睛。然後奧德加希望他們跟以前一樣做朋友。玩沙啊。堆泥巴。一起在船上旅行一整天。凱特總是穿著她的泳衣。奧德加總是看著她。

奧德加三十二歲，爲了精索靜脈腫開刀過兩次。他長得很醜，每個人可都中意他的臉了。奧德加永遠都搞不懂那回事，那回事對他卻比什麼都重要。他每年夏天都在這方面變得更糟。很可憐。奧德加這人好得要命。他對尼克比誰都好。尼克如果想要的話，現在就可以得到。尼克心想，如果奧德加知道這件事的話，他會自殺。不曉得他會怎麼自殺。他沒法想像奧德加死掉。他可能不會動手。不過依然有人去做。那不只是愛而已。奧德加以爲光有愛就行了。奧德加非常愛她，上帝知道，可是那件事要有喜歡、對身體的喜歡、介紹身體，還有說服、冒風險，絕對不要嚇到人，要假設對方想要，但永遠不問就動手，溫柔又喜愛，去製造喜愛感與快樂，用玩笑來讓對方不害怕。此外，之後要讓這件事過去，這不是去愛人。去愛令人害怕。他，尼可拉斯．亞當斯，可以擁有他想要的東西，因爲他心裡有某樣東西。也許留不久。也許他會失去它。他眞希望自己能夠把它給奧德加，或是告訴奧德加。可是你永遠沒辦法對任何人說任何事。尤其是奧德加。不，並非尤其是奧德加。任何人，任何地方都是。說話永遠都是他的重大錯誤。他因爲說話而搞砸過太多事了。不過你應該能爲普林斯頓、耶魯和哈佛的處男們做些什麼才對。爲什麼州立大學裡沒有處男呢？可能是因爲男女同校。他們在外面認識要結婚的女孩們，那些女孩一路幫助他們，然後嫁給他們。像奧德加、哈維、麥克和其他人，這些傢伙以後會變成什麼樣子呢？他不知道。他活得不夠久。他們是世界上最棒的人。他們會變成什麼樣子？他怎麼有辦法知道。

他只認識十年的人生，怎麼可能寫得跟哈代[1]與漢姆森[2]一樣。他沒辦法。等到他五十歲再說吧。

他在黑暗中跪下來，就著噴泉喝了一口水。他覺得很好。他知道自己會成爲一位偉大的作家。他有知識，他們動不了他。沒人可以。只是他的知識不夠多。這一點也會解決的。他知道。水很冷，讓他的眼睛痛。他吞了太大一口。就像冰淇淋一樣。把鼻子埋在水裡喝水就是這樣。他最好去游泳。思考沒有用。一起了頭就沒完沒了。他走在路上，經過左手邊的汽車與大倉庫，倉庫裡的蘋果和馬鈴薯，到了秋天就要上船去。他經過賓恩家漆成白色的屋子，他們有時會在這裡的硬木地板上，就著提燈翩翩起舞。他走到碼頭上，去他們游泳的地方。

他們都在碼頭末端的附近游泳。尼克沿著位於水面高處的粗糙木板走去時，聽見長長跳板發出兩下踩踏聲與一次水花潑濺聲。下方木樁間出現大量水花。一定是阿基，他心想。然而凱特像一頭海豹般鑽出水面，攀著梯子爬上來。

「是威美治，」她對其他人喊。「過來啊，威美治。很好玩喔。」

「嗨，威美治，」奧德加說。「天啊，棒呆了。」

「威美治在哪裡？」是阿基的聲音，他在遠處游。

「威美治這個人不游泳嗎？」比爾的聲音在水上顯得非常深與低沉。

尼克覺得很好，讓人這樣對你喊是很好玩的事。他踩掉自己的帆布鞋，脫掉自己的上衣，脫下自己的褲子。他的赤腳踏著碼頭上滿是沙子的木板。他非常快地從跳板的彎曲板身跑出去，腳趾蹬了跳板的末端，繃緊身體，進入水裡，又流暢又深，不假思索就完成跳水。他跳起來的時候，深深吸氣，現在繼續不斷地潛進水中，保持背部弓起，雙腳打直，拖在後方。接著他來到水面上，臉朝下漂浮著。他翻過身，睜開眼睛。他一點也不想游泳，只想跳水與待在水裡。

「威美治，怎麼樣？」阿基就在他後方。

「跟尿一樣溫。」尼克說。

他深吸一口氣，雙手抓住自己的腳踝，膝蓋抵著下巴，緩慢地沉進水裡。頂部是溫暖的，可是他迅速落進寒冷的水中，然後是冰冷的部分。他接近底部，感到相當冰冷。尼克輕輕漂到底部，那裡是泥灰岩質，他鬆開腳趾，使勁蹬了底部，回到水面上，但腳趾覺得很不舒服。從水裡進入黑暗的感覺很怪。尼克停在水裡，幾乎不打水，覺得很舒適。奧德加和凱特一起在碼頭上聊天。

「卡爾，你在有磷光的海裡游泳過嗎？」

「沒有。」奧德加對凱特說話的聲音不自然。

那樣我們就可以用全身來擦燃火柴了，尼克想。他深吸一口氣，抬高膝蓋，緊緊併攏，沉了下去，這次睜著雙眼。他緩慢沉落，首先往一側下沉，接著變頭下腳上地下沉，這可不妙。他在黑暗中的水裡看不到東西。他第一次潛進來時，保持雙眼閉上，那是對的。那樣的反應很妙。不過不總是對的。他沒有一路下沉，而是打直身體，向上游到寒冷的水中，持續游在溫暖的水表之下，在下層的水裡游泳太有趣，普通的游泳則是太沒有眞實樂趣，這件事很妙，不過在海洋的表面游泳很好玩。那是浮力的緣故。不過會有鹽水的味道，讓你口渴。新鮮的水比較好。就像炎熱夜晚中的這裡。他浮起來，到碼頭的保護緣下呼吸，爬上梯子。

「噢，跳水嘛，威美治，好不好？」凱特說。「跳個厲害的。」他們一起坐在碼頭上，背靠著其中一根大木樁。

「跳個沒聲音的，威美治。」奧德加說。

「好吧。」

尼克滴著水，走到跳板上，回想跳水的方法。奧德加和凱特看著他，他在黑暗中呈現黑色的形影，站在跳板的末端，平衡，然後依照看海獺學來的方式跳下水。尼克在水中轉身浮向水面上，心想，天啊，如果我可以跟凱特一起待在這裡就好了。他衝到水面上，感覺眼裡與耳裡都是水。他一定是已經開始呼吸了。

「完美。完美到極點。」凱特在碼頭上喊。

尼克從梯子上來。

「男的去哪了？」他問。

「他們到很遠的灣裡去游泳了。」奧德加說。

尼克躺在碼頭上，就在凱特與奧德加旁邊。他聽得見阿基和比爾在黑暗中的遠處游泳。

「你是最厲害的跳水好手，威美治。」凱特說，用一隻腳碰碰他的背。尼克的身體在碰觸下緊繃起來。

「沒有。」他說。

「你是奇才，威美治。」奧德加說。

「不是。」尼克說。他在思考，思考與別人一同待在水下可不可行，他可以屏住呼吸三分鐘，待在底部的沙子上，然後他們可以一起浮上來，吸一口氣再下沉，如果你知道方法的話，要沉下去就很簡單。他有一次在水裡喝了一瓶牛奶，剝皮吃了一條香蕉，就爲了炫耀給別人看，但那要有重量讓他待在底下才行，如果底部有個環，有他可以穿過手臂的東西，那他就一定可以完成。天啊，那是什麼狀況，你永遠不可能帶女生一起做這件事，女生熬不過去，她會吞下水，凱特會溺水，因爲凱特在水裡其實一點也不強，他眞希望有那樣的女生存在啊，也許他會交一個那樣的女友，也許永遠不會，畢竟除了他以外，沒有任何人在水底下是那個樣子。游泳選手喔，去死吧，游泳選手是一群粗魯的傢伙，除了他，沒人瞭解水性，艾凡斯頓有個傢伙可以屏住呼吸六分鐘，但他是瘋子。他希望眞是一條魚，可他不是。他笑了出來。

「威美治，你在笑什麼？」奧德加用他低沉嘶啞、靠近凱特就會出現的聲音說。

「眞希望我是一條魚。」尼克說。

「還滿好笑的。」奧德加說。

「對。」尼克說。

「少耍笨，威美治。」凱特說。

「博斯登，你想當魚嗎？」他說，頭靠在木板上躺著，背對他們。

「不想，」凱特說。「今天晚上不想。」

尼克將背部用力抵著她的腳。

「奧德加，你想當什麼動物？」尼克說。

「約翰．摩根[3]。」奧德加說。

「不賴呀，奧德加。」凱特說。尼克覺得奧德加在發光。

「我想當威美治。」凱特說。

「你永遠可以當威美治太太啊。」奧德加說。

「不會有什麼威美治太太。」尼克說。他繃緊了背部的肌肉。凱特伸著雙腿，抵著他的背，就像把腿放在火堆前的圓木上休息。

「不要說太死。」奧德加說。

「我非常肯定，」尼克說。「我要跟美人魚結婚。」

「那她就是威美治太太啊。」凱特說。

「不會，她不會是，」尼克說。「我不會讓她當。」

「你要怎麼阻止她？」

「我一定可以阻止她。她試試看就對了。」

「美人魚不會結婚。」凱特說。

「對我來說沒問題。」尼克說。

「曼恩法案[4]會把你判刑。」奧德加說。

「我們會待在禁酒的四哩外，」尼克說。「從私酒販子那裡弄到食物。你可以弄一套潛水服來看我們，奧德加。博斯登想來的話，就帶她來。我們每個星期四的下午都在家。」

「我們明天要做什麼？」奧德加說，他的聲音變得嘶啞，他又靠近凱特了。

「噢，去他的，我們不要聊明天，」尼克說。「我們就討論我的美人魚。」

「我們聊完你的美人魚了。」

「好吧，」尼克說。「你和奧德加繼續講話。我要想她。」

「你很猥褻，威美治。猥褻到讓人噁心。」

「我才沒有。我是誠實。」然後他閉著眼睛躺著說。「不要吵我。我在想她。」

他躺在那裡想自己的美人魚，同時凱特的腳背壓著他的背部，她和奧德加說著話。

奧德加和凱特在講話，但他沒聽到他們的聲音。他躺著，不再思考，相當開心。

比爾和阿基從遠處岸邊冒出水來，在灘岸上走向汽車，然後倒車回到碼頭上。尼克站起來，穿上衣服。比爾和阿基坐前座，因為長泳，他們都累了。尼克進了後座，跟凱特與奧德加一起坐。他們靠著椅背。比爾開著車轟隆上了山丘，轉向主要道路。尼克在主要道路上，看得到其他汽車的燈光出現在前方，消失在眼前，接著上山時刺眼到看不見，靠近時閃爍著，然後在比爾開車經過的時候黯淡下來。道路高於所沿的湖岸。駛離沙勒沃伊的大車上，司機載著有錢的懶漢，出現，然後經過，霸占道路，沒有暗燈。他們像鐵路火車一樣經過。比爾向路邊樹林裡的汽車閃了閃車頭燈，裡面的人改變了姿勢。沒有車從後方超過比爾，雖然後方出現了一個車頭燈，在他們的後腦杓晃動了一段時間，但比爾甩開了。比爾減慢速度，然後突然轉進一條沙質道路，這條路經過果園，通向農莊。車子以低速檔穩穩地向上經過果園。凱特將嘴唇貼近尼克的耳朵。

「大約一小時後，威美治。」她說。尼克將一邊大腿使勁抵著她的大腿。車子在果園上方的山丘頂部轉了圈，停在農莊門口。

「阿姨睡著了。我們最好別出聲。」凱特說。

「晚安，各位，」比爾小聲說。「我們早上會過來。」

「晚安，史密斯，」阿基小聲說。「晚安，博斯登。」

「晚安，阿基。」凱特說。

奧德加要留在農莊。

「晚安，各位，」尼克說。「再見，（德語）明天見。」

「晚安，威美治。」奧德加在門廊上說。

尼克和阿基順著路走進果園。尼克伸出手，從其中一棵公爵樹上摘了一顆蘋果下來。它還是綠的，但他咬了一口，吮吸酸溜的汁液，把果肉吐了。

「你和那隻大鳥游了長泳，阿基。」他說。

「沒多遠，威美治。」阿基回答。

他們從果園出來，經過郵筒，走上堅實的州立高速公路。道路越過溪水的山谷處，有一團寒冷的霧。尼克停在橋上。

「快啊，威美治。」阿基說。

「好。」尼克答應。

他們上了山丘，上了道路轉進小樹林的地方，那片小樹林就在教堂附近。他們經過的所有房子都沒有燈光。荷頓灣睡了。沒有汽車經過。

「我還不想上床睡覺。」尼克說。

「想要我陪你走走嗎？」

「不用，阿基。不麻煩你了。」

「好吧。」

「我跟你走到小屋那裡。」尼克說。他們解開紗門，走進廚房。尼克打開了食物櫃，到處看看。

「阿基，想來一點這個嗎？」他說。

「我要一塊派。」阿基說。

「我也是。」尼克說。他從冰箱上面拿了油紙，裹了一些炸雞和兩塊櫻桃派。

「我帶這個走。」他說。阿基配著水桶舀出的一整杓水，吃下自己的派。

「如果你想讀個東西，阿基，去我房間拿。」尼克說。阿基一直盯著尼克裹起來的便餐。

「別他媽的耍笨，威美治。」他說。

「沒事啦，阿基。」

「好吧。反正你別他媽的耍笨。」阿基說。他打開紗門出去，越過草地到小屋那裡。

尼克關上燈出門，將紗門關上鉤好。他將便餐裹在報紙裡，越過潮濕的草地，爬過欄杆，走上大榆樹林底下那條路，穿越鎮上，經過幾個交叉路口的最後一群鄉村免費投遞郵筒，上了沙勒沃伊的高速公路。過溪之後，他抄近路穿越田野，那片野地繞著果園的邊，他持續走在那片地的外緣，然後爬上圍欄，進了小林地。小林地的中央，有四棵鐵杉彼此長得很近。地面因爲松針而顯得柔軟，沒有露水。這片小林地從來沒被砍伐過，林地表層乾燥溫暖，沒有灌木叢。尼克將便餐的包裹放在其中一棵鐵杉的根處，躺下來等待。他看見凱特在黑暗中從樹林間冒出來，但他沒有移動。她沒看到他，站了一下，手裡抱著兩條毯子。在黑暗裡，她看起來就像懷了巨大的孩子。尼克嚇了一跳。然後爲這景象感到好笑起來。

「哈囉，博斯登。」他說。她的兩條毯子掉下來。

「噢，威美治。你不該這樣嚇我。我很怕你沒來。」

「親愛的博斯登。」尼克說。他將她抱緊，感覺倒她的身體貼著他的身體，整個可愛的身體都貼著他的身體。她靠緊了他。

「我好愛你，威美治。」

「親愛的、親愛的小博斯登。」尼克說。

他們展開毯子，凱特將它們攤平。

「帶毯子來危險得要命。」凱特說。

「我知道，」尼克說。「我們來脫衣服吧。」

「噢，威美治。」

「這樣更好玩啊。」他們坐在毯子上脫衣服。這樣坐在這裡，尼克有一點窘迫。

「威美治，你喜歡不穿衣服的我嗎？」

「天啊，我們進去吧。」尼克說。他們躺在粗糙的毯子間。他追求的就是火熱地貼著她冰涼的身體，這樣就舒服了。

「舒服嗎？」

凱特一再要求答案。

「好不好玩？」

「噢，威美治。我就是想要這樣。我需要這樣。」

他們一起躺在毯子間。威美治將頭滑下去，鼻子沿著脖子的輪廓碰觸，然後往下滑到她的雙乳間。這裡感覺就像鋼琴鍵。

「你聞起來好涼。」他說。

他用嘴唇輕輕碰了碰她其中一邊的小小乳房。它在他的唇間活了起來，他的舌頭掠著它。他覺得那整個感覺又回來了，他將雙手滑下，挪動凱特。他滑下去，她親近地貼合著他。她緊緊貼近他腹部的曲線。她在這個位置覺得美妙極了。他有一點笨拙地摸索著，然後找到了。他將雙手放在她的乳房上，將她抱向他。尼克猛烈地親吻她的背部。凱特的頭向前垂著。

「這樣好嗎？」他說。

「我好愛。我好愛。我好愛。噢，來吧，威美治。拜託你來吧。來吧，來吧。拜託，威美治。拜託，拜託，威美治。」

「那就來囉。」尼克說。

他突然意識到毯子粗糙地磨著自己赤裸的身體。

「威美治，是我不好嗎？」凱特說。

「沒有，你很好。」尼克說。他的心思轉得非常冷靜與清晰。他看每件事都非常銳利與清晰。「我餓了。」他說。

「真希望我們可以整晚睡在這裡。」凱特依偎著他。

「那一定很棒，」尼克說。「可是我們不能。你得回去屋子那裡。」

「我不想走。」凱特說。

尼克站起來，一點風吹著他的身體。他穿起上衣，很高興自己穿上衣服了。他穿上自己的褲子和鞋子。

「你得穿衣服，史道特。」他說。她躺在那裡，毯子已經拉上來蓋住了頭。

「等我一下。」她說。尼克從鐵杉旁邊拿了便餐。他打開它。

「快點，穿衣服，史道特。」他說。

「我不想，」凱特說。「我要整晚睡在這裡。」她在毯子裡坐起來。「把那些東西遞給我，威美治。」

尼克把衣服給她。

「我剛才想到，」凱特說。「如果我睡在這裡，他們只會覺得我是笨蛋，居然拿毯子到這裡來，不會怎樣。」

「你會不舒服。」尼克說。

「如果我不舒服，我就進去。」

「我們先吃，然後我就得走了。」尼克說。

「我穿一下衣服。」凱特說。

他們一起坐著，吃炸雞，兩人各吃了一塊櫻桃派。

尼克站起來，然後跪下來親了凱特。

他經過潮濕的草地，到小屋去，上樓回到自己的房間，走路小心翼翼，不發出嘎吱聲，待在床上感覺很好，有床單，全身伸直了，他將頭埋進枕頭裡。在床上眞好，舒服、開心，明天要去釣魚，他祈禱，用他每一次記得起來就祈禱的方式，爲家人祈禱，爲自己祈禱，祈禱自己成爲一位偉大的作家，爲凱特祈禱，爲那些人，爲奧德加，爲好好釣魚，可憐的小奧德加啊，可憐的小奧德加，就睡在小屋那裡，也許沒睡，也許整個晚上都沒睡。可是你依然無計可施，什麼辦法也沒有[5]。

1 可能係指湯瑪斯·哈代（Thomas Hardy），英國作家。

2 可能係指克努·漢姆森（Knut Hamsun），挪威作家，曾獲得諾貝爾文學獎。

3 約翰·摩根（J. P. Morgan），美國著名銀行家。

4 曼恩法案（The Mann Act），美國聯邦法案，主要立意是制止強迫性奴役女性，但最常被運用在起訴男子與未成年女性發生性關係。因此奧德加以此法案揶揄尼克。

5 本篇故事的人物：比爾、凱特、阿基、奧德加，均是海明威年輕時期認識的朋友，在篇中隱去了眞實姓氏，以綽號名之，所以如凱特便有「博斯登」、「史道特」……等不同稱呼。比爾被暱稱爲「大鳥」（the Bird），本名比爾·史密斯（Bill Smith）。

COMPANY OF

TWO

兩人　　世界

結婚日

他游過泳，走上山丘以後，就在水盆洗自己的腳。房裡很熱，德區和魯門都神色緊張地站在旁邊。尼克從鏡櫃裡拿出一套乾淨的內衣、乾淨的絲質襪子、新的襪帶，以及一件白色的有領襯衫，穿上它們。他站在鏡子前面打領帶。德區和魯門讓他想起拳擊賽和足球賽開始前的更衣間。他享受他們的緊繃。他想知道，如果自己就要被吊死，會不會也是這種情景。可能是。他永遠無法事先瞭解任何事。德區出去拿螺絲錐，然後回來開瓶。

「好好喝一口，德區。」

「你先請啊，史登。」

「不啊。管他的。就喝吧。」

德區喝了滿滿一大口。尼克對那一口的份量很不滿。畢竟這是僅有的一瓶威士忌。德區將瓶子給他。他遞給魯門。魯門喝了一口，但沒有德區喝得那麼多。

「好了，史登，老小子。」他將瓶子遞給尼克。

尼克喝了幾口。他愛威士忌。尼克穿上褲子。他完全沒在思考。飢渴比爾、藝術邁耶和阿基都在樓上更衣。他們應該喝點酒。天啊，居然只有一瓶。

婚禮結束後，他們鑽進約翰·科泰斯基的福特汽車，開上往湖邊去的山丘道路。尼克付約翰・科泰斯基五美元，科泰斯基幫他提袋子到手划船上。他們各自與科泰斯基握握手，他就開著福特回路上去了。他們到了很久之後，都仍聽到它的聲音。父親爲他將船槳藏在冰庫後方的李樹林裡，但尼克在那裡找不到，海倫在船那邊等著他。最後他終於找到槳，將它們帶到岸邊。

在黑暗中划越湖面，花了很久的時間。這晚上炎熱又令人沮喪。他們都沒說多少話。有幾個人毀了婚禮。他們靠近岸邊時，尼克努力划船，將船衝到沙灘上。他將船停好，海倫踏出船來。尼克親吻她。她激烈地回吻他，就用他教她的方式，稍微張著嘴，讓舌頭可以彼此嬉戲。他們緊緊抱著彼此，然後走到小屋去。這段路又黑暗又長。尼克解開門，然後回到船上去拿袋子。他點燃幾盞油燈，兩人一起徹底地檢查小屋。

關於寫作

越來越熱了，太陽灼熱地曬著他的頸部後方。尼克捕到了一尾好鱒魚。他不想捕很多鱒魚。現在溪流既淺又廣。兩岸沿邊都有樹林。午前的陽光，讓左岸的樹林在水流上製造了短短的陰影。尼克知道每個陰影裡都有鱒魚。他和比爾．史密斯在某個炎熱的一天，在黑河發現了這件事。下午時，太陽向山丘移動之後，鱒魚就會在溪流另一側的冷涼陰影中。

最大隻的魚會在接近岸邊的地方。你永遠可以在黑河的岸邊捕到他們。這是比爾和他的發現。太陽下山之後，他們全移向水流中。太陽下山前，當陽光讓水面變得刺眼的時刻，你可以在水流的任何一處遇上大鱒魚。可那時幾乎不可能釣魚，水面刺眼得像太陽下的鏡子。你當然可以去上游釣魚，可是像黑河或這一條水流的地方，你得艱難地逆水上行，深水處的水會湧到你身上。在上游釣魚沒有樂趣可言，雖然所有書都說這是唯一的方法。

所有的書。他和比爾以前跟書曾度過快樂的日子。書全始於虛假的前提。像是獵狐狸。比爾．柏德在巴黎的牙醫說，在假蠅釣裡，你在和魚鬥智。我總是這樣認爲，以斯拉說。這個笑話不錯。有很多事都是笑話，美國人認爲鬥牛是一個笑話。以斯拉認爲釣魚是一個笑話。很多人認爲詩是笑話。英國人是笑話。

在潘普羅納[1]的時候，那些人將我們從安全壁推到公牛面前，就因爲他們以爲我們是法國人，記得嗎？比爾的牙醫，他對釣魚的想法，也殊途同歸地糟糕。這裡說的是比爾·柏德。比爾一度代表比爾·史密斯。現在代表比爾·柏德。比爾·柏德目前人在巴黎。[2]

他結婚的時候，失去了比爾·史密斯、奧德加、阿基，所有老夥伴。因爲他們是處男？阿基絕對不是。不是，他失去他們，是因爲他藉著結婚，承認有別的事比釣魚重要。

這是他一手造成的。比爾在他們認識之前，從來沒釣過魚。他們一起去每個地方。黑河、鱒魚溪、松林砂地、北明尼，那些小溪。關於釣魚的大多事，是他和比爾一起發現的。他們在田裡工作，釣魚，六月到九月在樹林裡進行長長的旅行。比爾總是在每年春天辭掉工作。他也是。以斯拉覺得釣魚是笑話。

比爾原諒他在他們認識之前就釣過魚。他原諒他去過那些河。他非常爲他們自豪。就像一個女孩之於其他女孩一樣。如果是出現在之前，那就不重要。可是之後就不一樣了。

他猜，這就是他失去他們的原因。

他們都和釣魚結婚了。以斯拉認爲釣魚是笑話。大多數人也這樣認爲。他娶海倫之前，就娶了它。眞的跟它結婚了。完全不是笑話。

所以他失去了他們所有人。海倫認爲是他們不喜歡她。

尼克坐在一顆陰影裡的圓石上，將自己的袋子垂進河裡。水在圓石的兩邊都打著漩。

陰影下很涼。樹林邊緣下的河岸屬於沙質。沙裡有水貂的足跡。

他不如離開炎熱的地方。石頭又乾又冷。他坐著，讓水流出靴子，從石頭的一側流下。

海倫認爲是他們不喜歡她。她眞的這樣覺得。天啊，他記得自己過去對於人們結婚所抱持的恐懼。那很好笑。可能是因爲他總是跟較年長的人往來，那些不結婚的人。

奧德加一直想娶凱特。凱特總是不想嫁給任何人。她和奧德加總是在吵這件事，可是奧德加不想要別人，凱特則是誰都不想要。她想要他們做好朋友就好，奧德加也想做朋友，兩人努力做朋友，一直很受折磨，又吵個不停。

是夫人[3]植下這一切禁慾主義。阿基跟克利夫蘭妓女戶的女孩出去，但他也有這種思想。尼克也有過這種思想。這一切如此虛假。你讓這個虛假的理想注入腦袋，就依循著它過生活。

所有的愛都給了釣魚和夏天。

他愛它勝過一切。他愛跟比爾在秋天挖馬鈴薯，做長途汽車旅行，水灣釣魚，熱天在吊床上讀書，在碼頭附近游泳，在沙勒沃伊和佩托斯基打棒球，在荷頓灣生活，有夫人的料理，她對待僕役的方式，在餐廳一邊吃飯，一邊眺望窗外，目光越過漫長的土地和岬角，看向湖水，與她交談，與比爾他老爸喝酒，遠離農田去進行釣魚之旅，光是遊手好閒。

他愛那個長長的夏天，他總是在八月一日來臨時覺得不舒服，發現再過四週，鱒魚的季節就結束了。他現在有時在夢裡也會那樣。他會夢到夏天幾乎要過了，自己還沒有去釣魚。這會讓他在夢裡不適，好像在坐牢。

那些山丘在沃倫湖的末端，湖上的風暴捲到汽艇，握著一把雨傘，蓋著引擎，不讓波浪潑到火星塞，抽水出去，在大風暴中駕著船、繞著湖，去送蔬菜，爬上去，滑下來，波浪跟在後面，從湖的末端過來，載著防水布遮蓋的雜貨、信件和芝加哥報，坐在上面讓它們不被弄濕，狀況惡劣到無法靠岸，在火堆前烘乾，他赤腳去拿牛奶時，鐵杉林裡有風，腳下是潮濕的松針。黎明起床，划船越過湖面，在雨後徒步越過山丘，去荷頓溪釣魚。

荷頓總是需要一場雨。舒爾茲下雨就沒什麼好處，泥巴奔流、溢出，氾濫在草地上。水流變成這樣的時候，人要去哪找鱒魚？

就在一頭公牛追他，逼得他翻過柵欄的地方，他失去裝著所有魚鉤的小匣子。如果他當時擁有自己現在對公牛的知識就好了。麥拉[4]和艾拉加賓諾[5]現在在哪裡？八月在瓦倫西亞、桑坦德的賽事，聖賽巴斯提恩那些差勁的戰鬥。桑切茲．墨西亞斯[6]殺了六頭公牛。鬥牛報紙的語句老是如此不斷進入他的腦中，直到他不得不停止讀這些報紙。繆拉公牛[7]的鬥牛賽啊。儘管他的自然通行[8]是惡名昭彰的差勁。安達魯西亞的菁英。（西語）「痞子」奇克林、「地震」胡安、「回歸者」特雷莫托[9]？

麥拉的小弟現在是鬥牛士。後來就是這樣。

他的全部內心生活，一整年都是在鬥牛。秦克臉色蒼白，馬匹令他痛苦。唐就從來不在意他們，他說。「接著突然之間，我知道我要愛上鬥牛了。」一定是因爲麥拉。麥拉是他認識過最偉大的人。秦克也明白。他在奔牛節到處跟著他。

尼克是麥拉的朋友，麥拉從門口上方的八十七號包廂對他們揮手，等到海倫看見他，他又揮揮手，海倫崇拜他，包廂裡有三個鬥牛助手，其他所有助手都在包廂正前方幹活，之前與之後都會抬頭起來揮手，他對海倫說，助手只會爲彼此工作，這當然是眞的。那是他見過最棒的一次刺牛，包廂裡那三位戴著科多巴帽的助手，每看到出色的一擊就點點頭，其他助手向他們揮手，然後幹活。就像葡萄牙人上場的那一次，一位老助手一邊趴在安全壁上，將自己的帽子扔進場內，一邊觀看年輕的達·維加。那是他見過最悲傷的事。成爲鬥牛場上的騎士，就是這位肥胖助手的夢想。天啊，那個達·維加小子的騎術多厲害。那就是騎術。在電影裡可表現得不如何。

那些電影毀了一切。就像在談什麼好東西一樣。就是它讓戰爭變得不眞實。談得太多了。談任何事都不好。寫任何眞事都不好。永遠會扼殺那件事。

唯一有益的寫作就是你虛構的東西，你想像出來的東西。這會讓所有事情成眞。就像他寫〈我老爸〉[10]的時候，他從來沒見過騎師被摔死，但在下一週裡，喬治·帕佛曼[11]死在那一次跳欄，景象就是那樣。他寫過的每一個好東西都是虛構的。從來沒有一件事發生過。其他事情發生過。也許是更好的事。家人就是無法瞭解這一點。他們以為那全來自於經驗。

這就是喬伊斯[12]的弱點。《尤利西斯》裡的迪達勒斯就是喬伊斯本人，所以他糟透了。喬伊斯如此天殺的浪漫至極，又充滿智慧。他虛構了布魯姆，布魯姆就很棒。他虛構了布魯姆太太。她是全世界最棒的。

邁克[13]就是這樣。邁克寫得太接近生活了。你得吸收生活，然後創造自己的人物。不過邁克是有料的人。

故事裡的尼克從來不是他自己。他虛構了他。他當然從來沒看過印地安女人生小孩。那是它成為一個好故事的原因。沒人知道這件事。他在通往卡拉嘎奇的路上見過一個女人生小孩，試圖幫助她。實情如此。

他眞希望自己永遠可以那樣寫作。他有時可以。他想成為一位偉大的作家。他相當確定自己會成為偉大的作家。他從很多途徑明白這件事。無論如何，他會的。不過很難。

如果你愛世界，愛住在其中，愛特別的人，就很難成為一位偉大的作家。你愛許多地方的時候就很難。那樣你會健健康康，感覺良好，快快樂樂，管他去死。

海倫不舒服的時候，他的工作狀態總是最好。那麼多的不愉快和摩擦就夠了。然後你有幾次必須寫。不是出於道義。只是在蠕動而已。接著你有時覺得自己好像永遠沒法寫了，可是過一陣子，你遲早會知道，自己會寫出新的好故事。

那的確比任何事情都更有趣。這是你做這件事的眞實原因。他之前從沒瞭解過這件事。這不是道義。原因僅在它是最龐大的逸樂。它比其他事情更刺激。要寫好也是難斃了。

訣竅有很多。

如果你用那些訣竅，要寫就很簡單。每個人都用它們。喬伊斯發明了上百個新訣竅。就因爲它們是新的，不代表它們就會比較好。它們會全部成爲陳腔濫調。

他希望自己寫作就像塞尙畫畫一樣。

塞尙就開始於那些訣竅。然後他打破了一切，創造出眞實的東西。要這樣做難得要命。他是最偉大的。永遠都是最偉大的。這不是狂熱崇拜。他，尼克，他想寫鄉土的事，讓成果會像塞尙在畫畫的成就一樣。你得從你的內心去做這件事。這沒有任何技巧。從來沒人像那樣寫過鄉土。它幾乎讓他神聖以對。這件事完全嚴肅。如果你奮戰到底，你就辦得到。倘若你眼見爲憑地生活。

這是你不能討論的事。他要努力下去，直到成功爲止。也許永遠不會成功，但他接近的話，他會知道。這是一件艱難的事。也許要花上他一輩子。

要處理人物是易事。所有聰明的事物都很簡單。這個時代有摩天大樓般的藝術家，卡明斯[14]聰明的時候，就是用自動寫作，可《巨大的房間》不是，那是一本書，是最偉大的書之一。卡明斯很努力去寫。

還有其他人嗎？年輕的亞施[15]有料，但你不確定。猶太人很快就變差了。他們一開始都很不錯。邁克有料。唐·史都華[16]僅次於卡明斯。有時會表現在哈達克斯夫婦[17]身上。林·拉德納[18]或許也是。非常有可能。像舍伍德[19]那樣的老傢伙。像德萊塞[20]那樣更老的傢伙。還有其他人嗎？也許有年輕人。偉大的無名之人。不過從來沒有什麼無名作家可言。

他們的目標與他的不同。

他能辨別塞尚的作品。在葛楚·史坦[21]家的畫像。如果他哪時表現對了，她會知道。盧森堡[22]那兩幅好作品，他在伯漢[23]的借貸展每天看到的那些作品。正在脫衣服要去游泳的軍人，樹林間的房子，其中一棵樹後有一間房子，不是深紅色的那一間，是深紅色的另外一間。男孩的畫像。塞尚也能處理人物。可是這比較簡單，他用自己從鄉間獲得的東西來處理人物。尼克也可以這樣做。人物很簡單。沒人知道他們的任何事。如果聽起來不錯，他們就會相信你的話了。他們就相信了喬伊斯的話。

他完全知道塞尚會怎麼畫這個河段。天啊，如果他正在這裡畫就好了。他們死了，真是要命。他們終生努力，然後變老，死去。

尼克知道塞尚會怎麼畫這個河段與濕原，他站起來，走進河流中。水又冷又真確。他涉水過河，在畫面中移動。他跪在岸邊的石礫上，將手伸進放鱒魚的袋子裡。他之前將它從淺灘上拖過來，現在它就躺在河裡。那老小子還活著。尼克打開袋口，將那尾鱒魚溜進淺淺的水中，看著他經過淺灘游走，背部離開水面，鑽過石頭之間，朝深深的水流而去。

「他大到沒法吃啊，」尼克說。「我去營地前面捕幾條小魚當晚餐。」

他爬上河岸，捲收了線，動身穿越矮林。他吃了一個三明治，他很趕，魚竿礙著他了。他沒在思考。他將某樣東西存於腦中。他想回到營地去，開始幹活。

他穿過矮林，將魚竿緊抓在身側。魚線勾到一根枝幹。尼克停下來，弄斷前導線，把線捲起來。他現在將魚竿伸在前方抓著，輕鬆穿越了矮林。

他看到前面有一隻兔子，筋疲力盡地待在小徑上。他不情願地停下來。那隻兔子幾乎沒在呼吸。兔子的頭上有兩隻蜱，兩邊耳朵後面各有一隻。他們是灰色的，因血而繃得緊緊的，大得跟葡萄一樣。尼克將他們拔下來。他們的頭極小且硬，腳動來動去。他把它們放到小徑上踩。

尼克把兔子撿起來，牠沒有生氣，鈕釦般的眼睛呆滯，他將牠放到小徑旁的一叢香蕨木底下。他放下牠的時候，感覺到牠的心臟在跳。兔子安靜地躺在樹叢底下。也許會醒來吧，尼克心想。那些蜱可能是在牠蹲在草地的時候貼上去的。也許發生之前，牠仍在空地蹦蹦跳跳。他不知道。他繼續沿著小徑走向營地。他將某樣東西存於腦中。

1 潘普羅納（Pamplona），西班牙北部城鎮，以「奔牛節」著名。

2 比爾·柏德（Bill Bird，原名William Augustus Bird），海明威的記者朋友，曾旅居法國、西班牙。比爾·史密斯（Bill Smith）則爲海明威兒時友人，詳見〈夏天的人們〉。

3 應指現實生活中比爾與凱特兄妹的親戚，在他們的母親過世後，一直代爲照顧他們。

4 麥拉（Maera）應指曼紐·加西亞·洛佩茲（Manuel García López），西班牙人，著名鬥牛士。

5 艾拉加賓諾（Algabeno）應指荷西·加西亞·剛倫薩（Jose Garcia Carranza），西班牙人，著名鬥牛士。

6 應指伊納修·桑切茲·墨西亞斯（Ignacio Sanchez Mejias），西班牙人，著名鬥牛士。

7 繆拉（Miura），西班牙鬥牛品種。

8 自然通行（pase natural），指鬥牛士將紅布持於左側，讓鬥牛由他的左側衝過。

9 原文：Chiquelín el camelista. Juan Terremoto. Belmonte Vuelve? 推測應爲鬥牛士的綽號。

10 〈我老爸〉（My Old Man），海明威的短篇小說之一。

11 喬治·帕佛曼（Georges Parfrement），法國騎師。

12 詹姆斯·喬伊斯（James Joyce），愛爾蘭作家，著有經典小說《尤利西斯》（Ulysses）。

13 可能係指羅伯·曼西斯·麥康曼（Robert Menzies McAlmon），美國作家及出版商。

14 E·E·卡明斯（E.E.Cummings），美國作家及畫家，著有小說《巨大的房間》（The Enormous Room）。

15 可能係指波蘭裔猶太作家納森·亞施（Nathan Asch）。

16 唐·史都華（Don Stewart），美國作家及編劇。

17 哈達克斯夫婦（the Haddocks），史都華的筆下人物，出現於小說《哈達克斯夫婦出國去》

（Mr. and Mrs. Haddock Abroad）。

18 林·拉德納（Ring Lardner），美國作家及體育專欄作家。

19 應指舍伍德·安德森（Sherwood Anderson），美國作家。

20 應指席奧多·德萊塞（Theodore Dreiser），美國作家。

21 葛楚·史坦（Gertrude Stein），美國作家。

22 可能係指盧森堡宮（Luxembourg Palace），位於法國巴黎。

23 可能係指位於法國巴黎的小伯漢畫廊（Galerie Bernheim Jeune）。

阿爾卑斯山牧歌

即使在清晨裡，下到山谷還是很熱。太陽融化我們所攜雪屐上的雪，曬乾木頭的部分。春天來到了山谷，但陽光非常炙熱。我們帶著雪屐和帆布背包，沿著路走進加圖爾[1]。我們經過教會的墓地時，一場葬禮剛結束。一位神父剛從教會墓地離開，經過我們旁邊，我對他說：「（德語）上帝問候。」神父鞠躬。

「眞怪，神父從不對人說話。」約翰說。

「你以爲他們會講『上帝問候[2]』。」

「他們從來不回答。」約翰說。

我們停在路上，看著教堂司事鏟著新土。一個有黑鬍子、穿高筒皮靴的鄉下人站在墳墓旁。教堂司事停止鏟土，直起身來。穿高筒靴的鄉下人從司事手中接來鐵鍬，繼續塡著墳墓的土——就像在花園塡肥料般地塡平。在明亮的五月早晨塡墳墓，感覺很不眞實。我沒法想像任何人死掉。

「很難想像在這種天氣下葬。」我對約翰說。

「我也不會喜歡的。」

「反正，」我說。「不關我們的事。」

我們沿路走去，這條路經過鎮上的房子，通往小旅店。我們在西夫雷塔滑雪長達一個月，來到山谷很不賴。在西夫雷塔[3]滑雪是不錯，但這是春季滑雪，只有清晨的雪才好，再來就是晚間的雪。其他時間的雪都被太陽毀了。我們都厭倦太陽了。你擺脫不了陽光。除了石頭或小屋創造出的陰暗處，那間小屋就蓋在冰川旁一塊岩石的遮蔭下，在陰影裡，內衣裡的汗水都會結凍。你坐在小屋外面無法不戴深色眼鏡。曬黑是很快活，可是陽光令人非常疲倦。你沒法在陽光下休息。我很高興遠離了雪。春季這個時間來西夫雷塔太遲了。我有一點厭倦滑雪了。我們已待得太久。我的嘴裡仍有我們所喝雪水的味道，那是小屋的洋鐵屋頂融化下來的。那味道就屬於我對滑雪的部分感覺。我很高興滑雪以外還有別的事物，我很高興下山來，遠離不自然的高山春天，進入山谷裡的五月早晨。

旅店主人坐在旅店的門廊上，椅子斜斜地向後倚著牆。他旁邊坐著廚子。

「（德語）滑雪萬歲！」旅店主人說。

「（德語）萬歲！」我們說，然後將雪屐靠著牆，脫下我們的背包。

「上面怎樣？」旅店主人問。

「（德語）很好。陽光有點太多了。」

「對。每年這個時候的陽光都太多。」

廚子坐在自己的椅子上。旅店主人跟我們一起進去，打開他的辦公室，把我們的信拿出來。是一捆信和一些報紙。

「我們去喝啤酒。」約翰說。

「不賴。在裡面喝。」

店主拿了兩瓶出來，我們一邊讀信一邊喝。

「應該再來一些啤酒。」約翰說。這次是一個女孩去拿來。她微笑著開瓶。

「好多信。」她說。

「對。好多。」

「祝健康[4]。」她說，然後帶著空瓶出去。

「我都忘了啤酒的味道。」

「我沒有，」約翰說。「在上頭的小屋我老想著它。」

「噢，」我說。「我們現在有得喝啦。」

「你永遠都不該做任何事做太久。」

「對。我們在上面待太久了。」

「太他媽的久，」約翰說。「做一件事太久可沒好處。」

陽光從打開的窗戶照進來，穿過啤酒瓶，閃耀在桌上。那些瓶子半滿。瓶子裡的啤酒有一點泡沫，不多，因爲酒非常冰。當你將酒倒進長型的玻璃杯時，泡沫就會結成一圈。

我從打開的窗戶望向外面白色的道路。路旁的樹林很髒。再過去是一片綠地和一條溪流。沿溪有樹林，以及一間水車磨坊。穿過磨坊的開口側，我看見一根長長的圓木，一把鋸子在木頭裡上下起落，似乎沒人在看顧它。四隻烏鴉在綠地上走動。一隻烏鴉坐在樹上眺看。外面的門廊上，廚子從椅子起身，走進通往後方廚房的走廊。屋裡，陽光穿過空杯照在桌上。約翰頭枕手臂趴下來。

穿過窗戶，我看見兩個男人走上前門台階。他們進入飲酒廳。一個是留鬍子、穿高筒靴的鄉下人，另一個是那位教堂司事。他們坐到窗下的桌邊。那女孩進來，站在他們的桌旁。鄉下人似乎沒看到她。他雙手放在桌上坐著。他穿著舊軍裝，手肘處有補丁。

「喝什麼？」司事問。鄉下人似乎完全沒注意。

「你要喝什麼？」

「史納普[5]。」鄉下人說。

「再來四分之一公升的紅酒。」司事對那個女孩說。那女孩帶了酒來，鄉下人喝了史納普。他眺望窗外。教堂司事看著他。約翰的頭往前靠到桌上。他睡著了。

旅店主人進來，走到那一桌去。他說方言，司事回應他。鄉下人眺望著窗外，旅店主人離開房間。鄉下人站起來，他從皮夾拿出一張摺疊的一萬克朗紙幣，將它攤開來。那女孩過來。

「（德語）一起結？」她問。

「（德語）一起結。」他說。

「紅酒的錢我來付吧。」司事說。

「（德語）一起結。」鄉下人重複對那女孩說。她將一隻手伸進自己圍裙的口袋，拿出滿滿的硬幣，數出該找的錢。鄉下人走出門。他一離開，旅店主人就再度進房間來，對那個司事說話。他坐到桌邊。他們用方言說話。那個司事發笑。旅店主人卻一臉厭惡。司事從桌旁站起。他是留鬍子的小個子。他將身體探出窗外，看著路上。

「他進去了。」

「去（德語）『獅群』？」

「（德語）對。」

他們再度交談，然後旅店主人來了我們這一桌。旅店主人是一個上年紀的高個子。他看著睡著的約翰。

「他很累。」

「對，我們很早就起床了。」

「你會很快就想吃東西嗎？」

「隨時都行，」我說。「有什麼好吃的？」

「你想吃什麼都有。那女孩會拿菜單來。」

那女孩帶了菜單。約翰醒來。菜單用墨水寫在一張嵌在木板的卡片上。

「這是（德語）菜單。」我對約翰說。他看著它。他依然很想睡。

「你不跟我們喝一杯嗎？」我問旅店主人。他坐下來。「那些鄉下人是野獸。」旅店主人說。

「我們到鎮上來的時候，在一場葬禮看過他。」

「是他的太太過世。」

「噢。」

「他是野獸。這所有鄉下人都是野獸。」

「什麼意思？」

「你不會相信啦。你不會相信那一個最近發生什麼事。」

「說來聽聽。」

「你不會相信。」旅店主人對那個司事說。「法蘭茲，過來這裡。」司事過來，帶著他的小瓶酒和酒杯。

「這些先生剛從威斯巴登小屋下來。」旅店主人說。我們握握手。

「你要喝什麼？」我問。

「都不用。」法蘭茲搖搖一根手指。

「再來四分之一公升？」

「好吧。」

「你聽得懂方言嗎？」旅店主人問。

「不懂。」

「到底是怎麼回事？」約翰問。

「他要跟我們講那個鄉下人的事，就是我們到鎮上來的時候，看見在墳墓的那一個。」

「反正我聽不懂就是了，」約翰說。「對我來說講太快了。」

「那個鄉下人，」旅店主人說。「他今天帶他老婆來下葬。她是去年十一月死的。」

「十二月。」那個司事說。

「沒差。那她就在去年十二月死好了，然後他通知了鎮上。」

「十二月十八號。」司事說。

「反正在雪消失以前，他沒辦法帶她來下葬。」

「他住在帕茲瑙的另外一邊，」那個司事說。「可是他屬於這個教區。」

「他完全沒辦法帶她來？」我問？

「沒辦法。在雪融之前，他要從他住的地方過來，只能滑雪屐。所以他今天才帶她來下葬，可是神父看到她的臉之後，不想埋掉她。換你繼續說，」他對司事說，「講德語，別講方言。」

「那個神父覺得非常怪，」司事說。「鎮上的報告說她死於心臟的毛病。我們這裡的人都知道她有心臟的毛病。她有時會在教堂暈倒。她很久沒來了。她身體沒有壯到能爬山。神父將毯子從她臉上揭開後，問奧爾茲：『你太太被折磨得很辛苦嗎？』『沒有，』奧爾茲說。『我進屋裡的時候，她已經橫在床上死了。』

那神父再度看著她。他不喜歡這個狀況。

『那她的臉怎麼會變成這樣子？』

『我不知道。』奧爾茲說。

『你最好查出來。』神父說，然後將毯子蓋回去。奧爾茲什麼話也沒說。神父看著他。他也回看神父。『你想知道嗎？』

『我一定得知道。』神父說。」

「精采的地方來了，」旅店主人說。「聽仔細了。你繼續說，法蘭茲。」

「『噢，』奧爾茲說。『她死掉的時候，我報告了鎮上，把她放進小倉庫裡，橫擺在一根大木頭上方。我要開始用那根大木頭時，她很僵硬，於是我把她靠牆立起來。她的嘴巴張開，我晚上走進倉庫，要砍那根大木頭時，就在嘴巴上面掛了油燈。』

『你爲什麼要這樣？』神父問。

『我不曉得。』奧爾茲說。
『你這樣做過很多次嗎？』
『我每次晚上進小倉庫工作都這樣。』
『這件事大錯特錯，』神父說。『你愛你太太嗎？』
『（德語）是，我愛她，』奧爾茲說。『我滿愛她的。』」
「你都聽懂了嗎？」旅店主人說。「你都懂他老婆怎麼了嗎？」
「我聽到了。」
「吃東西的事呢？」約翰問。
「你點啊。」我說。「你覺得這件事是眞的嗎？」我問旅店主人。
「當然是眞的，」他說。「這些鄉下人是野獸呀。」
「他現在去哪裡？」
「去我同行那裡喝酒了，『獅群』。」
「他不想跟我喝。」司事說。
「他知道他老婆的事以後，就不想跟我喝。」旅店主人說。
「我說，」約翰說。「來吃東西怎麼樣？」
「好啊。」我說。

1 加圖爾（Galtür），奧地利的滑雪勝地。

2 上帝問候（Grüß Gott）：德國南部、奧地利、義大利北部等地區的日常問候語。

3 應指西夫雷塔阿爾卑斯山脈（Silvretta Alps），位於奧地利及瑞士境內。

4 祝健康（Prosit）：德國人的祝酒用語。

5 史納普（Schnapps），烈酒，尤指杜松子酒。

穿越雪原

纜車再次突然開動，然後停了。它無法再往前進，雪結實地積在軌道上了。大風從山脈裸露的表面呼嘯而過，將雪表刮成一面迎風的凍雪層。尼克在行李車裡爲雪屐上蠟，將靴子套進鐵趾，關緊夾具。他從車廂的側邊跳出去，跳到堅硬的迎風層上，跳躍轉身，蹲下去，一邊拖著雪杖，一邊衝下斜坡。

下方的白茫茫中，喬治起起落落，然後落下消失在他的眼前。尼克從山腰的一個陡峭下陷處落下，衝刺和突來的飛躍，將他的心猛地放空，只有身體感覺到那美妙的飛翔、墜落之感。他起身，微微上衝，接著雪似乎從他下方消失，他不斷滑下，越來越快地向下衝過最後一個又長又陡的斜坡。他蹲著，幾乎是坐在自己的雪屐上，將重心保持在低處，雪像沙暴一樣疾飛，他知道這個步調過頭了。可是他維持住這個速度。他不會放棄，不會讓自己摔倒。接著一塊柔軟的雪出現，風將它吹積在一個窟窿裡，他摔倒了，隨著鏗鏘撞擊的雪屐滾了又滾，覺得自己就像一隻中槍的兔子，然後雙腿交叉，他卡住了，雪屐筆直地插著，他的鼻子、耳朵都塞滿了雪。

喬治站在稍微有一段距離的斜坡下方，正大力將防風夾克上的雪拍掉。

「幹得漂亮喔，麥克[1]，」他對尼克喊。「那片軟雪爛斃了。我也一樣掉進去。」

「峽谷那裡是什麼狀況?」尼克仰躺著踢動雪屐,然後站了起來。

「你要一直靠左。下去會衝得很急,底部要來個半制動轉彎,那裡有一道籬笆。」

「等一下,我們一起過去。」

「不要,你去,你先走。我想看你對付峽谷。」

喬治寬大的背部與一頭金髮仍然沾有些微的雪,尼克·亞當斯經過喬治往上去,然後雪屐的邊緣開始滑溜起來,他猝然衝下,在結晶的雪末中發出嘶嘶的聲音,在翻騰起伏的幾個峽谷上下,整個人看起來就像浮起與沉落。他固守向左,最後衝向欄杆的時候,膝蓋保持緊緊併攏,身體像鎖緊螺絲一樣旋轉,讓雪屐在一片濃濃的雪霧中急遽右彎,接著減慢速度,與山腰和鐵絲網的籬笆平行。

他仰望山丘,喬治正以弓步式轉彎的姿勢下來,一隻腳前彎,另一腳追隨,雪杖像某種昆蟲的細腿一樣垂著,碰到表面,就撞出一些雪花,最後半跪半追的整個形影以美麗的右弧轉彎,蹲伏,雙腿來回疾行,身體探出彎道,雪杖像光點一樣凸顯出那個圓弧,一切就發生在亂舞的雪花中。

「我害怕半制動轉彎,」喬治說。「雪太深了,你做得漂亮。」

「我的腿可沒法做弓步。」尼克說。

尼克用雪屐壓下籬笆頂部的鐵絲,喬治順勢翻過。尼克跟著他走到路上。他們彎著膝蓋，沿著路衝進一片針葉林裡。路變成了磨光的冰塊，拖曳圓木的馬車讓路面染上橘色與一種菸草黃漬。滑雪者保持從邊緣的雪段經過。道路急急陷進一條溪流，接著筆直上了山丘。他們透過樹林，看得到一棟飽經風霜、有著低矮屋簷的長型建築。它在樹木之間呈現一種褪淡的黃色。近看，窗框上過綠漆。油漆已經在剝落了。尼克用其中一根雪杖將夾具敲開，踢掉雪屐。

「我們還是把它們帶上去吧。」他說。

他扛著雪屐，爬上陡峭的路，將鞋跟的釘子踢進結冰的落腳處。他聽見喬治就在後方，一邊喘著氣，一邊將鞋跟釘子踢進。他們將雪屐架在小旅店旁邊，將雪從彼此的褲子上拍掉，跺腳讓自己的靴子乾淨，然後進屋。

屋裡相當黑。一個大瓷爐在房間角落發光。天花板低矮。房間兩側沿邊都有帶酒漬的深色桌子，桌後是平滑的長凳。兩個瑞士人坐著火爐旁抽菸斗，前方還有兩杯混濁的新紅酒。男孩們脫掉自己的夾克，靠牆坐在火爐的另一邊。隔壁的一個聲音停止唱歌，一個穿藍色圍裙的女孩從門口進來，看他們想喝什麼。

「一瓶錫永紅酒，」尼克說。「老喬，行嗎？」

「沒問題，」喬治說。「你比我懂紅酒。我只要是紅酒都喜歡。」

女孩出去了。

「沒什麼東西眞得比得上滑雪吧？」尼克說。「滑了好長一段路，第一次停下的時候，就會有這種感覺。」

「嗯哼，」喬治說。「太棒了，沒法談。」

那個女孩帶了紅酒進來，他們拔不好軟木塞。最後尼克打開來了。那女孩出去，他們聽見她在隔壁房間用德語唱歌。

「裡面有軟木屑沒關係。」尼克說。

「不知道她有沒有蛋糕。」

「來問問看。」

那女孩進來，尼克注意到隆起的圍裙遮著她的身孕。她第一次進來的時候，我不曉得爲什麼沒發現，他想。

「你剛才在唱什麼？」他問她。

「歌劇啊，德語歌劇，」她不想聊這個話題。「你們想吃的話，我們有蘋果捲心餅。」

「她不怎麼有誠意吧？」喬治說。

「噢，嗯。她不認識我們，而且她說不定以爲我們要開她唱歌的玩笑。她可能是從北部講德語那一帶來的，待在這裡讓她很容易火大，何況她沒結婚就有寶寶了，所以她很容易火大。」

「你怎麼知道她沒結婚？」

「沒戒指啊。該死，這裡沒有女生是先結婚才懷孕的。」

門打開，一幫伐木者從路上進來，跺著腳上的靴子，在房裡冒著熱氣。女服務生帶了三公升新紅酒給那幫人，他們坐在兩張桌子旁，安靜地抽菸，脫了帽子，靠著牆或倚著桌子。外面木橇上的馬匹偶爾甩頭的時候，就發出清亮的鈴鐺鳴響。

喬治和尼克很快樂。他們喜愛彼此。他們知道，回家時還可以再滑一趟。

「你什麼時候得回學校？」尼克問。

「今天晚上，」喬治回答。「我得趕蒙特勒十點四十分出發的那一班車。」

「眞希望你可以留下來，這樣我們明天就可以去利斯山。」

「我得去受教育呀，」喬治說。「天啊，麥克，你難道不希望我們可以光在一起鬼混就好了嗎？拿我們的雪屐上火車，去可以大滑一趟的地方，然後前進，在酒吧睡覺，直接穿越奧柏蘭，上瓦萊，一路穿過恩格丁，帆布背包只裝維修工具、替換用的毛衣、睡衣，完全不甩學校什麼的。」

「對，還有就那樣穿過黑森林。天啊，那些地方超棒。」

「你去年夏天就是去那裡釣魚吧？」

「對。」

他們吃了捲心餅，喝了剩下的酒。

喬治向後靠著牆，閉上眼睛。

「紅酒總是讓我有這種感覺。」他說。

「不好的感覺？」尼克問。

「沒有。感覺很好，可是怪。」

「我知道。」尼克說。

「當然了。」喬治說。

「我們應該再來一瓶嗎？」尼克問。

「我不要了。」喬治說。

他們坐在那裡，尼克的兩邊手肘倚著桌子，喬治頹然往牆壁一倒。

「海倫要生小孩了？」喬治說，從牆邊靠向桌邊。

「對。」

「什麼時候？」

「明年夏末。」

「你高興嗎？」

「高興。現在。」

「你要回美國嗎？」

「我想會吧。」

「你想去嗎？」

「不想。」

「海倫想嗎？」

「不想。」

喬治沈默地坐著。他看著空空的酒瓶，還有空空的酒杯。

「糟透了，對吧？」他說。

「沒有。不完全是。」尼克說。

「爲什麼？」

「我不曉得。」尼克說。

「你們將來在美國會一起去滑雪嗎？」喬治說。

「我不知道。」尼克說。

「那些山不怎樣。」喬治說。

「沒錯，」尼克說。「石頭太多。林地太多，而且太遠。」

「對，」喬治說。「加州就是這樣。」

「對，」尼克說。「我去過的每個地方都是這樣。」

「對，」喬治說。「就是這樣。」

瑞士人站起來，付了錢，離開。

「眞希望我們是瑞士人。」喬治說。

「他們都有甲狀腺腫。」尼克說。

「我不相信。」喬治說。

「我也是。」尼克說。

他們笑了。

「說不定我們永遠不會再滑雪了，尼克。」喬治說。

「我們得滑啊，」尼克說。「不能滑雪不値得。」

「那我們就滑，好。」喬治說。

「我們一定得滑。」尼克答應。

「眞希望我們可以對這件事做個承諾。」喬治說。

尼克站起來。他緊緊扣好自己的防風夾克。他俯身向喬治，從牆邊拿下兩支滑雪杖。他將其中一支插到地上。

「承諾沒什麼用。」他說。

他們打開門出去。天氣非常冷。覆雪堅硬地凍結了。路延伸上山丘，進入松林裡。他們將靠著旅店牆壁的雪屐拿起來。尼克戴上手套。喬治已經把雪屐扛在肩上出發了。他們現在要一起滑雪回家。

1 在本篇故事中，喬治兩度以「麥克」稱呼尼克。一說是海明威藉此顯示尼克與喬治的友誼較他們與其他人之間更爲親密。

父親與兒子

這個鎮上主要街道的中心，有一個繞道的標誌，但汽車卻大剌剌地穿行，所以尼可拉斯．亞當斯認爲某個維修工程已經完成了，他繼續開，沿著空蕩的磚鋪街道穿過鎮上，在沒什麼車的星期天，停在那些閃爍的交通燈前，等明年帳款無力負擔這套系統，這些燈也不會在了。若這是你出身的小鎮，走過小鎮濃密的樹林下，你一定會喜歡上這裡，但對一個陌生人而言，這片林蔭實在太沉重，隔絕了太陽，讓房子變潮濕。他經過最後一間屋子，上了筆直於前方起伏的高速公路，幾道紅土堤防俐落平整，兩邊都有再生林地。這不是他的家鄉，但現在秋季過了一半，整個鄉間都適合開車經過欣賞。棉花已經摘起，開墾地已是幾塊玉米田，有些被一道道的紅高粱劃開來，他輕輕鬆鬆駕著車，兒子已經在旁邊座位上睡著了，這天的路程已走完，他也知道自己晚上會抵達哪一個鎮，所以留意著哪些玉米田裡有大豆或豌豆，灌木林與樹林伐盡的土地如何分布，那些小屋和房子之於田地和灌木林的相對位置。他經過的時候，心裡就在這片鄉間狩獵，評估每一塊空地的覓食地與掩蔽處，推敲哪裡找得到一窩獵物，他們會往哪邊飛行。

要射殺鵪鶉，你一定不能處在他們與他們慣用的掩護物之間，否則一旦狗找到他們，他們驚慌飛起，就會朝你撲來，有的直直上飛，有的在你耳邊掠去，颼的一聲經過時，空中的他們會是你沒見過的巨大身形，唯一的解決之道就是轉身，在他們飛走時，經過你的肩膀，將要調整好翅膀，斜衝進灌木林之前，你就開槍。以他父親所教的方式在這片鄉間獵鷸鶉，尼可拉斯．亞當斯開始想他的父親。他想他的時候，永遠先想到眼睛。大骨架，敏捷的動作，寬闊的肩膀，鷹鉤鼻，蓋住柔弱下巴的鬍子，你從來不是想起這些——永遠是從眼睛開始。眉毛的樣態保護好頭上的那對眼睛，雙眼深深陷入，好像是爲了超貴重儀器而設計了特殊保護。它們比人類的眼睛看得遠多了，也快多了，它們是他父親擁有的偉大天賦。他父親的眼力確實就像大角羊或老鷹。

他會跟他父親站在一邊的湖岸，他自己的眼力當時非常好，他父親會說：「他們升旗了。」尼克看不到旗子或旗杆。「在那裡啊，」他父親會說。「那是你妹妹陶樂絲。她升起旗子，她要走到碼頭上了。」

尼克會眺望湖的另一邊，他看得到滿是樹木的湖岸長線，後方較高的林地，守護湖灣的岬角，滿是農田的純淨山丘，他們在樹林間的白色小屋，但他看不到任何旗杆，或是任何碼頭，他只看得到白色的灘岸，還有湖岸的弧線。

「你看得到朝著岬角的山腰上有綿羊嗎？」

「看得到。」

他們是灰綠色山丘上的微白色斑點。

「我可以數他們哩。」他父親說。

如同那些才能超越人類需求的人，他的父親非常神經質。然後呢，他也多愁善感，且就像多數多愁善感的人一樣，他既殘忍又受虐。另外他的運氣也很差，那不完全是他自己招來的。他死在一個自己稍微出過力搭設的陷阱裡，在他死前，他們各自以不同的方式背叛了他。所有多愁善感的人都被背叛過許多次。尼克仍無法寫他的事，雖然他以後會寫，但這片鷸鶉之鄉讓他想起自己年幼時的父親，以及非常感謝他的兩件事——釣魚與射擊。相較於對性的想法不是多麼正確，父親對這兩件事的看法倒是很正確。尼克很高興是如此，因爲你的第一把槍總得有人送給你，或是給你機會使用它，而且如果你要學射擊，就得住在有獵物或魚的地方，現在他三十八歲了，他喜愛釣魚和射擊的程度，完全就像他第一次跟隨父親那時一樣。這份熱情從未稍減，他非常感謝他父親帶領他體驗這些。

至於他父親不正確的那件事，所有需要的裝備早已提供給你，每個男人都是無師自通，住在哪裡根本沒差。他非常清楚地記得，他父親對此只給了他兩項資訊。一次是他們一起持槍打獵，尼克從鐵杉樹打下一隻紅松鼠。那隻紅松鼠受了傷掉下來，當尼克將他撿起來，他咬穿了這孩子的姆指根。

「髒兮兮的小 bugger（混蛋），」尼克說，將松鼠的頭砸向一棵樹。「你看他把我咬成這樣。」

他父親看了說：「把傷口吸乾淨，回家以後塗一點碘酒。」

「小bugger。」尼克說。

「你知道『bugger』是什麼意思嗎？」他父親問他。

「我們叫任何東西都說『bugger』啊。」尼克說。

「『bugger』是說一個男人和動物性交。」

「爲什麼？」尼克說。

「我不知道，」他父親說。「但這是極惡毒的罪行。」

尼克的想像力因爲這句話而天翻地覆，並且嚇壞了，他想像了好幾種動物，但沒一種看來有吸引力或實際可行，而這就是他父親直接傳授給他的所有性知識了，除了另一件事。

有天早上，他在報上讀到耶里科．卡魯索[1]因爲mashing（性騷擾）而被捕。

「『mashing』是什麼？」

「是最惡毒的罪之一。」他父親回答。尼克在想像中描繪那位偉大的男高音拿著馬鈴薯搗碎器（masher），對著像雪茄盒內側相片裡的安娜．海德[2]那樣美麗的小姐，做了一種奇特、古怪且惡毒的事。他帶著相當大的驚恐下定決心，等他夠大了，他至少要試一次『mashing』。

他父親總結了整件事，聲稱自慰會導致失明、精神異常與死亡，男人跟妓女廝混會感染可怖的性病，因此你該做的就是不要碰觸人。另一方面，他父親擁有他見過最棒的一對眼睛，尼克對他的愛既深刻又久遠。如今往事一目了然，他甚至能憶想起狀況走下坡前的早年歲月，但已不堪回首。如果他寫它，就可以擺脫它。他藉由書寫擺脫了很多事。可是對這件事目前還太早，人依舊太多，所以他決定想別的事。對父親的事他無計可施，對此他從頭到尾想過好幾遍了。葬儀社的人爲父親臉龐做的妝點他仍歷歷在目，其他的所有事情也記憶猶新，包括那些重擔。他恭維了葬儀社的人，葬儀社的人既自豪，又沾沾自喜。可是給予他最後容貌的不是葬儀社的人。葬儀社的人不過做了某些執行面華麗，但藝術價值可疑的整修工作。那張臉是長久以來自行形塑的。它在過去三年被迅速定型下來。那是個好故事，但有太多人仍在世，他還不便寫下。

尼克早先受的教育來自印地安營地後的鐵杉林。前往那裡要先走一條小路，小路從農舍起始，穿過樹林到農田；之後則有一條路蜿蜒經過雜亂林地，通到營地。他現在仍然可以感受到赤腳踏過整條小徑的感覺。首先有松針形成的沃土，鋪滿農舍後方的鐵杉林，有落木破碎成木灰，被閃電劈出的岔裂長木片像標槍一樣掛在樹上。你走在圓木上穿越小溪，如果踩空了，就要掉進濕原的黑泥巴裡。你翻爬籬笆，離開樹林，小路在一地陽光下顯得堅硬，地面是割過的草，長著小酸模和毛蕊花，左邊是晃動的溪底沼澤，雙胸斑沙鳥在此進食。泉上小屋就在那條溪。倉庫下方是新鮮溫熱的肥料，另一份較早的肥料，頂部已經凝結。接著是另一道籬笆，以及從倉庫到房子的熱硬小徑，與一條炎熱沙路，延伸到樹林，跨越小溪，但這一次是從橋上過，這裡長有香蒲，你晚上拿魚叉去捕魚，就會用香蒲吸了煤油做篝燈。

接著，主要道路左轉繞過樹林爬上山丘，你從那條黏土岩石路進入樹林，樹蔭涼爽，而且已被拓寬來設滑道運出印地安人切下來的鐵杉樹皮。鐵杉樹皮堆疊起長長的幾道，上面再用樹皮遮蓋，就像屋子，去了皮的龐大黃色圓木躺在被砍倒之處。他們將圓木留在樹林內腐爛，甚至不清掉或燒掉頂部。他們只想拿樹皮去給波恩市的製革廠，冬天的時候，就將它從結凍的湖面拖走，每一年森林都變少，更多開闊、炎熱、沒有遮蔭、野草叢生的雜亂林地。

可是當時仍然有很大的森林，是原生林，樹長得很高之後才有枝幹，你走在乾淨、滿是輕盈針葉的棕色地面上，那裡沒有矮樹叢，在最熱的天氣裡，這裡仍然很涼，他們三個靠著比兩張床還粗的一棵鐵杉樹幹，高高的頂部樹梢間，有微風在吹，冷冷的光篩落下來，比利說：

「你又想要楚蒂了？」

「你想要？」[3]

「嗯哼。」

「走吧。」

「不，就在這。」

「可是比利——」

「我，不管比利。他，我兄弟。」

後來，他們坐起來，三個人想聽黑松鼠在頂部樹幹發出的聲音，他們看不見他。他們等著他再叫嚷，因為他叫嚷的時候，尾巴就會猛然一動，尼克看到動靜就能開槍。他父親一天只給他三發子彈打獵，他拿二十號口徑的單管獵槍，槍管非常長。

「那王八蛋一直不動。」比利說。

「你開槍，尼仔。嚇他。我們看他跳。再打他。」楚蒂說。這對她來說是很長的一段話。

「我只有兩發子彈。」尼克說。

「王八蛋。」比利說。

他們靠著樹安靜地坐著。尼克覺得空虛又快樂。

「艾迪說他哪天晚上要跟你妹妹陶樂絲上床睡覺。」

「什麼？」

「他說的。」

楚蒂點頭。

「他只想做這件事。」她說。艾迪是他們的異母哥哥。他十七歲。

「如果艾迪·吉爾比敢在晚上過來而且還跟陶樂絲說話，你知道我會怎麼對付他嗎？我會這樣殺他。」尼克扳上扳機，幾乎沒瞄準，就扣下扳機，在那個混血雜種艾迪·吉爾比的頭或肚子上轟了一個巴掌大的洞。「像這樣。我要這樣殺了他。」

「那他最好不要來。」楚蒂說。她將一隻手伸進尼克的口袋裡。

「他最好非常注意。」比利說。

「他是吹牛大王。」楚蒂的手在尼克的口袋裡探索。「但你不准殺他。你會有很多麻煩。」

「我會那樣殺了他。」尼克說。艾迪·吉爾比躺在地上，整個胸膛都被轟掉了。尼克將一隻腳驕傲地踩在他身上。

「我會剝他的頭皮。」他快樂地說。

「不要，」楚蒂說。「那好噁心。」

「我會剝了他的頭皮，寄給他媽。」

「他媽死掉了，」楚蒂說。「你不准殺他，尼仔。爲了我，你不准殺了他。」

「我剝了他的頭皮以後，就把他丟去餵狗。」

比利非常沮喪。「他最好小心了。」他陰鬱地說。

「他們會把他撕成碎片。」尼克說，愉悅地想像那個畫面。他剝了那混血叛徒的的頭皮之後，面不改色地站著看狗撕碎他。但他向後倒在樹上，脖子被緊緊握住，楚蒂抓著他，讓他呼吸困難，大喊：「不殺他！不殺他！不殺他！不。不。不。尼仔。尼仔。尼仔！」

「你有什麼毛病？」

「不殺他。」

「我一定要殺了他。」

「他只是一個吹牛大王。」

「好吧，」尼仔說。「我不會殺他，除非他到屋子附近來。放開我。」

「這樣好，」楚蒂說。「你現在想做什麼事嗎？我現在感覺好了。」

「要比利走才行。」尼克殺了艾迪·吉爾比，然後饒了他的命，現在他是一個男人了。

「你走，比利。你老是在附近。你走。」

「王八蛋，」比利說。「我受夠這件事了。我們爲什麼麼來？打獵還是怎樣？」

「你可以拿槍走。有一發子彈。」

「好吧。我打一隻又大又黑的沒問題。」

「我會大叫。」尼克說。

後來已經過了很久，比利還沒回來。

「你覺得我們做一個寶寶？」楚蒂將棕色的雙腿開心地交疊在一起，摩擦著他。尼克心裡有樣東西消失得非常遠。

「我不覺得。」他說。

「做一大堆寶寶，管他的。」

他們聽見比利開槍。

「不曉得他有沒有打到。」

「不在乎。」楚蒂說。

比利穿過樹林過來。他將槍扛在肩膀上，抓著一隻黑松鼠的前掌。

「看，」他說。「比貓大。你們辦完事了？」

「你在哪裡打到他？」

「那邊。先看到他跳起來。」

「得回家了。」尼克說。

「不要。」楚蒂說。

「我得回去吃飯。」

「好吧。」

「明天想打獵嗎？」

「好。」

「你可以留著那隻松鼠。」

「好。」

「晚餐之後要出去嗎？」

「不要。」

「你還好嗎？」

「很好。」

「好吧。」

「親一下我的臉。」楚蒂說。

他現在開車行經高速公路，天色越來越暗，尼克完全不想自己的父親了。黃昏時刻從來不會讓他想到他。黃昏時刻永遠屬於尼克自己，若此時沒有獨自一人，他就會不自在。他總是在每年的秋天或早春想起父親，當他看見大草原上的紋胸濱鷸，或看見了穀物捆堆，或看見了湖水，或看見一匹馬與馬車，看見或聽見加拿大黑雁，或待在獵鴨用的掩蔽物後。他想起一次大雪紛飛，一隻老鷹衝下來攻擊蓋在帆布底下的誘鳥[4]，飛起來時撲打著翅膀，爪子卻卡在帆布裡。他的父親總是突然出現在他的身旁，就在廢棄的果園與新犁的地上，在雜木林裡，在小山丘上，或經過枯死的草地時，每一次劈柴或運水，或在磨坊、果汁廠、水堰旁邊，有火堆的話就一定會出現。他居住的那些小鎮不是他父親熟悉的小鎮。他十五歲之後，就不再與他分享任何東西了。

他父親在寒冷的天氣裡會鬍子結霜，在熱天裡則流非常多的汗。他喜歡在陽光下去田裡工作，他其實不用去，但他喜愛體力勞動，可是尼克就不喜歡。尼克愛他的父親，但是討厭他的味道，有一次他得穿一套父親的內衣褲，它們對他父親來說太小了，這讓他噁心，他脫了下來，放在溪裡的兩顆石頭下，說自己搞丟它們了。父親要他穿上，他對父親說它的狀況，但他父親說它才剛洗過。也的確如此。尼克要他聞它，他父親氣憤地嗅了嗅，說它又乾淨又清新。尼克釣完魚，沒帶它就回家了，並說自己搞丟它，結果因爲說謊被抽了一頓。

後來他坐在柴房裡，獵槍上膛了，扳上了扳機，門是開的，他望出去，父親就坐在紗窗門廊上看報紙，他想：「我可以把他轟到地獄去。我可以殺了他。」最後他覺得怒氣消失，反而有一點反胃，因爲這把槍是他父親給的。然後他去了印地安營地，在黑暗中走過去，擺脫那股味道。他的家人裡，只有一個人的味道是他喜歡的，一個妹妹。其他所有人，他都避免有各種接觸。他開始抽菸之後，這個感覺變鈍了。這是一件好事。它對獵鳥的獵犬有用，但幫不了人。

「爸爸，你還是小孩的時候，你老是跟印地安人去打獵，那是什麼樣子？」

「我不知道。」尼克嚇一跳。他甚至沒注意到這個孩子醒來了。他看看坐在旁邊座位上的他。他覺得相當孤單，但這個孩子一直陪著他。他不知道這樣已經多久了。「我們總是出門一整天去獵黑松鼠，」他說。「我父親一天只給我三發子彈，因爲他說這樣可以教我打獵，而且一個孩子到處開槍不好。我跟一個叫比利·吉爾比的男生去，還有他妹妹楚蒂。一整個夏天，我們幾乎每天都去。」

「印地安人取這些名字眞怪。」

「是啊，對吧？」尼克說。

「可是跟我說說他們的樣子。」

「他們是歐吉布瓦人，」尼克說。「他們人非常好。」

「可是跟他們在一起是什麼感覺？」

「很難說。」尼克·亞當斯說。難道要說她是第一個帶來前所未有美妙之感的人嗎？提到那豐滿的棕色雙腿，平坦的小腹，結實的小乳房，好摟的手臂，敏捷探索的舌頭，直率的眼神，可口的嘴，而後不舒服地、緊緊地、甜美地、濕濡地、愉快地、緊緊地、疼痛地、完全地、終於地、無止盡地、永無止盡地、永遠不會停止地、永遠不會到盡頭地突然停止了，大鳥像貓頭鷹一樣飛在暮光中，可這是白天的樹林裡，鐵杉的針葉刺著你的腹部。所以每當你到了印地安人住過的地方，你就嗅得出他們，空酒瓶與嗡嗡作響的蒼蠅，也抹滅不掉那香草的氣息、煙火味、以及像是新剝貂皮的氣味。不管是關於他們的任何笑話，或是印地安老太婆；不管他們身上的作嘔香氣，或是他們最後做了什麼，都帶不走這個感覺。

這與他們的歸宿如何無關。他們的結局都一樣。很久以前還不錯，現在不好。

用另一件事來說吧。你開槍打一隻飛鳥時，就等於打遍所有的飛鳥。他們全都不同，以不同方式飛翔，但那股感受一樣，最後一隻就跟第一隻一樣好。這一切都要感謝他父親。

「你可能會不喜歡他們，」尼克告訴男孩。「但我覺得你會喜歡。」

「我爺爺也跟他們住在一起，就在他小時候，對不對？」

「對。我問他說他們是什麼樣子的時候，他說其中有很多是他的朋友。」

「我將來會跟他們住在一起嗎？」

「我不曉得，」尼克說。「要看你。」

「我幾歲的時候會得到一把獵槍，然後可以自己去打獵？」

「十二歲，如果我覺得你做事小心的話。」

「眞希望我現在是十二歲。」

「會到的，很快。」

「我爺爺是什麼樣子？我想不起他，只記得那一次我從法國來看他，他給了我一把空氣槍和一支美國國旗。他是什麼樣子？」

「很難形容哪。他是一個很厲害的獵人和釣魚手，他有非常棒的眼力。」

「他比你還厲害嗎？」

「他的槍法好多了，他父親也是厲害的飛鳥射擊高手。」

「我敢賭他沒你強。」

「噢，有，他有。他的槍法非常快又高明。看他射擊比看任何人射擊還過癮。他總是對我的槍法非常失望。」

「我們爲什麼從來沒去爺爺的墳上祈禱？」

「我們住在的不同區域啊。從這裡過去很遠。」

「在法國就沒差了。在法國，我們就會去。我想我應該去爺爺的墳上祈禱。」

「我們會去的。」

「眞希望我們不會住到什麼地方，讓你死掉以後，我永遠沒辦法去你的墳上祈禱。」

「那我們得安排一下。」

「你不覺得我們可以都埋在一個方便的地方嗎？我們可以全埋在法國。那樣就好了。」

「我不想被埋在法國。」尼克說。

「噢，這樣的話，我們就要在美國找個方便的地方。我們不能全埋在牧場嗎？」

「好主意。」

「那我就可以在去牧場的路上，停下來在爺爺的墳上祈禱。」

「你這人實際得要命。」

「嗯，我很難過連一次都沒去過爺爺的墓。」

「我們總會去的，」尼克說。「放心吧，我們總會去的。」

1 耶里科·卡魯索（Enrico Caruso），義大利人，著名男高音。

2 安娜·海德（Anna Held），波蘭籍法裔歌手及藝人，活躍於美國百老匯。

3 這句爲尼克詢問楚蒂。

4 指誘捕獵物用的鳥。

REVIEW &

POSTSCRIPT

導讀

譯後記

導讀——當「尼仔」變成「尼可拉斯」

尼克・亞當斯（Nick Adams）或許是美國小說大師海明威筆下最有名的角色，而且也很可能是他自己最愛的角色之一，因為從尼克身上我們彷彿可以看到海明威自己，他們倆都喜歡釣魚打獵，父親都是醫生，都參加過第一次世界大戰……，兩人之間有數不清的共通點。更重要的是，這個來自美國中西部的小男孩尼克是海明威筆下最早的固定角色（stock character），在他創作生涯的前十幾年持續出現。一九二四年四月，知名現代主義文學雜誌《大西洋兩岸評論》（Transatlantic Review，海明威是該雜誌的助理編輯）出版創刊號時，〈印地安營地〉（"Indian Camp"；但當時在雜誌上掛的名字是"Work in Progress"，意思是仍然有待發展的故事）這個故事也被收錄其中，尼克・亞當斯就此誕生，後來在海明威最早的三本故事集《我們的時代》（In Our Time，一九二五年）、《沒有女人的男人》（Men without Women，一九二九年）《勝利者一無所獲》（Winner Take Nothing，一九三三年）裡面尼克又陸陸續續出現在十幾個故事裡。說尼克是幫助海明威在文壇揚名立萬的角色也不為過。

重新了解尼克

但是，直到《尼克·亞當斯故事集》（The Nick Adams Stories）在一九七二年問世以前，尼克這個人並不是那麼好了解，主要原因是，那些關於他生平的故事跳來跳去：例如，在第二本故事集《沒有女人的男人》裡，尼克一開始在義大利，是個受傷的美國大兵（〈在異鄉〉），接著又變成在伊利諾州某個小鎮餐館裡工作的少年（〈殺手〉），接著依序又出現在密西根州（童年，〈十個印地安人〉）、奧地利（婚後，〈阿爾卑斯山牧歌〉），最後又回到義大利，一樣是在養傷的士兵（〈我現在躺下來〉）。所幸，在海明威去世十一年後，紐約的史克里布納出版社（Scribner's）於一九七二年把他所有以尼克為主角的短篇故事全部收錄在一起，用《尼克·亞當斯故事集》的書名出版，而且把故事分成五個主題，分別是「北方森林」（The Northern Woods）、「獨自一人」（On His Own）、「戰爭」（War）、「士兵返鄉」（Soldier Home）以及「兩人世界」（A Company of Two），描寫主角的童年、青少年時期，還有離家獨立、參戰後返鄉，還有結婚的人生歷程。於是，這本書不只是故事集，而是一本按照時序編排的傳記小說。

從孩子變成孩子的爸

除了按照時序來編排尼克的人生故事，這本故事集的另一個特別之處，是收錄了八個海明威生前並未出版過的尼克．亞當斯系列故事（有些並未完成，有些則是極短篇），包括：

第一章〈三聲槍響〉／第五章〈印地安人遷離〉／第九章〈最後一方淨土〉／第十章〈跨越密西西比河〉／第十一章〈登陸前夕〉／第十九章〈夏天的人們〉／第二十章〈新婚日〉／第二十一章〈關於寫作〉

這些篇章雖短，但它們讓尼克的形象顯得更為清楚了。例如，〈三聲槍響〉可以說是第二章〈印地安營地〉的「前傳」，前者述說幼年「尼仔」（Nickie，父親對他的暱稱）的恐懼，到了後者他因為見識了那一位年輕印地安人父親的自殺，好像就此擺脫恐懼，也開始能坦然面對死亡。〈關於寫作〉原本是第十六章〈遼闊的兩心河〉的結尾，被海明威刪掉，因為故事集而終於重見天日。至於〈跨越密西西比河〉、〈登陸前夕〉與〈新婚日〉這個裡的事件對於尼克來講，也都是不同階段裡發生的大事，尤其在〈跨越密西西比河〉這個極短篇裡面，海明威寫道：「尼克抬頭看向平坦、一派棕色的水流緩慢移動，馬克．吐溫、哈克．芬恩、湯姆．索耶和拉．薩勒爭先恐後地湧出他的心頭。無論如何，我見過密西西比河了，他在心裡快樂地想。」這句話讓人看到之後腦海立刻浮現海明威的那一句名言：「所有現代美國文學都源自於馬克．吐溫的《哈克歷險記》（Huckleberry Finn）。」因此在寫這一段時，海明威內心的激動恐怕只比尼克更為強烈，因為他最崇拜的美國小說大師之童年生活與小說場景，就呈現在他眼前。

閱讀《尼克．亞當斯故事集》，從第一章〈三聲槍響〉開始，到第二十四章〈父親與兒子〉，我們可以看到「尼仔」最後結婚生子，故事敘述者改稱他為尼可拉斯．亞當斯，這個成長過程可以說是作者海明威與主角尼克．亞當斯共享的。因此就某種程度而言，我們也可以說這本故事集就是海明威除了《流動的饗宴》（A Moveable Feast）之外的另一本文學自傳。

文／陳榮彬（臺大翻譯碩士學程兼任助理教授）

譯後記

「沒有嗎？」他問。

「沒有什麼？」

「沒有成功？」

「沒有。」

他低下頭來。

「我沒想到會變成那樣。」他說。

「我知道。」

我將目光移開。放在岩石上的魚線漸漸被曬乾了，我向他示意，他抓起魚線，在手指間搓了搓，然後放進水裡片刻，再撈起來，放在岩石上。

「牠沒被打昏？」

「沒有。」

樹根突露，離土的上緣兀自肥大，與潮濕的林土層形成一道雖淺卻長的凹陷，大小不一的蘑菇從裡邊爭先恐後地冒出來。

「可惡。」

他將手握緊，又放開。掌心裡是一只魚鉤，在他的皮肉上留下半個圓弧狀的壓紋。他吸了一口氣，將魚鉤放進口袋。

「所以呢？」

「沒有所以。」

「反正很快就會過去了吧。」

我聳聳肩。他垂下頭去。一隻松雞在杉樹後探出頭來，然後著急地逃走。

「你什麼都懂嗎？」

「怎麼可能？」

「我是說我的小說。」

「『皇家十元金幣飯店及商場』。」我複誦。

「你看到哪裡？」

沉吟。「我看到你的最後一本。」

「它好嗎？」

「……不會讓你丟臉。」

他的表情古怪。

「它拿了大獎。」我說。

「是嗎？」他的神情變得漫不在乎。「多大？」

「很大。」他還在看我。「最大的。」

他沒說話，但眼光飄向浸在溪裡的袋子。袋子的形狀不時變換，裡頭肥大的鱒魚們正在緊張地游動。

「我呢？」

慘了，這個問題根本就沒法回答。

他盯著我。「我也不會讓我丟臉嗎？」

他發現了。

「你一直是這個樣子。」

他繼續盯著我。他的領口有些微磨破的痕跡，法蘭絨的纖毛搔著他的脖頸。然後他放棄似地移開目光。

「我會去打仗。」

「你會看到一些東西。」

「我會看到很多東西，」他說。「我會發展出自己的理論。我會認識朋友，去很多地方。」

「繼續釣魚。」我補充。

「繼續釣魚。」他同意。

「開心嗎?」

他聳聳肩。

「我很強壯。」

我把他的傳記遞給他看。少年文庫版。他猶豫了一下,但最後無所謂似地接下來讀。讀完以後,他已經不是倚在石頭邊,而是坐在石頭上。

他把書闔上,拿起來。「確定是這樣嗎?」

我點點頭。他沒說話,我也沒說話,他直接把書遞給我,看也不再看一眼,然後轉頭望向樹林深處。

「小不點還在一號營。」

「嗯。」

「別把這本給她看。」

「什麼?當然不會。」

他的目光轉向溪流的下游。十幾公尺外有不小的坡度,看不見的地方,傳來隱隱的水流沖激聲。那裡該有一道落差不大的瀑布,但就這條溪而言,也許是最大的。

「很高興我寫了〈穿越雪原〉那一篇。我和喬治一直都沒能那樣滑最後一次雪。」

「我很遺憾。」

他看著我。

「你到底怎麼想？」他的音量變大了一點。

「我不遺憾。沒有爲你感到遺憾。」

他看著我。「不是很過癮地活過了嗎？」我說。「在戰爭遇到美麗的女人，釣到巨大的魚，鬥牛和滑雪活動，打獵，文學理論。到底還要什麼呢？」

「我不知道。」

密西西比支流上的陽光，刺眼地從他背後照過來。他的面前應該要有黝黑的長影，但無數水波與油亮葉面的反光，讓什麼都無所遁藏。

「我要回營地了。」過了一會，他說。「你來嗎？做三明治給你吃。」

「我要沾培根肥油。」

「那樣最好吃。」

他收拾東西，拿起半乾的魚線，收進匣子裡，再拿起倚著石頭的魚竿，背對著我。「我還是很酷吧？」他低聲說，幾乎像喃喃自語。

「最酷的啊。」

他涉水往岸邊走。

「我很開心啊，」他說。「今天開心。」

經典文學23

從男孩到男人：尼克亞當斯故事集
The Nick Adams Stories

作者　海明威　Ernest Hemingway
譯者　傅凱羚
社長　陳蕙慧
總編輯　戴偉傑
初版主編　黃少璋
封面設計、排版　朱疋

讀書共和國集團社長　郭重興
發行人　曾大福
出版　木馬文化事業股份有限公司
發行　遠足文化事業股份有限公司
地址　231新北市新店區民權路108-3號9樓
電話　(02)2218-1417
傳真　(02)8667-1891
Email　service@bookrep.com.tw
郵撥帳號　19588272木馬文化事業股份有限公司
客服專線　0800-221-029
法律顧問　華洋法律事務所　蘇文生律師
印刷　成陽印刷
初版　2016年5月
初版2刷　2023年4月
ISBN　978-986-359-236-5
定價　330元

國家圖書館出版品預行編目(CIP)資料

從男孩到男人：尼克亞當斯故事集／海明威著；傅凱羚譯. --
初版. -- 新北市：木馬文化出版：遠足文化發行, 2016.04
面；　公分
譯自：The Nick Adams stories
ISBN 978-986-359-236-5(平裝)

874.57　　105004938